杨宪益、戴乃迭《宋明评话选》英译研究

王华玲 著

南京大学出版社

本书由以下项目经费资助

(1) 湖南省哲学社会科学基金基地项目:"三言二拍"跨文化传播与接受研究,项目编号19JD68

(2) 国家社科基金一般项目:人类命运共同体理念下儒家经典英译的普世价值和多维传播研究,项目编号20BYY037

(3) 国家社科基金一般项目:国家重大突发公共事件对外应急话语机制及长效因应策略构建,项目编号21BYY086

(4) 教育部产学合作协同育人项目:"外交话语汉英平行语料库+案例库"推动下的专业笔译课程体系改革,项目编号202101308008

前　言

杨宪益、戴乃迭所译《宋明评话选》是从"三言二拍"198篇故事中选取20篇组成,属于先编后译,于2007年被纳入"《大中华文库》(汉英对照)国家重大出版工程",由外文出版社出版。《宋明评话选》是一部重要的中国文化典籍,其英译是跨语言、跨文化、跨时空的传播活动,要求译者具备运用英语准确表达古汉语的语言内涵的能力,广博的中国传统文化知识背景,以及对中国传统文化内涵的深刻理解。在纷繁复杂的文化信息传播过程中,译者想要跨越文化差异,实现高效的文化传播,其难度可想而知。《宋明评话选》英译本的意义是杨宪益、戴乃迭在特定历史时期和文化语境下的创作过程中生成的。杨宪益曾说过,《宋明评话选》是他自己觉得比较满意的翻译作品。

本研究以杨宪益、戴乃迭的《宋明评话选》英译本为对象,从跨文化传播的维度探讨杨、戴英译《宋明评话选》的目的、方式及其社会文化语境,通过对他们讲述中国典籍故事、传播中国传统文化这一具体文化事件的考察,归纳、提炼两位翻译巨擘的翻译策略、翻译思想和讲述中国故事的翻译智慧,以期为当下中国文学、文化对外传播,特别是中国典籍外译提供可借鉴的方案。我们在文本研究中发现,与杨宪益、戴乃迭合作翻译的其他典籍文献相比,《宋明评话选》英译本呈现出迥然不同的特色,即以满足目的语读者的期待为主要目标,充分体现了译者对目的语读者的关照。在翻译《宋明评话选》的过程中,为了更好地传播中国传统文化，杨宪益、戴乃迭根据时代要求和翻译目标，动态选择灵活的翻译方法和策略，并做出适当的变通，以顺应国际话语环境，尽可能把原文内涵忠实地传达给目的语读者，使他们能尽可能多地理解原作内容，努力为他们呈现出一部完整而准确的中国典籍译作。杨宪益、戴乃迭坚持翻译要服务目的，强调文化比较视野和文化交流，关怀读者接受的能力，严谨细致，精益求精，为我国译界树立了典范。同时，他们也注重在翻译中保留一定程度的异国情调，使译文读者不仅可以接受，还能够欣赏。

杨宪益、戴乃迭夫妇一生完成百余部中国文学、文化作品翻译，将毕生精力献给了翻译事业，用他们的人生智慧，在中西文化堑壑之间架起了一座绚丽的虹桥。在"中国故事·世界话语"的时代背景下，为成功塑造中国大国形象，切实增强文化自信，稳步提高中国国际传播能力和增强国际话语权，我们不仅要主动承担中国传统文化对外译介与传播的历史重任，更需要从杨宪益、戴乃迭等中国典籍翻译大家身上汲取翻译的智慧，获取前行的力量，着力培育讲述中国故事、构建中国话语体系的时代能力。

目　录

第一章　绪论 …………………………………………………… 001
 1.1　研究背景 ………………………………………………… 003
 1.2　研究对象 ………………………………………………… 006
 1.3　研究问题 ………………………………………………… 007
 1.4　研究意义 ………………………………………………… 008
 1.5　理论依据 ………………………………………………… 009
 1.6　研究方法 ………………………………………………… 012
 1.7　结构框架 ………………………………………………… 015

第二章　选自"三言二拍"的《宋明评话选》 ………………… 017
 2.1　《宋明评话选》其书 …………………………………… 021
 2.2　冯梦龙及"三言"书系 ………………………………… 026
 2.3　凌濛初及"二拍"书系 ………………………………… 031
 2.4　从"三言二拍"到《今古奇观》 ……………………… 036
 2.5　"三言二拍"英译综述及相关研究 …………………… 037

第三章　杨宪益、戴乃迭与《宋明评话选》英译 …………… 055
 3.1　《宋明评话选》英译历程 ……………………………… 065
 3.2　《宋明评话选》英译特色 ……………………………… 067

3.3 《宋明评话选》英译研究现状 ………………………………… 105
3.4 小结 …………………………………………………………… 108

第四章 基于文化的《宋明评话选》英译 ……………………… 111
4.1 翻译研究的文化转向 …………………………………………… 114
4.2 翻译的文化特质 ………………………………………………… 117
4.3 《宋明评话选》中文化信息的传播 …………………………… 120
4.4 小结 …………………………………………………………… 201

第五章 《宋明评话选》英译对中国典籍外译的启示 ………… 205
5.1 《宋明评话选》英译对目的语读者的关照 …………………… 211
5.2 《宋明评话选》英译体现的译者翻译思想 …………………… 216
5.3 讲好中国典籍故事的翻译智慧 ………………………………… 226

第六章 结论 ………………………………………………………… 231
6.1 本研究的发现 …………………………………………………… 236
6.2 本研究的不足与局限 …………………………………………… 237
6.3 杨宪益、戴乃迭研究可拓展空间 ……………………………… 237
6.4 未来研究方向 …………………………………………………… 240

参考文献 ……………………………………………………………… 241

致谢 …………………………………………………………………… 258

第一章

绪 论

1.1 研究背景

中国文学是世界文学宝库的重要组成部分,不少优秀的中国文学作品被翻译成各种文字流传世界,这些作品向各国人民展示了底蕴深厚的中国历史文化传统和丰富多彩的中华民俗,以及中国人民的精神文化生活。近年来,随着中国综合国力的增强和国际地位的提高,在政府的大力推动下,有效实现了国家、作家和翻译家的三位一体,"中国文学走出去"事业取得了可喜成绩,中国作家和作品也逐渐为世界熟知。中国经典的海外传播也在经历了一段时间的沉寂之后,进入了百花齐放、百家争鸣的阶段。1981年,中国文学出版社推出了"熊猫丛书";1995年,我国历史上首次系统、全面地向世界推出外文版中国文化典籍的"《大中华文库》(汉英对照)国家重大出版工程"正式立项;2004年,国务院新闻办公室与新闻出版总署联合启动了"中国图书对外推广计划";中国作家协会分别于2006年和2009年启动"中国当代文学百部精品译介工程"和"中国文化著作对外翻译出版工程";2009年,新闻出版总署为有效推动中国图书"走出去",启动重点骨干工程"经典中国国际出版工程";2010年,国家汉办批准并全额资助的"中国文学海外传播"工程项目在北京师范大学启动。这些项目旨在主动向西方推介中华文明,以一种全新的形式,探索中国出版"走出去"的新路径。2011年3月16日,中国政府在"十二五"规划纲要中提出:"要传承优秀民族文化,创新文化'走出去'模式,增强中华文化国际竞争力和影响力,提升国家软实力。"中国外文局原副局长黄友义曾说过:"中国图书乃至中国文化走向世界,翻译工作是唯一一座桥梁,同时也是一道屏障。中国文化能走出去多远,很大程度取决于翻译的效果。"①通过翻译中国文学,推动中国文化"走出去"一直是我们国家努力实现的目标。然而,与中国文学文化"走出去"的热切需求不相称的是,中国文学在西方世界的传播一直处于困境,处于世界体系底部或边缘的中国文学在传播中阻力重重。虽然中国在英美地区的图书版权输出量从2001年的7种增加到2010年的420种,中译外工作仍面临严峻挑战。据王岳川统计,"从公元1900年到公元2000年100年,中国全盘翻译的西方文史哲政经法数理化等书将近10万册,但是西方完整翻译中国的书有多少册呢,不到500册"②。因此,中国翻译界要重视向世界传达中国的文化精髓。1995年汪榕培教授发表了题为"古典名著汉译外是我国文学翻译领域的短线"的文章,并呼吁"更多的有志从事翻译工作的学者能把精力投入我国古典名著汉译外的方面来"③。

在全球化背景下,中国文化与中国学术走向世界发展迅速,取得了很大成绩。但我们也逐渐意识到,中外学术交流存在不平等现象。中国学者非常认真地倾听外国学者的声音,阅读他们的著作,学习他们的研究方法,吸收他们有价值的学术观念;而外国学者,特别是欧美研究中国古代文学、历史与文化的汉学家总数并不多。黄友义强调:"中国图书在国际市场上表现不佳,除了受到中西文化差异的限制,深层次的原因是人才问题,特别是高水平中译外人才的匮乏。"④如果跨不过这道坎,中国文化就不可能大踏步走出去。河北大学詹福瑞教授提出:"中国古代文

---

① 孟晓光. 理智看待中国文学走向世界[N]. 人民日报(海外版),2010-09-23(7).
② 王岳川. 发现东方与中国文化输出[J]. 解放军艺术学院学报,2002(3):5-12.
③ 汪榕培. 古典名著汉译外是我国文学翻译领域的短线[J]. 外语与外语教学,1995(1):9-10.
④ 李蓓,卢荣荣. 中国文化走出去急需迈过翻译坎[N]. 人民日报(海外版),2009-08-14(4).

学是数千年民族文化的渊薮。中华民族的生存与繁衍,民族的生活习俗、思维方式、情感状态以及审美风尚,无不鲜活而又丰富地表现于中国古代文学之中。中国古代文学研究对于揭示民族文化的特性,弘扬民族文化,并把民族文化推向世界,参与世界文化建构,具有十分重要的意义。加强中国古代文学研究,是文化的世界性与民族性的需要。"①

现在国内有不少学者和翻译家从事典籍外译和典籍外译研究工作,已经取得了明显的成绩。经过几代人的共同努力,我们已经在翻译和介绍中国文化典籍、讲述中国故事的道路上迈出了可喜的一步。然而,在这条艰难而漫长的道路上,我们所面临的许多理论和实际问题仍然没有解决。比如,我们更容易认可国人自己的译本,但是中国人翻译的外文版中国典籍的出版发行大多限于国内,很难进入世界文学的视野,只供学外语的学生学习外语和翻译技巧,却无法走进别国的教学研究领域。中国作协党组书记、副主席李冰表示:"中国有一批优秀的作家和优秀的作品,因为语言障碍、价值观差异,中国文学在国际上的传播还不够广泛,一些外国读者对中国文学知之甚少。"②针对中国文学类书籍输出情况不甚理想的现实,"特别是一些在国内行销多年的经典文学作品,比如路遥的《平凡的世界》,霍达的《穆斯林的葬礼》,至今仍旧待字闺中,尚无外文版"③,北京十月文艺出版社版权主管李姬以《穆斯林的葬礼》为例,讲述了翻译对文学作品输出命运的重要性:"当时英国麦克米伦公司找到我们社,希望引进这本书的版权,但作者对翻译的样章不太满意,最后不了了之。"④那么,究竟该如何通过翻译向世界讲述中国故事,提升中国文化的地位,促进中国文化的发展,使中国文化在世界文学和文化中取

---

① 詹福瑞. 中国古代文学研究与 21 世纪中国文化[N]. 光明日报,2001-04-04(2).
② 董阳. 中国当代文学走入世界[N]. 人民日报,2012-10-13(3).
③ 李美. 西方文化背景下中国古典文学翻译研究[M]. 上海:世界图书出版公司,2015:167.
④ 李美. 西方文化背景下中国古典文学翻译研究[M]. 上海:世界图书出版公司,2015:168.

得应有的地位,使译文被译入语读者和译入语文化接受、理解、欣赏,进而使两种文化产生互动和交融?这一系列问题是中国古典文学翻译面临的重要问题。

杨宪益与妻子戴乃迭珠联璧合,笔耕不辍,将数千万字的中国文学作品译介到西方,在西方汉学界有着举足轻重的影响。他们一生完成百余部中国文学、文化作品的翻译,其翻译作品涉及面极广,主要包括《离骚》《史记》《红楼梦》《儒林外史》《唐宋传奇》《鲁迅选集》等。杨宪益以其在中西文化方面的博学知识,打通语言障碍,为将中国古典名著尽可能原汁原味地介绍到国外,做出了不可磨灭的贡献。"作为一代富于学识和眼界的中国学者,他直接或间接地推动了西方中国研究的发展。"[①]由于英译《红楼梦》带来的巨大影响,英译《红楼梦》成为杨宪益、戴乃迭夫妇二人一生翻译事业的标签,常常令人忽略对其他更多文学类型译著,如诗词曲赋和杂文、时文等译著的关注。如此下去,既无法完整勾勒出高山仰止的翻译巨擘形象,对翻译家毕生事业深度与广度的归纳与总结也因此不完整。本研究做了初步的尝试,希望为实现中国文化典籍走向世界的宏伟目标做出一些努力,让全世界都能倾听到讲述中国故事的声音。

1.2 研究对象

20世纪70年代翻译研究出现文化转向以来,译者的主观能动性作用逐渐凸显,对翻译主体——翻译家的研究成为翻译研究的新领域。作为"几乎翻译了整个中国"的翻译家,杨宪益、戴乃迭的翻译成就有目共睹。然而,由于他们长期沉浸于翻译实践,鲜有谈及对翻译的看法与见

---

① 迪莉娅·达文. 陨落的中国翻译大家杨宪益[N]. 独立报,2009-11-25.

解,学界对他们的研究主要围绕其大量英汉、汉英翻译作品批评展开,尤其集中于《红楼梦》英译及鲁迅系列作品英译,较少对他们的翻译思想进行深层次、全面的挖掘。本研究以2007年外文出版社出版的杨宪益、戴乃迭的《宋明评话选》①英译本为研究对象,对其展开跨文化传播学与翻译学的综合分析。本研究响应翻译学科的蓬勃发展和中文外译的时代呼唤,积极展开对杨宪益翻译思想、翻译方法和翻译原则的系统、全面阐释,力求再现大师的翻译历程,为汉语英译实践提供有效指导,推动汉译外事业繁荣发展。

1.3 研究问题

杨宪益、戴乃迭夫妇一生完成百余部中国文学、文化作品翻译,将毕生精力献给了翻译事业,用自己的人生智慧,在中西文化堑壑之间架起了一座绚丽的虹桥。然而系统、全面梳理其翻译思想的努力尚不多见,这与杨宪益作为一代翻译巨匠的事实极为不符。本研究在跨文化传播学的大视野下,运用描述性翻译研究方法,全面探讨《宋明评话选》的英译历程和翻译特色等,详细梳理两位译者对于《宋明评话选》的篇目和诗词歌赋的翻译方法和策略,如何在译本中成功实现女性形象的重构,以及伉俪二人在处理《宋明评话选》中的文化信息和其他语言信息时的翻译方法及翻译策略的选择,据此总结杨宪益、戴乃迭的翻译传播理念和

---

① 目前,国内不少研究文献提及此部译著时混用"平话"和"评话",为行文统一,本书提及杨宪益、戴乃迭的这部译著时使用后一术语,即《宋明评话选》。虽然在我国文学史上,自元代以降,"评话"和"平话"就一直混杂使用,甚至也有学者认为,相对而言,"平话"一词的运用比"评话"较为广泛,但由于汉语语言学中,"平话"还兼指西南地区汉语方言的一种,以柳州市为界分为桂北平话和桂南平话。目前市面上所见杨宪益、戴乃迭译本,仅外文出版社2001年版《宋明平话选:汉英对照》以及该版本的重印本,封面上用"平话"二字,其余版本或为 *The Courtesan's Jewel Box*,或为《宋明评话选》。因此,本书为确保术语统一且消除可能产生的误解,统一将译著表述为《宋明评话选》。

翻译思想精要。在此基础之上，提炼出讲述中国故事的翻译智慧，力图从中得出关于如何向外国人讲述中国故事的启示，并积极拓展杨宪益翻译思想研究的维度，为当代文学翻译人才培养提供借鉴。

具体研究问题如下：

问题一：《宋明评话选》英译本呈现出与杨、戴以往翻译的典籍作品截然不同的特色，具体表现在哪些方面？

问题二：杨、戴英译《宋明评话选》以满足目的语读者的期待作为主要目标。他们如何实现对目的语读者的关照？

问题三：杨、戴二位译者如何在译本中成功实现女性形象的重构？

问题四：杨、戴如何传播《宋明评话选》中的中国文化信息？

问题五：杨、戴英译《宋明评话选》给中国典籍外译带来什么样的启示？

鉴于篇幅的限制，对有些相关问题，如《宋明评话选》在英语世界的传播效果以及读者接受情况等未能进行深入研究，这将是作者将来进一步研究的内容。

1.4 研究意义

《宋明评话选》是杨宪益自己承认的"有价值"的两部译作之一（另一部是四卷本《鲁迅选集》）。杨宪益作为中国当代成就斐然的文学翻译家，译作数量之多、质量之高、涵盖面之广，向来为人所称道，也因此广受学界关注。杨宪益等中文外译巨匠的离去，警醒了文化学界、翻译学界，如何继承他们的翻译智慧成为翻译学界的当务之急。由于杨、戴英译《红楼梦》获得巨大成功，产生广泛影响，成为他们翻译事业的标签，常常令人忽略对他们夫妇二人在其他更多类型文学作品翻译方面的成就和贡献。本书通过《宋明评话选》英译研究，为完整勾勒出杨、戴高山仰止的翻译巨擘形象和归纳他们毕生事业的深度与广度尽一份绵薄之力。本书通过系统、全面梳理杨宪益、戴乃迭《宋明评话选》英译本的翻译实践经验和翻译传播理念,结合他们夫妇二人的英译实践轨迹,总结其翻译思想精要,以彰显其在中国翻译史上的地位和作用。本书力求深化合作翻译模式、诗人译诗、翻译与赞助人、翻译与意识形态等问题的研究,有助于归纳、提升汉语这一特质语言向英语转化的规律、水平,使中文外译理论加入世界翻译理论的对话行列。

1.5 理论依据

翻译不仅是一种跨语言的交流活动,也是一种跨文化的传播过程,异语文化之间的传播必须通过翻译才能实现。自 20 世纪 80 年代以来,译界学者们开始提出翻译具有传播学的特征,是不同语言文化之间的信息传播。吕俊认为,翻译是一种跨文化的信息交流与交换的活动,其本质是传播,无论口译、笔译、机器翻译,也无论是文学作品的翻译,抑或是科技问题的翻译,它们所要完成的任务都可以归结为信息的传播。① 文学翻译是跨语言、民族、时空的跨文化交际,是用另一种语言诠释作品中丰富文化内涵和美学精神的过程。② 作为信息科学的一个分支,传播学孕育于 20 世纪 20 年代,形成于四五十年代,直到七八十年代才在北美、西欧、日本等一些发达国家发展成熟。传播学的奠基人和先驱之一,美国政治学家哈罗德·D.拉斯韦尔(Harold D. Lasswell)的著作《社会传播的结构与功能》(*The Structure and Function of Communication*

---

① 吕俊. 翻译学:传播学的一个特殊领域[J]. 外国语,1997(2):39-44.
② Wang Ning. On Cultural Translation: A Postcolonial Perspective [C]// Wang Ning and Sun Yifeng (eds.). *Translation, Globalisation and Localisation: A Chinese Perspective*. Clevedon: Multilingual Matters Ltd., 2008:75.

in Society)被誉为传播学的独立宣言。拉斯韦尔①在该书中提出了著名的"5W"传播模式,即谁(Who),说什么(Say What),通过什么渠道(In Which Channel),对谁说(To Whom),产生什么效果(With What Effect),具体包括了传播主体、传播内容、传播渠道、传播对象和传播效果等五个方面。拉斯韦尔既从内部结构上分析了传播过程的要素,又从外部功能上概括了传播过程的作用。如果将拉斯韦尔的5W传播模式应用到翻译传播活动中,则表现为译者、译介内容、译介渠道、译文读者和译介效果等五个方面。"尽管近年来翻译研究已打破原语与译语的两极局限……但仍处在一种孤立的非连续性的,甚至是针锋相对、各树一帜的研究局面。这对翻译学的建立与发展是极为不利的。只有把翻译学放在传播学的框架中去,对翻译的本体、主体、客体、载体、受体等诸方面进行系统性研究才能有助于学科的建立与发展。"②与传播学以同一文化、同一语言中进行的传播现象为主要研究对象不同,翻译是跨文化跨语言进行的传播活动,具有跨文化和跨语言的特点,原文作者和译者都是传播主体。所以,翻译学不能生搬硬套传播学的已有模式,必须根据实际情况进行加工改造,用新方法解决新问题。

作为传播学的一个分支,跨文化传播学主要致力于不同文化之间的理论与实践研究,其"研究对象是文化与传播之间的关系,以及不同文化之间理解、合作与共存的可能与机制。与之相应,跨文化传播学的研究目标涉及:描述特定文化之间传播的性质,揭示文化的异同;基于对文化异同的理解,研究消除人们由于文化屏障造成的传播差异的途径;更好地理解自己的文化,理解文化的创造和分野的进程"③。总之,跨文化传

---

① Lasswell, Harold Dwight. *The Structure and Function of Communication in Society*[M]. New York: Harper & Bros, 1948.
② 吕俊. 翻译学:传播学的一个特殊领域[J]. 外国语, 1997(2): 39-44.
③ 孙英春.跨文化传播学导论[M]. 北京:北京大学出版社, 2008: 1.

播学关注的问题主要是文化与传播这两个对象。跨文化传播存在于人类社会的一切活动中,可以说,没有跨文化传播活动,就没有人类社会的生存和发展,也不会有人类的进化和文明,跨文化传播促进了人类文化的发展和社会变迁。跨文化传播"维系了各个社会结构和社会系统的动态平衡,促进了全球社会的整合、协调和发展"①。

传播的实质就是通过符号和媒介交流信息的一种社会互动过程。在这个过程中,人们使用大量的符号交换信息,不断产生着共享意义,同时运用意义来阐释世界和周围的事物。② 最理想的跨文化传播状况是将传播双方各自的文化和价值标准融合,对文化差异达成共识,最后创造出彼此都能接受的新的文化和新的价值标准,实现成功传播。王秉钦指出:"翻译作为一种跨文化传播,必将置身于人类文化交叉这个宏大背景和综合关系网络之中,必将置身于世界科学这个开放的复杂体系内,从其他学科特别是新兴学科汲取营养,借助学科群的知识,扩宽自身研究的视野和思路,推动自身的发展。"③

本书针对《宋明评话选》的英译研究,主要围绕以下五个方面进行:(1)当作者、译者和译文读者分别来自不同文化背景时,如何通过传播实现各种文化信息在时间和空间中流动,消除由于文化屏障造成的传播差异;(2)揭示原语文化与译入语文化之间的异同,分析它们对文本意义的理解和阐释;(3)探讨翻译过程中,由于文化差异导致的文化错位和传播冲突;(4)研究译者的文化观、传播观对其所用翻译方法的影响;(5)总结译者典籍英译的翻译思想精要和翻译智慧。本书围绕以上五个方面,对《宋明评话选》英译本开展跨文化传播学与翻译学的综合分析。通过梳理《宋明评话选》的英译总体情况,从读者接受视角考察译者在翻译

---

① 孙英春.跨文化传播学导论[M].北京:北京大学出版社,2008:1.
② 孙英春.跨文化传播学导论[M].北京:北京大学出版社,2008:20.
③ 王秉钦.文化翻译学:文化翻译理论与实践[M].天津:南开大学出版社,2007:7.

过程中对于文本信息、文化因子与修辞手段等的跨语言转换。本书侧重剖析译者对于文本中丰富的文化信息的翻译方法和策略，通过考察杨宪益、戴乃迭的英译实践与翻译传播理念，研究其翻译思想，提炼出中国故事的翻译智慧。

1.6 研究方法

根据詹姆斯·霍尔姆斯（James Holmes）的概括性标准，本书属于描述性翻译研究，[1]从宏观和微观层面描述《宋明评话选》英译研究，借助相关理论解释现象背后的深层原因，从杨、戴夫妇二人的翻译事实中总结出规律性的原则。

20世纪70年代，描述翻译学在西方兴起。正是基于对语言学翻译研究局限的清楚认识，在学术研究哲学转向、文化转向的大背景下，翻译研究突破了传统语言学研究的藩篱，转向从政治、经济、文化和历史的角度来重新审视翻译活动，几乎同步实现了"文化转向"[2]。翻译研究的文化学派是一个较宽泛的概念，不仅内部可细分为翻译研究学派、多元系统派和规范派等，同时与功能学派、解构学派等在外部学理关系上也有极深的渊源。翻译的文化学派在方法论上，主张采取描述研究的方法来分析作为文化、历史现象的翻译的性质和功能。1980年，吉迪恩·图里（Gideon Toury）的专著《翻译理论探索》（*In Search of a Theory of Translation*）[3]正式出版，标致着西方译学研究范式向文本描写转移，而

---

[1] Holmes, James S. *Translated! Papers on Literary Translation and Translation Studies* [M]. Amsterdam: Rodopi, 1988: 78.

[2] 翻译研究的"文化转向"系文化翻译学派主将苏珊·巴斯奈特和安德烈·勒菲弗尔于1990年在合编《翻译，历史与文化》一书序言中首次提出；巴斯奈特在1998年与勒菲弗尔合编《文化构建：文学翻译论集》中撰文提出文化研究的"翻译转向"。

[3] Toury, Gideon. *In Search of a Theory of Translation* [M]. Tel Aviv: The Porter Institute of Poetic and Semiotics, 1980a.

他 1995 年的另一本专著《描述翻译学及其他》(*Descriptive Translation Studies and Beyond*)①问世，使得这一研究范式日臻完善。图里认为，过去对翻译问题的研究过多局限在关于可译性、不可译性等问题的讨论上，太少关注甚至忽视译文文本和译入语语言、文学、文化环境给翻译造成的影响等问题的研究。图里将注意力集中在翻译的结果而不是翻译的过程上，认为翻译更主要的是一种受历史制约、面向译入语的活动，并非纯粹的语言转换。因此，他对仅仅依据原文而完全不考虑译入语因素（与原语民族或国家完全不同的诗学理论、语言习惯等）的传统翻译批评提出了批评。他认为，研究者进行翻译分析时应该注意译入语一方的参数，如语言、文化、时代等，这样才能搞清楚究竟是哪些因素、在多大程度上影响了翻译结果。基于对 1930 年到 1945 年这 15 年间从英语、俄语、德语、法语和意大利语翻译成希伯来语的文学作品的定量分析，描述学派力图将翻译定义为"在目的系统当中，表现为翻译或者被认为是翻译的任何一段目的语文本，不管所根据的理由是什么"②。他的这一结论对单纯关注语言转化的翻译理论研究固然是有力的反拨，但也将翻译研究的着力点推向了另一个极致。在描述学派翻译观的影响下，一时之间似乎人人都可以脱离原文、割裂原文，从译入语的角度开展翻译批评和翻译研究。

西奥·赫曼斯(Theo Hermans)也是这一学派的主将，更是将翻译研究的对象推向了译文中心："翻译研究并不是为将来翻译提供指导原则或对现存的译者进行评判，而是就译文论译文，尽量去确定能说明特定译文特质的各种因素……尽可能从功能的角度出发，分析文本策略，说明译文在接受文学中发挥作用的方式。前者主要关注影响翻译方法和译文

---

① Toury, Gideon. *Descriptive Translation Studies and Beyond* [M]. Shanghai: Shanghai Foreign Language Education Press, 2001.

② Toury, Gideon. A Rationale for Descriptive Translation Studies [C]// *The Art and Science of Translation*. Dispositio 7, 1980b, Special Issue, 22 - 39.

的种种翻译规范、限制和假设；后者则力图解释翻译对新环境产生的影响，即目的系统对特定翻译（或某些翻译）的接受和拒斥。"①赫曼斯认为，科学的翻译研究方法应当是描述性和系统性的，应该注重目的和功能。描述翻译学的研究重点不再是"我们应该怎样翻译？什么是正确的翻译？"而是关注"译本做什么？它们是怎样在世上流通并引起反响的？"②译本作为文献的这一现实，或者说其物质性和流动性受到更为广泛的关注。

《宋明评话选》是中国文化典籍，其英译要求译者运用英语来表达古汉语的语言内涵、宽广的知识背景以及深刻的文化内涵，因而是一种跨语言、跨文化、跨时空的传播活动。在纷繁复杂的文化信息传播过程中，作者、译者和读者分属于不同的文化体系，他们的人生经历存在巨大的文化差异，自然会对原语文本或译语文本产生不同的文化解读。面对《宋明评话选》这样一个文本，译者想要跨越文化差异，实现高效的文化传播，难度可想而知。因此，从跨文化传播学视角来研究《宋明评话选》英译现象，必然脱离不开中英文化之间的相互作用。翻译文化学派的代表人物安德烈·勒菲弗尔（André Lefevere）指出：翻译是文化系统中的一个子系统，与其他子系统相互影响和制约。翻译会受到诸如诗学（poetics）、赞助人（patronage）、意识形态（ideology）等内外因素的影响。③《宋明评话选》英译本的意义是杨宪益、戴乃迭夫妇在特定历史时期和文化语境下的创作过程中生成的。他们根据时代要求和自身目的，动态选择灵活的翻译方法和策略，给译文读者呈现出一部完整的译作。

---

① Hermans, Theo. *The Manipulation of Literature: Studies in Literary Translation* [M]. London and Sydney: Croom Helm, 1985: 12-13.
② Hermans, Theo. *The Manipulation of Literature: Studies in Literary Translation* [M]. London and Sydney: Croom Helm, 1985: 12-13.
③ Lefevere, André. *Translation, Rewriting and the Manipulation of Literary Fame* [M]. Shanghai: Shanghai Foreign Language Education Press, 2000: 14-16.

本书在文化层面上综合剖析《宋明评话选》英译本全部内容,从译本的文本信息着手,将跨文化传播学的理论和描述性翻译研究的方法结合,阐释《宋明评话选》英译的全过程,分析相应的文化背景和制约因素,努力探寻译者的翻译思想精髓,力图在跨文化传播的视域下,根据其跨文化传播特色,通过透视《宋明评话选》英译的各种现象,对其英译历程和现状进行客观的描述和阐释,并通过分析梳理杨宪益、戴乃迭的英译实践与翻译传播理念,总结杨、戴的翻译智慧,养成讲述中国故事、构建中国话语体系的时代能力,向西方世界介绍真正的中国传统文化,促进中西文化交流和发展,让西方了解真正的中国。

具体的研究方法如下:

(1) 文献法。为正本清源,我们运用文献法广泛收集国内外关于"三言二拍"翻译研究、《宋明评话选》翻译研究,以及杨宪益、戴乃迭英译实践及相关研究的文献,在拥有大量第一手资料的基础之上进行文本细读和分析梳理,取其精华,以期达到研究的目的。

(2) 传播学的方法。运用传播学的方法有助于我们认清翻译的本质,从而研究跨文化传播中的翻译方法,以及翻译各要素之间的互动关系,并从宏观和微观研究两个层面分析《宋明评话选》英译现象。

(3) 描述性方法。通过大量例证,尽量客观地呈现出《宋明评话选》英译本的真实面貌和文化传播特点。借鉴跨文化传播学的多种理论,客观考察译者的翻译行为,以及如何实现其传播目的。

1.7　结构框架

本书的结构框架如下:

全书共分六章。第一章为绪论,主要介绍了本研究的选题背景、研究对象、研究问题、研究意义、理论依据、研究方法和结构框架。第二为选自"三言二拍"的《宋明评话选》,首先明确了《宋明评话选》与"三言二拍"的溯源关系,对《宋明评话选》一书进行详细介绍,然后分别介绍"三言""二拍"的作者冯梦龙和凌濛初的生平及文学创作观念,以及"三言二拍"的英译概况和相关研究。第三章是杨宪益、戴乃迭与《宋明评话选》英译,对《宋明评话选》英译情况进行概述,主要包括其英译历程、翻译特色以及翻译研究现状等,其翻译特色主要体现在读者接受理论观照下的篇目翻译、诗词歌赋翻译以及女性形象重构等,并对《宋明评话选》英译及英译研究情况进行整体、客观描述。第四章基于文化的《宋明评话选》英译,讨论翻译研究的文化转向、翻译的文化特质和文化信息的传播。从跨文化传播大视野下,采用描述性翻译研究方法,分析杨宪益、戴乃迭在《宋明评话选》翻译过程中,对中国文化内容中各种信息的处理方法,力求客观再现《宋明评话选》英译本的真实面貌及文化特点。第五章为《宋明评话选》英译对中国典籍外译的启示,讨论杨宪益、戴乃迭二人的英译《宋明评话选》对目的语读者的关照,以及《宋明评话选》英译体现的杨宪益、戴乃迭的翻译思想,并总结讲述中国典籍故事需要怎样的翻译智慧。第六章是结论部分,主要总结本研究的发现、不足与局限,杨宪益、戴乃迭研究的可拓展空间,以及未来的研究方向。

第二章

选自"三言二拍"的《宋明评话选》

"评话"是元、明、清时代对白话小说的一种称呼。"评话"原本是讲说故事的一种民间表演技艺，盛行于宋代，表演方式是只说不唱，没有音乐伴奏，与有说有唱的"诗话""词话"不同。后来这类口头表演内容被记录整理成书面文字，也就是早期的白话小说。从元代开始，评话专指历史题材的白话小说，到了明清两代，评话便成了涵盖各种题材的白话小说的通称。白话小说与文言小说不同，文言小说的作者和读者是士大夫，属于雅文化，而白话小说面向士大夫在内的广大民众，属于大众文化。白话小说使用白话，最初的作品内容都是由口头表演的"评话"整理改编而成。明代嘉靖以后，一大批著名文人参与了白话小说的创作与批评，使得白话小说的思想艺术得到空前提升。"评话"非常贴近世俗日常生活，描写的多是市井小人物的荣枯浮沉和悲欢离合，从而表现出与传统士大夫诗文迥然不同的世俗精神风貌。宋明"评话"的题材非常广泛，真实地描绘了当时的市井社会相，这些活生生的人物和有声有色的社会图景，在传统诗文和史传中很难见到，在艺术上和认识上都极具价值。

　　"三言二拍"是我国古代最重要的话本、拟话本总集，代表着中国古代白话短篇小说的最高艺术成就，共包括198篇故事。"它们是中国古代社会特别是明代中晚期社会的一部百科全书，代表着中华民族文化发展方向的一种大众化的文学作品，在中国文学史上有着举足轻重的历史地位，成为不折不扣的文学名著和经典的国学读本。在当今中国人的社会生活中，正发挥着日益广泛的影响。"[①]不管它们是改编自宋元话本小

[①] 张兵.三言两拍鉴赏辞典[Z].上海：上海辞书出版社，2016：前言.

说、文言小说、野史笔记，还是取材于明代的当代故事和现实题材，故事的重心都是市民生活和世态人情，表现了当时社会上各类人的非常全面、广泛、丰富的社会生活，深入地反映了一个多元的、色彩斑斓的人类世界。"三言二拍"对晚明时代的社会生活进行了全方位的描述和反映，是展示晚明社会的通俗的历史画卷，对晚明社会生活反映的广度和深度在明代拟话本小说创作中也是首屈一指。

"三言"是明末著名通俗文学家冯梦龙编撰的《喻世明言》（亦称《古今小说》）、《警世通言》、《醒世恒言》三部小说集的总称，是我国古代短篇小说代表性作品，集白话小说之大成。"三言"共辑入我国宋元时期至明代末年的各种白话短篇小说120篇，题材广泛、内容丰富，不仅有宋元旧事，更有据文言笔记、传奇小说、历史故事、戏曲乃至社会传闻创作而成的故事，生动反映了封建社会后期宋、元、明三个朝代城乡社会的方方面面，尤其是社会下层多姿多彩的市井生活，体现了较长一段历史时期中华民族的文化风貌与时代特征。"三言"产生在一个人性觉醒、世俗意识浓厚、人性解放的时代背景中，对人类普遍认可的美德给予充分的肯定，对恶劣的品质给予讽刺批判，体现了冯梦龙的小说观念与匡扶世风之理想。"三言"的问世，标致着话本小说形式的定型与成熟，为中国当时和后来的白话短篇小说确立了范本，对后世的文学创作产生了极大的影响。它从思想上奠定了话本小说以儒为主，释道辅之，并渗进市民意识的思维格局。

"二拍"指的是凌濛初根据野史笔记、文言小说和当时的社会传闻创作的《初刻拍案惊奇》和《二刻拍案惊奇》，是明代白话短篇小说的代表作，主体反映了市民生活中追求财富和享乐的社会风气，同时反映了资本主义萌芽时期人们渴望爱情和平等的自由主义思想。"二拍"故事大部分描写的是明代的人和事，其内在精神具有强烈的晚明特色。"二拍"问世300年之后，学人才开始对它进行研究。[①] 以"三言"为参照，诸多学

---

① 伏满戈."二拍"人物研究[D].西安：陕西师范大学，2006.

者,如鲁迅、郑振铎、谭正璧等,对"二拍"的内容和艺术水平都持否定态度,王古鲁先生在《关于新刊拍案惊奇》里肯定"二拍":"尽管并不是没有糟粕,大部分作品却生动之极,真实地描绘了当时各方面的生活……鲜明地表现了和人民一致的爱憎,今天看起来,却仍然有很大的艺术魅力的。"[①]

"三言""二拍"均以晚明社会的市民阶层为主体,以市民生活为小说描写的主要对象,描写并反映他们的生活状态、文化追求及精神面貌。其中出现的市井细民无所不包,三教九流,五花八门,可以将其视为17世纪市民生活的百科全书,不仅范围广泛地反映了市民的生活状态,还揭示了折射着时代精神风貌的新的社会价值观,同时做出对于经商为贾的肯定,对于人性真情一致赞美,对于人的正常感情的自然流露给予赞颂、同情和宽容,表现出与当时社会进步思潮相吻合的人文意识。"三言""二拍"为与它们同时代及以后的话本小说提供了基本的创作模式,代表我国古代拟话本小说创作的最高峰,在问世之初就非常盛行,引发了明末清初拟话本小说创作的高潮,在今天更是被奉为经典名著,引起了众多学者的关注和研究兴趣。

2.1 《**宋明评话选**》**其书**

杨宪益、戴乃迭所译《宋明评话选》凡20篇译作,均选自最为著名的宋明短篇白话小说集"三言二拍",其中15篇选自冯梦龙编撰的"三言",5篇选自凌濛初创作的"二拍"。

具体包括:《崔待诏生死冤家》(《警世通言》卷八)、《小夫人金钱赠年少》(《警世通言》卷十六)、《十五贯戏言成巧祸》(《醒世恒言》卷三十三)、《简帖僧巧骗皇甫妻》(《喻世明言》卷三十五)、《小水湾天狐诒书》(《醒世

---

① 王古鲁.关于新刊拍案惊奇[N].文汇报,1957-11-01.

恒言》卷六)、《滕大尹鬼断家私》(《喻世明言》卷十)、《刘小官雌雄兄弟》(《醒世恒言》卷十)、《金玉奴棒打薄情郎》(《喻世明言》卷二十七)、《沈小霞相会出师表》(《喻世明言》卷四十)、《宋小官团圆破毡笠》(《警世通言》卷二十二)、《杜十娘怒沉百宝箱》(《警世通言》卷三十二)、《卖油郎独占花魁》(《醒世恒言》卷三)、《灌园叟晚逢仙女》(《醒世恒言》卷四)、《钱秀才错占凤凰俦》(《醒世恒言》卷七)、《卢太学诗酒傲王侯》(《醒世恒言》卷二十九)、《转运汉巧遇洞庭红 波斯胡指破鼍龙壳》(《初刻拍案惊奇》卷一)、《刘东山夸技顺城门 十八兄奇踪村酒肆》(《初刻拍案惊奇》卷三)、《丹客半黍九还 富翁千金一笑》(《初刻拍案惊奇》卷十八)、《钱多处白丁横带 运退时刺史当艄》(《初刻拍案惊奇》卷二十二)、《神偷寄兴一枝梅 侠盗惯行三昧戏》(《二刻拍案惊奇》卷三十九)。

《宋明评话选》所选择的故事按照主体思想分为三类:提倡男女平等思想;反对封建官僚腐败和对普通百姓的压迫;反映中国传统的"好人好报"思想。其中有 8 篇是关于男女平等、反对封建礼教的故事,占全书总篇目的 40%,与当时社会所提倡的追求婚姻自由、男女平等、反封建思想一致。另有 5 篇关于民事、刑事案件的故事,从不同侧面揭露了封建官府的腐败黑暗。书中辑选的其他篇什则集中反映了中国传统的"果报"思想,宣扬诚实守信、孝敬父母等传统优良品质,鞭笞为富不仁、行为不端的行径。这些故事的选择尽管和译者本人有一定的关系,但更多的是当时主流意识形态的体现,是这些作品的反封建和现实主义倾向促成其被列为翻译对象,得以通过翻译的形式获得另一种语言的书写。尽管杨宪益曾说过,《宋明评话选》是他最满意的作品之一,然而受制于当时的历史情况,《宋明评话选》的译介过程受到了当时主流意识形态的影响。①

《宋明评话选》是反映社会层面广泛、思想内容深刻、人物形象繁杂

---

① 杨荣广. 我国典籍的对外翻译出版与传播:以《宋明平话选》为例[J]. 出版广角,2015(20):114-116.

的拟话本小说选编,其中多篇以女性形象为主人公的故事取得了较高的艺术成就。林林总总的女性人物,她们身份各异,性格鲜明,人物形象跃然于纸上。相比之下,男性人物没有女性人物饱满和立体。《宋明评话选》中许多作品真实地反映了女性善良、纯洁和刚毅不屈的品质,以及为争取幸福爱情而进行的反抗和斗争。无论是大家闺秀,还是小家碧玉,都有着鲜明的个性和独特的魅力,她们为了追求自己理想中的爱情和婚姻,大胆向封建礼教发起挑战,唾弃"媒妁之言""门当户对"的旧式婚姻原则,表现出了冲破传统观念束缚、争取女性自由的进步倾向。

封建文化对女性持歧视和轻贱的态度。女性既无权干预政务,经济上也应"子妇无私货,无私蓄,无私器、不敢私假、不敢私与",也就是说,她们没有继承和支配财产的权利。同时,封建礼教以"三从四德"束缚妇女的道德。婚姻上,女子要听父母之命、媒妁之言,要从一而终,做贞洁烈妇。在这样的大背景下,冯梦龙和凌濛初仍对作品中的女性人物充满了同情和赞美,对女人的尊严和灵魂进行善意的观照和怜悯。冯梦龙明确提出了"借男女之真情,发名教之伪药"的著书目的,表达他以欲反理的观点。他突破了传统的男权制文本中对女性形象的二元对立分类模式,塑造了一系列有血有肉、鲜活生动、敢爱敢恨的女性形象。凌濛初在"二拍"中对忠贞节烈、坚守爱情、德才兼备的女性赞赏有加,同时对心术不正、忤逆不孝、不守贞节的女子严词批判。他既肯定传统道德和价值观念,也承认女子是独立自主的,有行使自由的权利,具有进步的女性观。

《宋明评话选》中 20 篇作品的中文部分以"三言""二拍"的天许斋本、兼善堂本、叶敬池本、尚友堂本为底本综合点校而成,其中个别地方有所删改。[①]《宋明评话选》收入的 20 篇故事编写情况如下:

---

① Feng Menglong, Ling Mengchu. *Selected Chinese Stories of the Song and Ming Dynasties* [M]. Trans. Yang Xianyi and Gladys Yang. Beijing: Foreign Languages Press, 2007, Introduction: 26.

序号	篇目	编写特点	出处
1	《崔待诏生死冤家》	删去入话和头回,直接进入正文	"三言"
2	《小夫人金钱赠年少》	全文选用	"三言"
3	《十五贯戏言成巧祸》	全文选用	"三言"
4	《简帖僧巧骗皇甫妻》	删去入话和头回,直接进入正文	"三言"
5	《小水湾天狐诒书》	删去篇尾诗	"三言"
6	《滕大尹鬼断家私》	简化了入话,删去倪太守和梅氏成亲之夜性爱描写的《西江月》词一首	"三言"
7	《刘小官雌雄兄弟》	删去入话和头回,直接进入正文	"三言"
8	《金玉奴棒打薄情郎》	删去入话和头回,直接进入正文	"三言"
9	《沈小霞相会出师表》	全文选用	"三言"
10	《宋小官团圆破毡笠》	全文选用	"三言"
11	《杜十娘怒沉百宝箱》	删去入话和头回,直接进入正文	"三言"
12	《卖油郎独占花魁》	删去一段描写门户中梳弄规矩的文字,删去性爱描写文字两处	"三言"
13	《灌园叟晚逢仙女》	全文选用	"三言"
14	《钱秀才错占凤凰俦》	删去入话中描写太湖的一段文字	"三言"
15	《卢太学诗酒傲王侯》	删去描写知县汪岑所断案件的大段文字,以及卢楠家仆起争执闹出人命官司详情	"三言"
16	《转运汉巧遇洞庭红 波斯胡指破鼍龙壳》	全文选用	"二拍"
17	《刘东山夸技顺城门 十八兄奇踪村酒肆》	全文选用	"二拍"
18	《丹客半黍九还 富翁千金一笑》	删去头回,以及正文中关于性爱描写的一段文字	"二拍"
19	《钱多处白丁横带 运退时刺史当艄》	删去头回	"二拍"
20	《神偷寄兴一枝梅 侠盗惯行三昧戏》	全文选用	"二拍"

话本小说的语言载体为白话,其体制由入话、头回、正话、篇尾诗等部分组成。无论篇幅长短,每篇话本或拟话本小说一般都以诗词韵文作为开端,称为"入话",由篇首诗和篇首诗后说话人对诗歌所做的解释、评论与进入正话前的议论接引等组成。入话体裁不一,多为诗词韵语或小故事,是说话人在叙述正文之前,为候客、垫场、引人入胜或点明本事之用。入话是话本、拟话本小说的有机组成部分,有的起陪衬、铺垫的作用,有的具有穿针引线、导入本事的功能,因此在小说中占有重要的地位。头回则是处于正话前与正话相反或相类似的一个或若干个小故事,是说话人讲说的开场故事。正话是话本小说要表述的主要故事内容,包含曲折的情节和丰满的人物形象。话本小说的结尾一般是指故事本身的结束,是故事整体的一部分,而篇尾诗是说话人对整篇话本所做的评价和结论,带有较强的主观性,通常是以四句或八句诗句的形式作结,也称为散场诗。

　　杨宪益说:"我俩实际上只是受雇的翻译匠而已,该翻译什么不由我们做主,而负责选定的往往是对中国文学所知不多的几位年轻的中国编辑,中选的作品又必须适应当时的政治气候和一时的口味……"[①]由此可知,《宋明评话选》的选本和编辑工作并非仅由译者本人完成。《好逑传》首版译文的译者,英国人托马斯·珀西(Thomas Percy)对编辑的这种做法表示认同,他认为,为了让国内大众接受和理解异国文化,编辑有权利也有责任对原文进行删减或概括或补充注解,而不是让译文完全融入本地文化习惯。[②]

[①] 杨宪益. 杨宪益自传[M]. 薛鸿时,译. 北京:人民日报出版社,2010:225.
[②] 李美. 西方文化背景下中国古典文学翻译研究[M]. 上海:世界图书出版公司,2015:172.

2.2 冯梦龙及"三言"书系

冯梦龙(1574—1646),明代通俗文学家、思想家、戏曲家,南直隶苏州府吴县籍长洲(今江苏苏州)人,字犹龙,又字子犹,别号龙子犹、墨憨斋主人、顾曲散人、吴下词奴等。冯梦龙出身名门世家,与兄冯梦桂,弟冯梦熊并称"吴下三冯"。冯梦龙一生极其曲折坎坷,少时有才情,博学多闻,志向远大,广为同辈所钦服,为人旷达,不拘一格。青年时屡考科举不中,落魄奔走,以坐馆教书为生。他行为放荡不羁,不受名教约束。中年时期进入连续二十年的创作旺盛期。晚年从文学创作转向从政,五十七岁时,才补为贡生,次年破例授丹徒训导,六十一岁时升任福建寿宁知县,四年后回到家乡。在天下动荡的局势中,清兵南下时,他以七十高龄奔走反清,七十三岁时忧愤而死,一说被清兵所杀。

冯梦龙是一位高产的作家,据统计,"冯梦龙的全部作品字数达3000万字以上,目前传世的作品近2000万字,可分为6大类75部"①。冯梦龙主要从事通俗文学的搜集、整理、改编、创作、点评和编辑工作,经他收集、改订、出版的小说、戏曲和民歌等通俗文学作品总计达五十种,约一千余万字。学者评价冯梦龙是"晚明主情、尚真、适俗文学思潮的代表人物,通俗文学的一代大家"②。他改编过长篇小说《平妖传》《列国志》,编撰过文言小说《情史》《古今谭概》,编印过民歌《挂枝儿》《山歌》等。冯梦龙以其对小说、戏曲、民歌、笑话等通俗文学的创作、搜集、整理、编辑,为我国的文化、文学事业做出了卓越的贡献。他敢于冲破传统观念,重视通俗文学所蕴含的真挚情感与巨大教化作用,较多反映了市民阶层的感情意识和道德观念,具有市民文学色彩,表现了冲破礼教束缚、追求个性

---

① 邹明华. 新巷冯梦龙与民间价值建构[M]. 北京:学苑出版社,2013:9.
② 袁行霈. 中国文学史:第4卷[M]. 2版. 北京:高等教育出版社,2005:155.

解放的时代特质和资本主义萌芽时期的社会风貌,在中国文学史上具有重要的地位。冯梦龙研究者在"2012新巷冯梦龙与民间价值建构学术研讨会"上推崇他为"杰出的俗文学泰斗、古代白话小说的先驱、中国古代通俗文学事业的第一功臣"①。

冯梦龙既是"逍遥艳冶场,游戏烟花里"(王挺《挽冯梦龙》)的风流浪子,市井文化与文学的代言人,又热心举业。他虽有经世治国之才,但不愿受封建道德约束。他对"敢倡乱道,惑世诬民"的李卓吾十分推崇,与歌儿妓女厮混,喜爱俚词小说……这些都被理学家们认为品行有污、疏放不羁,而难以容忍。因而,他只得长期沉沦下层,或舌耕授徒糊口,或为书贾编辑养家,而这不但奠定了他在中国文学史上的崇高地位,也奠定了他中国出版史上的崇高地位。他的最大贡献和成就就是编撰了"三言",即《喻世明言》《醒世恒言》《警世通言》。"三言"每部四十卷,计一百二十卷,一百五十万字。《全国首次冯梦龙学术讨论会综述》第一次明确肯定了冯梦龙在中国文学史上的独特地位,指出"三言"代表了冯梦龙文学活动的最高成就。②

通俗白话短篇小说集"三言"收录了宋、元两代说书人的话本及明代文人创作的拟话本,分别刊行于天启元年(1621)、天启四年(1624)和天启七年(1627)。"三言"主要是对宋元话本、明代拟话本进行编辑。冯梦龙在对其进行编辑的同时,进行了一定的加工和修订,将民间说话和文言小说融合提炼,成功地将民间艺人的口头艺术转化为文人作家案头作品。"三言"是中国文学史上第一部规模宏大的白话短篇小说集,是中国文学史上里程碑式的著作,具有非常高的文学成就、深远影响和研究价值,是话本小说的一个宝库,是中国传统文化的瑰宝。它标致着中国短

---

① 侯楷炜.冯梦龙传说故事集[M].苏州:古吴轩出版社,2012:序二.
② 齐裕焜.冯梦龙研究的突破与进展:兼谈福建学者的学术贡献[C]//屈玲妮,主编.冯梦龙研究:第1辑.苏州:苏州大学出版社,2015:39.

篇白话小说的民族风格和特点已经形成,同时也标致着古代白话短篇小说整理和创作高潮的到来,成为后人创作话本小说效仿的范本。"三言"的广泛流传是中国传统文化的伟大胜利,也是中国传统文化的繁荣与振兴。"三言"故事流畅,情节生动曲折,人物性格鲜明,其命运引人关注,读者的情感很容易被其真情实感调动起来,与之感同身受。作者冯梦龙在"三言"中以教化为目的,不断引导读者,提倡和宣扬真、善、美,节制和惩戒假、恶、丑。

"三言"面世之后,因其"极摹人情世态之奇,备写悲欢离合之致"①,获得了极大的成功。"三言"刊行之初,曾被海内"奉为邺架珍玩",并传于域外。明末清初也有过几种翻刻本,但其命运多舛,很快就在国内销声匿迹。冯梦龙的主要作品在清朝被禁毁,散佚民间,流传海外。据《苏州府志·风俗》附录《汤文正公抚吴告谕》:"编刻淫词小说戏曲坏乱人心伤败风俗者"必须"将书板立行焚毁"。此后的二三百年里,冯梦龙及"三言"几乎被国人遗忘,甚至在鲁迅编撰《中国小说史略》时,也仅提及《醒世恒言》一种。1923年,鲁迅在北京大学等院校讲授中国小说史等课程时,竟也没有读过"三言"。后来幸有日本汉学家盐谷温在日本内阁文库发现"三言"。② 经他引介,以及王古鲁、郑振铎、孙楷第等学者的极大关注和辛勤工作,"三言"终于在三四十年代重新回到中国并得以出版,和中国读者再次见面。③ 时至今日,"三言"已经和《三国演义》《水浒传》《西游记》《红楼梦》等并肩,确立了其在整个中国小说史上的经典地位。有学者把"三言"同《十日谈》和《坎特伯雷故事集》相比较,把冯梦龙同薄伽丘和乔叟相比较,指出我国学术界对冯梦龙和"三言"在文学史上的重要地位没有客观公正地予以评价。

---

① 抱翁老人.今古奇观[M].长沙:岳麓书社,2009:序.
② 盐谷温.关于明代的"三言"[J].日本汉学杂志《斯文》,1924年第八编第6号.
③ 韩田鹿.三言二拍看明朝[M].北京:中华书局,2011:12.

"三言"以其宏大的篇幅,为读者展现了一幅市井生活的长卷,绘出了一幅生动的繁华世界全景图,反映了当时广阔的社会生活。它用单篇作品来表现时代生活的某一个片段、一幅小景,一篇一篇地写下去,连缀起来,则社会生活的全貌也就基本呈现出来。① "三言"故事的题材,以传统的说法,为"烟粉""灵怪""传奇""公案""朴刀""杆棒""神仙""妖术""发迹""变泰"等,而以底层百姓的现实生活为主。人物则遍及帝王、将相、才子、佳人、僧尼、倡优、盗贼、商贾等,而以市井细民为主。"三言"的可贵之处在于,它第一次把以手工业者、小贩、小商人及其妻女为主的城市平民作为正面人物写入作品。"'三言'更是在我国文学史上第一次广泛而真实地反映了新兴市民阶层的生活和思想。"② "三言"中有很多没有任何教育基础和知识背景的普通民众耳熟能详的轶事和典故,多数写的是日常题材和平凡的故事,情节曲折动人,结构奇妙工巧,人物个性鲜明,心理刻画细致入微,叙述视角富于变化。所以,"三言"是一部反映我国明代生活以及古代文化、风情、民俗的百科全书,宣扬的是市民的旗帜,展示的是明代市井生活的风情画。但同时,我们还应注意到,"三言"体例繁杂,作品质量参差不齐,部分故事宣扬了封建伦理观念,即使是反封建意识较强的作品,也夹杂着一些封建说教。

"三言"塑造了极其丰富的、涉及各种身份、阶层的多姿多彩的女性形象。"三言"艺术成就比较高的大多是以女性为主人公的故事。冯梦龙怀着浓厚的兴趣去关注女性的喜怒哀乐和爱恨情仇,不吝笔墨去描写她们在人生大舞台上的种种外在行为与内心体验,让女性成为"三言"的主要描写对象,从不同角度,深刻全面地反映了晚明时期广大女性的生活百态。但他并没有停留在同情女性这样的层面,而是深入启蒙妇女人性、鼓励她们追求自由的内核。他及时捕捉到由于经济基础的变革所导

---

① 韩田鹿. 三言二拍看明朝[M]. 北京:中华书局,2011:13.
② 王凌. 畸人·情种·七品官[M]. 福州:海峡文艺出版社,1992:61.

致的妇女观念的改变,提出了比较自觉、进步的女性观。他认为女性与男性无异,男女在人格上是平等的,同时呼吁社会给女性应有的地位。冯梦龙主张女性应该自择婚姻,反对无情守节等,从不同角度,全面深刻地反映了晚明时期广大女性社会生活的方方面面。在"三言"中,冯梦龙塑造了许多在中国文学殿堂里熠熠生辉同时又活在读者心中的女性人物形象。在120篇故事中,涉及的女性多达两百余人,有的浓墨重彩,有的点到为止。总体来说,无论是生于官宦豪门,还是长在平民之家,抑或是流落风尘,"三言"中的女性都给读者留下了深刻的印象。

"三言"尊重妇女的另一种倾向,是对妇女贞操观进行了异于传统的封建礼教的艺术阐释。从人性的本质说,对爱情的忠贞是男女双方共同遵守的。但是,在中国封建社会时期,男性可以三妻四妾,甚至把嫖妓亦视如"雅事";女性却必须从一而终,倘事二男,则"失节事大,饿死事小"。这不公平性是显而易见的。冯梦龙认为那些沦落风尘的女子不少都是有情之人、有识之士。他一向同情风尘女子对爱情的合理追求,尊重妓女的人格,爱惜她们的才华。他在"三言"中以赞美的笔调,描写了风尘女子的美丽外表、反抗性格和纯洁的心灵,所以有了《杜十娘怒沉百宝箱》《卖油郎独占花魁》《玉堂春落难逢夫》等具有极高艺术价值的不朽作品。

明代经济发展繁荣,市民情趣大行其道,社会风气与以往大不相同,金钱和利益变成人们一切行为的驱动力。人与人之间的关系因利欲的驱使而变得混乱不堪,真情不复存在,世风日下。面对如此社会现实,冯梦龙痛心疾首,于是决定用笔来劝惩世人,拯救世风。他以忠、孝、节、义等儒家道德规范教化世人,去除社会上各种鄙俗恶习。他认为文学应该崇尚自然,发于人的衷情,表达人的性情。某种文学一旦成为说教工具就会僵化,就会被另一种文学所取代。他编撰"三言"的目的就是为了"喻世""警世""醒世"。

在王阳明心学的影响下,明代思想领域兴起了一股尊情尚性的解放浪潮,冲击着传统的封建理学,掀起了呼唤"人的重新发现"的近代人文主义思潮。冯梦龙作为"三言"的编撰者,他的思想也处于"矛盾"状态。他所生活的那个时代封建势力十分庞大,封建思想占据统治地位。因此,他在思想上没能从根本上摆脱忠孝节义的羁绊。另一方面,由于经常游走于青楼、酒馆、茶肆、书坊,他有机会接触下层市民的生活,了解他们的思想和愿望,同时又深受李贽等进步思想家的影响,具有强烈的叛逆思想。所以,"三言"的一个基本特征就是"某种近代资本主义的民主性与腐朽庸俗的封建落后意识的渗透交错和混合"。冯梦龙的作品凝结着浓厚的地方文化精髓。他在多篇"三言"故事的结局中安排文人高中,将"情"置于崇高的地位,认为"情"是伦理道德的基础,是维系万物的纽带。他的小说对人情人性描写入木三分,尤其歌颂底层人物的真挚情感。他强调要有"儒商"精神,提出"以义取利"的观点,主张君子爱财,取之有道。他相信文学具有通俗的教化民众的功能,多篇"三言"故事以惩恶扬善为主题,塑造了数位清官形象,如包拯、况钟等。

2.3 凌濛初及"二拍"书系

凌濛初(1580—1644),明末小说家,亦名凌波,字玄房,号初成,别号即空观主人,浙江乌程(今浙江湖州)人。凌濛初生于官宦之家,弟兄五人,他排行第四。他自幼受到良好的传统文化的熏陶,深受"以史学为著"的家学渊源的影响,12 岁开始系统的文化学习,18 岁以优异的成绩补廪膳生。21 岁时,其父病逝。23 岁开始,他与外界结交,认识了著名文人冯梦祯,24 岁随冯梦祯游历苏州。万历三十四年(1606),凌濛初第一部带有自己研究心得的《后汉书纂评》在南京刊刻行世。30 岁时,他定居于南京珍珠桥,55 岁以优贡授上海县丞,63 岁任徐州通判。明末农民军起义,他与之对抗,最后呕血而死。

凌濛初年轻时勤奋好学,才情横溢,初涉文场即令人瞩目。步入中年之后的凌濛初更是勤于翰墨,硕果累累,但在求取功名的道路上命乖运蹇。科场上屡遭挫折,令其萌生厌世归隐之念,但是根深蒂固的功名心理和内心深藏的济世欲望,压抑了他这种一时冲动的想法。凌濛初在他生命历程的后期,创作了可与"三言"媲美的"二拍",实现了自己的济世夙愿。

凌濛初在文学方面涉猎广泛,既擅长诗文,在戏曲方面也有特殊的爱好。他对于曲、剧的创作和研究有很高的造诣,同时潜心研究《诗经》,著有《诗逆》《言诗翼》《诗经人物考》《圣门传诗嫡冢言》等;在史学方面,撰有《后汉书纂评》《国策纂评》《十六国春秋删正》《宋史补逸》等;在曲、剧方面著有《南音三籁》《西厢记解正》《虬髯翁传》《红拂传》等,还有曲论专著《谭曲杂札》;其诗文创作存于《国门集》《国门乙集》《鸿讲斋诗文》等书中。此外,凌濛初还选编过一些诗文集,如《合评选诗》《东坡山谷禅喜集》《选赋》《陶韦合集》等。① 凌濛初深厚的文学功底和多方面的创作才能,为其撰写"二拍"奠定了坚实的基础。凌濛初是明代文坛的杰出代表,他的"二拍"与冯梦龙的"三言"比肩,在中国文学史上占有重要的地位。凌濛初的一生对于创作理论和文学创作都做出了杰出的贡献,在当时和对后世都产生了深刻的影响。

"二拍"是刊行于明代的我国拟话本小说集《初刻拍案惊奇》和《二刻拍案惊奇》的合称,分别撰成于天启七年(1627)和崇祯五年(1632)。"二拍"是"三言"之后最有代表性的白话短篇小说集,生动地再现了明代社会的生活风貌和时代精神,反映了我国17世纪人民的生活观念。目前流行的看法都认为,"二拍"中已不再有收录改编旧传话本之作,而完全

---

① 徐定宝. 凌濛初研究[D]. 南京:南京师范大学,1998.

是作者据野史笔记、文言小说和当时社会传闻创作的。①"二拍"是中国第一部个人的白话短篇小说创作集,是文学史上空前的收获。"二拍"实际上只有78篇故事,因为《二刻拍案惊奇》卷二十三《大姊魂游完宿愿 小姨病起续前缘》与《初刻拍案惊奇》卷二十三重复,卷四十是杂剧《宋公明闹元宵》。

"二拍"的内容概括起来主要包含四个方面:一是关于爱情婚姻的题材,这在"二拍"中占有很大比重。这一题材的大部分作品肯定了青年男女,特别是年轻女性对爱情坚贞的信念、大胆的追求,反对"父母之命,媒妁之言"的陈旧观念,具有明显的进步性。二是关于商人与商业活动的题材,也占相当比重。"二拍"中所描写的众多商人形象大部分是正面人物。他们忠厚老实,买卖公平,对事业、爱情追求执着,并最终获得成功。同时,"二拍"也描写了一大批反面的商人形象,不仅刻画了形形色色的商人,还写到世人对商人和经商的看法。经商已经被视为正道、善业。当时的人们不仅认为官宦人家与商人通婚是门当户对,有的还认为商人甚至高于读书人。三是关于官吏活动及公案的题材。"二拍"中描写了不少贪官和酷吏,也描写了不少好官,他们能主持正义,为民申冤。四是关于社会险恶、世风颓废的题材。此类故事有描写盗贼横行不法的,有骗子行骗的,有僧尼道士淫乱不法的,有贪图钱财、事亲不孝甚至家庭成员反目成仇的。

"二拍"真实地反映了当时世俗社会的生活风貌,鲜明地体现出反抗封建礼教、争取个性自由的时代精神,是明代写实小说的代表作。它生动地反映了明代随着社会阶级关系的改变而发生的生活观念的变化,表现了金钱对封建社会的腐蚀和冲击,形象地勾勒出一幅资本主义萌芽时期中国社会的生活画卷。它肯定人们对金钱财富的追求和聚敛,不仅赞

---

① 谭耀炬.三言二拍语言研究[M].成都:四川出版社,2005:12.

扬人们通过经商致富,对通过其他途径获取财富的行为也表示支持。除了一般意义上的反对封建礼教、争取爱情自由外,"二拍"肯定人类对情欲的积极追求,对那些受情欲驱使失去贞操的妇女表示了宽容和谅解,显示出与传统相背离的道德标准。它还肯定每一个人都有生存权利,鼓励人们摆脱封建礼教的束缚去追求自身的幸福,体现出新的人生价值观念,表现了尊重个性、追求个性解放的思想意识。

"二拍"基本上是凌濛初个人独立创作的,是我国文学史上第一部文人独立创作的拟话本小说集。它标致着我国古代白话短篇小说已由集体的锤炼跃进到个人的创作,由说话人的技艺转为作家的文学创作,由娱乐听众的手段变成教育讽劝的工具,已成为作家的自觉的事业了。它是我国古代白话小说史上的一个里程碑。"二拍"较之"三言",其撷取的社会内容更贴近普通百姓的生活,反映了中国17世纪正在崛起的城市市民阶层的普遍要求与思想情感,从中折射出特定历史阶段的社会风貌、时代精神。因此,更真实地反映时代生活,是"二拍"的价值所在。

孙楷第指出,凌氏的拟话本小说"要其得力处在于选择话题,借一事而构设意象;往往本事在原书中不过数十百字,记叙琐闻,了无意趣,在小说则清谈娓娓,文逾数千,抒情写景,如在耳目;化神奇为臭腐,易阴惨为阳舒,其功力亦实亦等于造作"①。

凌濛初生活在明朝面临崩溃的晚明时期,其社会面貌虽然仍具备中国封建社会的总体特征,但历经数千年的封建制度已濒于分崩离析,日趋颓败。晚明因而成为中国历史上既非常特殊又令人瞩目的一个阶段,其社会经济、文化现象均呈现出不同于封建时期的独特性。这个时期在思想文化领域的一个重要的标致性特征就是:传统儒学已经迈出由神圣化向世俗化演进的步子。由于传统儒学出现了世俗化转机,同时又有阳

---

① 孙楷第. 沧州集[M]. 北京:中华书局,2009:130.

明心学、泰州学派以及左派王学等一脉相承,加上新质的哲学思潮来势汹涌,晚明的整个社会文化生态发生变化,具有相当开放的思想格局。这对于受其影响深刻的文学创作具有巨大的推动作用,文坛上随之呈现出俗文化繁荣的局面,产生了包括"二拍"在内的一大批恢宏瑰丽的鸿篇杰作。

凌濛初在《初刻拍案惊奇·序》中说:"独龙子犹氏所辑《喻世》等诸言,颇存雅道,时著良规,一破今时陋习,而宋元旧种,亦被搜刮殆尽。肆中人见其行世颇捷,意余当别有秘本图书而衡之。不知一二遗者,比其沟中之断芜,略不足陈已。因取古今来杂碎可新听睹者、佐谈谐者,演而唱之,得若干卷。其事之真与饰,名之实与赝,各参半。文不足征,意殊有属。"① 凡写小说者,其意图不外乎一为教化、一为孤愤,凌濛初写小说是为了教化世人。"其间说鬼说梦,亦真亦诞,然意存劝戒,不为风雅罪人,后先一指也。"②

根据《初刻拍案惊奇·序》和《二刻拍案惊奇·小引》,凌濛初创作"二拍"的动机大概有三个。一是应书商所邀。由于冯梦龙的"三言"行世颇捷,于是凌濛初即在"肆中人"的要求下编撰起《初刻拍案惊奇》。由于《初刻拍案惊奇》问世后反响极大,销路畅通,在书商的怂恿下,凌濛初又开始创作《二刻拍案惊奇》。二是救时匡弊,挽救颓风。明代中后期,社会风气渐趋淫靡,小说创作也堕入恶道,产生了一大批格调低下,以描写男女淫乱为主的艳情小说。凌濛初认为这些小说"广摭诬造","亵秽不忍闻",背离了小说创作"劝善惩恶,有益风化"的宗旨。他再三声明自己创作"二拍""意存劝戒,不为风雅罪人"。③ 三是宣泄苦闷,创作自娱。举业上的坎坷多艰,使他郁郁不乐,愁苦万端,为宣泄苦闷,抒发悒郁情

---

① 凌濛初. 初刻拍案惊奇[M]. 长沙:岳麓书社,2010:原序.
② 凌濛初. 二刻拍案惊奇[M]. 长沙:岳麓书社,2010:小引.
③ 凌濛初. 二刻拍案惊奇[M]. 长沙:岳麓书社,2010:小引.

怀，他遂以游戏笔墨求取精神的慰藉。

2.4 从"三言二拍"到《今古奇观》

《今古奇观》是以"三言二拍"为基础的明末拟话本短篇小说集，由抱瓮老人从"三言二拍"中选编40篇故事，大约成书于崇祯五年（1632）至崇祯十七年（1644）间。其中选自冯梦龙编撰的《喻世明言》8篇，《警世通言》10篇，《醒世恒言》11篇；选自凌濛初编著的《拍案惊奇初刻》8篇，《二刻拍案惊奇》3篇。此书一经问世，便广为流传。抱瓮老人除了精心选择以外，对于文字内容也分别做了一些必要的增删、润饰。这40篇故事，大体上体现了"三言二拍"的主要精神，包括了其中许多较优秀的作品。这部白话短篇小说集在社会上非常流行，传布很广，其影响甚至超过了原本。《今古奇观》出版以后，逐步取代了"三言二拍"的地位，相比之下，"三言二拍"本身反而湮没不闻。[①] 无论在文字、标题，还是在编辑体例等方面，《今古奇观》都是后世选本的重要参照。

抱翁老人独特的鉴赏视角，使得《今古奇观》成为中国古代最重要的短篇小说之一，在社会上广泛流传，甚至名气和影响力都超过了"三言二拍"。其故事主题主要有四个方面的内容：一是暴露官僚、地主对人民的高压和剥削，嘲讽、指责了他们的贪暴、凶残、自私和愚蠢，并揭露了他们内部的一些矛盾。二是以男女婚姻为题材，主张婚姻自由，男女结合以爱情为基础，反对封建礼教，打破门第观念，也反映了妇女争取人权的呼声。三是以友谊为题材，讴歌信义任侠。同时，也描写了忘恩负义的人，鞭挞了背信弃义的行为。二者形成了鲜明的对比，使人爱憎更加分明。四是表现市民阶层思想中落后的、庸俗的一面，反映出小市民、小商人幻

---

① 程国赋. 三言二拍传播研究[M]. 北京：中国社会科学出版社，2006：37.

想摆脱穷困生活的思想。还有的是封建说教，宣传迷信的作品。同时也有宣扬荒诞迷信、因果轮回思想的，还有持"万般皆由命，半点不由人"的观点的，以及宣传因果报应等。这些落后思想都是应该清醒地认识到并加以分析和批判的。

《今古奇观》为我们展示了一幅当时社会的丰富画卷，反映了当时社会人们在道德、行为、性格、心灵之间的矛盾斗争和冲突。那些有着进步思想的作品，永远是文学宝库中的珍品。《今古奇观》在国际上久负盛名，世界各大百科全书对《今古奇观》评价都很高。法国《拉鲁斯大百科全书》说："《今古奇观》是由优美的爱情故事或背叛爱情的故事、赞扬高尚道德的故事、公案故事等篇章组成的。这些故事具有诱人的魅惑力，叙写这些故事的语言清新而流畅。"日本《大百科事典》中对《今古奇观》的描述是："《今古奇观》细致入微地描摹世态人情，批判人世的丑恶行为，是一部很有益的读物。"并指出，日本在江户时期有许多文学作品是根据《今古奇观》中的故事改编的，《今古奇观》对日本文学的影响异常深远。《美国大百科全书》中说："《今古奇观》与《聊斋志异》《儒林外史》三部小说都对后来的讽刺文学影响极大。"[①]

单德兴在《翻译与脉络》一书中写道："没有译者，就没有翻译；没有翻译，异文化之间就无法交流，文学与文化终将枯萎。"[②]通过翻译，"三言二拍"作为我国古典短篇小说的宝藏，不仅在国内受到珍视，也为国外学人所熟知。

2.5 "三言二拍"英译综述及相关研究

"三言二拍"的翻译最初可以追溯到 18 世纪早期，也是中国小说中

---

① 王丽娜. 中国古典小说戏曲名著在国外[M]. 上海：学林出版社，1988：166-167.
② 单德兴. 翻译与脉络[M]. 台北：书林出版有限公司，2009：封面.

最早被译为西方文字的作品之一。瑞典著名汉学家马悦然说,欧洲人最早接触的中国文学是"三言",欧洲人知道冯梦龙比曹雪芹早了好几十年。① 法国著名汉学家儒莲(Stanislas Julien)在他翻译的《平山冷燕》法译本序言中说:"外商、传教士没有办法深入中国社会的内部,只有通过小说去窥探中国人家庭生活的内幕和私密,了解文人学士苦斗和苦读的情形,贵妇人和小姐的活动、言行。何处去探访这么珍贵的细节呢?难道不是只有从小说中去发现吗?"② 根据《简明不列颠百科全书》,《今古奇观》于18世纪传入英、法、德各国,是被介绍到欧洲的首部中国小说选集。

"三言二拍"中的作品最早被译为西方文字,出现于法国耶稣会神父、著名汉学家杜赫德(Jean-Baptiste Du Haide)根据其从17世纪来华传教士的报道编辑而成的《中华帝国全志》(*Description Geographique, Historique, Chronologique, Politique, et Physique de L'empire de la Chine et de la Tartarie Chinoise*,1735)③ 一书。书中含《庄子休鼓盆成大道》(《警世通言》卷二)、《怀私怨狠仆告主》(《初刻拍案惊奇》卷十一)和《吕大郎还金完骨肉》(《警世通言》卷五)3篇故事的法文翻译。1736—1741年,约翰·瓦茨(John Watts)组织人翻译出版了四卷本《中华帝国全志》,1738至1741年,伦敦出版商爱德华·凯夫(Edward Cave)组织人翻译并印行了《中华帝国全志》两卷本(*A Description of the Empire of China and Chinese-Tartary*),此为中国话本小说进入英语世界的开端。日文则在1743年便有了《古今小说》的全译本。④《中华帝国全志》收录

---

① 米舒. 冯梦龙之俗[J]. 文学教育,2010(4):10.
② 陈婷婷.《今古奇观》:中国文学走向世界最早的典范与启示[J]. 安徽大学学报(哲学社会科学版),2013(4):44-51.
③ 全称为《中华帝国及其所属鞑靼地区的地理、历史、编年纪、政治和博物》,该书被誉为"法国汉学三大奠基作之一"。
④ 王丽娜. 中国古典小说戏曲名著在国外[M]. 上海:学林出版社,1988:170.

的两篇"三言"故事和一篇"二拍"故事源于欧洲人对于中国的好奇心,由此拉开了西方专家、学者对中国古典小说的关注、翻译和研究的序幕,成为他们了解中国文学的里程碑式参考,同时为其所借鉴,并对其文学创作产生了重要的影响。

1815年,英国著名汉学家乔治·托马斯·斯当东(Sir George Thomas Staunton)翻译的《范希周》("Fan hy cheu",即《范鳅儿双镜重圆》,《警世通言》卷十二)于伦敦出版。自1843年开始,塞缪尔·伯奇(Samuel Birch)先后翻译了《忍不住的寡妇》("The Impatient Widow, a Chinese Tale",即《庄子休鼓盆成大道》,《警世通言》卷二)、《生死之交》("Friends till Death",即《羊角哀舍命全交》,《喻世明言》卷七)、《杜十娘怒沉百宝箱》("The Casket of Gems"),分别载于《凤凰杂志》和《亚洲杂志》。1870年,查尔斯·卡罗尔翻译的《治愈妒嫉》("A Cure for Jealousy",即《蒋兴哥重会珍珠衫》,《喻世明言》卷一),载《凤凰杂志》第一卷。1886至1887年,赫斯特(R. W. Hurst)翻译了《三孝廉让产立高名》("Story of the Three Unselfish Literati",《醒世恒言》卷二)和《中国的灰姑娘》("Story of a Chinese Cinderella",即《两县令竞义婚孤女》,《醒世恒言》卷一),载《中国评论》第15卷。1883年,英国汉学家罗伯特·肯纳韦·道格拉斯(R. K. Douglus)编译的《中国故事集》(Chinese Stories)收录了4篇"三言二拍"故事。1905年,豪厄尔(E. B. Howell)编译的《今古奇观:不坚定的庄夫人及其他故事》(The Inconstancy of Madam Chuang and Other Stories from the Chinese),收入了《今古奇观》中的6篇故事。1926年,豪厄尔编译的《今古奇观:归还新娘及其他故事》(The Restitution of the Bride and Other Stories from the Chinese),收入了《今古奇观》中的另外6篇故事。1929年,德福纳罗(Carlo de Fornaro)编译的《中国的十日谈》(Chinese Decameron)收入了《醒世恒言》5篇故事。1935年,法国汉学家苏利埃·德·莫朗(Soulié de Morant)编译的《中国爱情故事集》(Chinese Love Tales),收入了《警世通言》故事1篇,《醒世恒言》故事6篇。1941年,哈罗德·阿克顿(Harold Acton)与Lee Yi-hsieh合作编译的《胶与漆》(Glue and Lacquer)选译了《醒世恒言》4篇故事。1944年,王际真(C. C. Wang)编译的《中国传统故事集》(Traditional Chinese Tales)选译了《醒世恒言》故事4篇。1950年,林语堂(Lin Yu-tang)编译的《寡妇·尼姑·名妓》(Widow,Nun and Courtesan),收入了3篇"三言"故事,由伦敦威廉·海涅曼公司出版。1958年,西里尔·白之(Cyril Birch)编译的《明代短篇小说选》(Stories from a Ming Collection),收入《古今小说》7篇故事。此外,P. P. 托姆斯翻译了《宋小官团圆破毡笠》(《警世通言》卷二十二),奥古斯塔·韦伯斯特(Augusta Webster)、斐女士(L. M. Fay)和宋美龄分别翻译了《俞伯牙摔琴谢知音》(《警世通言》卷一),弗里茨·吕舍(Fritz Ruesch)翻译了《卖油郎独占花魁》(《醒世恒言》卷三)等。

在20世纪末以前,"三言"没有英文全译本,也没有一部译著以"三言"的名义出现,译文几乎均散见于文学期刊和选集,说话人的用语、诗词、入话和眉批常常被省略不译。西方人对于"三言"的了解是"只见树木,不见森林"的一种状况。在某种意义上说,西方很少有人能真正窥见"三言"的全貌。美国贝茨大学杨曙辉教授及其夫人杨韵琴花了15年时间翻译"三言",于2000年、2005年、2009年分三次出版完毕,这在"三言"的海外传播史上是第一次。他们将"三言"作为一个完整的有机整体介绍给英语世界的读者,"全面呈现原作的文学风格和文学技巧,以及作者的写作意图和价值取向"[①],让国外读者了解完整的拟话本小说结构包括"篇首诗""入话""正文"和"篇尾诗",充分体现出"说话"所特有的不紧不慢的节奏,层层铺垫的手法,娓娓道来的艺术效果,为故事的发生和发

---

① 颜明. 既有内美,又重修能:"三言"首部英文全译本介评[J]. 中国翻译, 2013(2): 75-79.

展提供了背景,完全有异于国外小说的直奔主题。目前,英文版"三言"在哈佛、普林斯顿等美国著名大学都用作教学材料。①

1998年,中国文学出版社出版了温晋根翻译的《初刻拍案惊奇》和马文谦翻译的《二刻拍案惊奇》,均为节译本。2005年,温晋根翻译的《初刻拍案惊奇》和马文谦翻译的《二刻拍案惊奇》作为"熊猫丛书"系列由外文出版社出版。2008年,受《大中华文库》(汉英对照)出版工程资助,李子亮根据1991年人民文学出版社本翻译的《二刻拍案惊奇》全译本在高等教育出版社出版,旨在帮助和推动海外读者阅读和研究"二拍",填补了"二拍"此前尚无全译本的空白。

根据程国赋②的论述,国内学者对"三言二拍"的研究成果十分显著,专著和论文的数量都非常可观。然而,"三言二拍"翻译研究的境遇与"三言二拍"研究存在巨大的反差。在国外,前者几乎都是与相关译本相伴相生,主要集中在20世纪中期及以前,单独进行的翻译研究屈指可数。1978年伦敦G.K.霍尔公司出版了杨力宇、李培德和茅国权(Winston L. Y. Yang, Peter Li & Nathan K. Mao)合编的《中国古典小说》(*Classical Chinese Fiction: A Guide to Its Study and Appreciation Essays and Bibliographies*)③,书中介绍了"三言二拍"及《今古奇观》的西文翻译研究情况。随着西方人对于中国的好奇心不断被满足,他们对中国古典文学的关注逐渐减弱,"三言二拍"一步步淡出他们的视野。王建开曾说过,"经典文学作品的英译不会有太多的读者"④,这样的现实进一步解释了"三言二拍"翻译研究在国外始终没有拓展开来的事实。

---

① 周建琳,李克祥. 中外学者汇聚苏州,共论冯梦龙文学成就与思想[N/OL]. (2012-10-21)[2014-12-01]. http://www.chinanews.com/cul/2012/10-21/4263596.shtml.

② 程国赋. 三言二拍传播研究[M]. 北京:中国社会科学出版社,2006:247-307.

③ Yang, W. Lih-yeu, Li, Peter, Mao, Nathan K. *Classical Chinese Fiction: A Guide to Its Study and Appreciation: Essays and Bibliographies* [M]. London: K. Hall & Co., 1978.

④ 王建开. 中国现当代文学作品英译的出版传播及研究方法刍议[J]. 外语教学理论与实践,2012(3):15-22.

尽管"三言二拍"的译介起步早,海外影响较大,意义深远,但国外学界对它们的关注远少于对其他中国典籍的关注。迄今,国外对"三言二拍"的翻译研究散见于各个译本当中,单独发表的文章或论著难觅踪迹。研究者往往也是译者本人,研究范围局限于译本的梳理和译文的分析、点评等,范围狭窄。主要研究内容概述如下。

德国作家、外交家格里泽巴赫将伯奇(Samuel Birch)英译的《庄子休鼓盆成大道》(*The Impatient Widow, A Chinese Tale*)转译为《中国寡妇》(*Die chinesische Witwe*),并写了一篇题为《不忠的寡妇,一部中国小说及其在世界文学中的演变》("Die treulose Witwe Eine chinesiche Novelle und ihre Wanderung durch die Weltliteratur")的文章,连同译文于1873年在维也纳出版。① 豪厄尔在其译著《归还新娘及其他故事》(*The Restitution of the Bride and Other Stories from the Chinese*)②的扉页中引用了《泰晤士报》《观察家报》《文人》《女王》《G.K周报》等英国报纸杂志对其另一部编译作品《不坚定的庄夫人及其他故事》(*The Inconstancy of Madam Chuang and Other Stories from the Chinese*)的评价,以证明这本译著在当时受欢迎和关注的程度。他还在"译者注"中列出了所收录的6篇故事的翻译情况,并希望他的两部译著受到同样的欢迎。约翰·毕晓普(John L. Bishop)的《中国白话短篇小说"三言"选集研究》(*The Colloquial Short Story in China: A Study of the San-yen Collections*)中详细介绍了中国白话短篇小说发展史,在篇幅较长的附注中还列出了当时译成英语和其他西方语言的"三言"译本,分析其学术贡献,也指出了译文中的一些错误。③ 范宁(Fan Ning)在《早期白话故

---

① 卫茂平.《今古奇观》在德国[J]. 寻根,2008(3):44-49.
② Howell, E. Butts. *The Restitution of the Bride and Other Stories from the Chinese* [M]. London: T. Werner Laurie Ltd., 1926.
③ Feng M. L. *The Colloquial Short Story in China: A Study of the San-yen Collections* [M]. Trans. Bishop, J. L. Cambridge, Mass.: Harvard University Press, 1956.

事》(Early Vernacular Tales)中论述了明代白话小说的主题及特性,介绍了杨宪益、戴乃迭合译的《名妓的宝箱》(The Courtesan's Jewel Box)一书,文章强调明代白话短篇小说具有同情孤儿、寡妇、妓女、农民、小商人、工匠、社会流浪汉等各种人物的倾向。① 麦克拉伦(McLaren)在《中国的荡妇:明代短篇小说集》(The Chinese Femme Fatale: Stories from Ming Period)中详尽介绍、分析了中国传统文化中"荡妇"形象的发展与变迁,以及中国传统文学中的女性形象,有助于西方读者更好地理解作品及作品所反映的中国传统文化和道德观念。② 汉学家白之③在 20 世纪翻译和研究话本小说方面成绩显著。他在 1948 年至 1960 年期间集中研究话本小说,发表过《冯梦龙与〈古今小说〉》("Feng Menglung and the Ku-chin Hsiao-shuo")、《〈古今小说〉考评》("Ku-chin Hsiao-shuo: A Critical Examination")(包括《古今小说》的译文)等论文。1958 年,白之④选译的《明代短篇小说选》(Stories from a Ming Collection)由伦敦博德莱·希德出版社出版。此书译有《今古奇观》中的 6 篇故事,每篇译文前都有译者对原作内容的简介和短评,书前有译者导言,分析故事情节的设计和人物性格的刻画及其在文学史上的作用等。"白之的评论颇有独到之处,译文也流畅可读,能传达原作风貌,颇得西方学者的好评。"⑤ 王丽娜也认为,"伯奇(白之)这一译本的译文流畅可读,生动有趣,能传达原著的风貌,西方学者有较高的评价"⑥。

---

① 王丽娜. 中国古典小说戏曲名著在国外[M]. 上海:学林出版社,1988:206.
② McLaren, A. E. (trans.) *The Chinese Femme Fatale: Stories from Ming Period* [M]. Sydney: Wild Peony Pty Ltd., 1994.
③ 白之(Cyril Birch),1925 年生于英格兰西北部的兰开夏郡,就读于伦敦大学亚非学院;1954 年获得中国文学博士学位;1946 年至 1960 年在伦敦大学教授汉语;1960 年进入美国加利福尼亚大学伯克利分校工作,曾任中国文学与比较文学教授,并担任东方语言系系主任。
④ Birch, Cyril. *Stories from a Ming Collection* (*Translations of Chinese Short Stories Published in the Seventeenth Century*) [M].London:Bodley Head, 1958.
⑤ 马祖毅,任荣珍. 汉籍外译史(修订本)[M]. 武汉:湖北教育出版社,2003:261.
⑥ 王丽娜. 中国古典小说戏曲名著在国外[M]. 上海:学林出版社,1988:180.

到了 21 世纪,"三言"迎来第一部全译本,即美国贝茨大学杨曙辉教授与其夫人杨韵琴合译的《古今小说》(*Story Old and New*)、《警世通言》(*Stories to Caution the World*)和《醒世恒言》(*Stories to Awaken the World*),它们分别于 2000 年、2005 年和 2009 年由美国华盛顿大学出版社出版,填补了"三言"传播史上的一个空白。杨氏夫妇在《古今小说》(《喻世明言》)的前言中指出,作为"三言"的全译者,他们旨在"向英语世界读者展现中华帝国盛世繁华的全景,更为重要的是再现文本中不同声音之间错综复杂的相互作用,特别是传统的故事讲述者和编撰者冯梦龙的声音之间的互动"①。何谷理(Robert E. Hegel)在为杨氏夫妇翻译的《醒世恒言》所作的序言里对他们的翻译经验和水平有着极高的评价:"他们的译本可读性极强,准确而生动……为英语读者提供了一道罕见的大餐……可与任何时期的中国小说的最佳译本相媲美。"②

此外,陈陈(Chen Chen)在与王惠民(Ted Wang)合作翻译的《卖油郎独占花魁——明朝故事集》(*The Oil Vendor and the Courtesan: Tales from the Ming Dynasty*)的前言中,介绍了他们翻译的初衷、目标读者、选取这些故事的原因、翻译过程中的一些感受以及合作模式等,并建议有志于中国文学研究的学者应以中文原版为基础,因为好的文学翻译不应该是一字不差的逐字翻译。这部译著的末尾列出了三位学者阅读译著手稿后的感受和评价。明尼苏达大学教授刘春桥(Chun-Jo Liu,音译)说:"……他们(译者)极为恰当的翻译再现了原著故事那居高临下、扣人心弦、简明扼要的叙事风格。它令汉学家和普通读者都兴奋不

---

① Feng Menglong. *Stories to Awaken the World: A Ming Dynasty Collection* [M]. Trans. S. H. Yang & Y. Q. Yang. Seattle and London: University of Washington Press, 2000: XXV.

② Feng Menglong. *Stories to Awaken the World: A Ming Dynasty Collection* [M]. Trans. S. H. Yang & Y. Q. Yang. Seattle and London: University of Washington Press, 2000: XVIII.

已,仿佛去到一个在时间和空间上都非常遥远的国度,开展一次神奇的旅行。"①纽约大学教授安吉拉·兹图(Angela Zito)评价道:"你即将打开一本精彩绝伦,具有丰富思想内涵的'立体'书。生活在17世纪的文人、僧侣、商人、童男处女还有法官与你同处一室。你可以耳濡目染他们生活的方方面面,从他们穿着的丝绸服装到喧嚣的市井。这些翻译得干净利落的中国明朝故事将温文尔雅的世界性文化——再现。"②新泽西州拉马波学院的克利福德·彼得森(Clifford E. Peterson)教授认为,"这些令人印象深刻的译文及所选故事使所有读者——无论是初次接触这些作品的新人还是经验丰富的学者——都期待他们将来能翻译更多这样的故事。《卖油郎独占花魁》不仅开启了了解明朝(以及宋朝)时期中华文明的独特窗口,而且激发人们洞察那些时至今日仍经久不衰的主题和价值观"③。

国内对于"三言二拍"的翻译研究成果数量多、范围广、研究者人数众多,且逐渐呈现出一定的系统性和延续性。王尔敏④在《中国文献西译书目》中广泛收集了西方翻译中文著作的书目,展现了西方国家翻译中国思想文化与历史书籍的分布情况。王丽娜⑤对"三言二拍"的翻译情况进行了详尽的梳理,按时间顺序介绍了英国、法国、德国、意大利、荷兰、丹麦、俄罗斯等十余种语言的译本。施建业⑥分国别列举了中国古代文学在国外的翻译与研究情况。根据作者的叙述,无论是日本、朝鲜、越

---

① Feng Menglong. *The Oil Vendor and the Courtesan: Tales from the Ming Dynasty* [M]. Trans. Wang, T. & C. Chen. New York: Welcome Rain Publishers, 2007: Attachment.
② Feng Menglong. *The Oil Vendor and the Courtesan: Tales from the Ming Dynasty* [M]. Trans. Wang, T. & C. Chen. New York: Welcome Rain Publishers, 2007: Attachment.
③ Feng Menglong. *The Oil Vendor and the Courtesan: Tales from the Ming Dynasty* [M]. Trans. Wang, T. & C. Chen. New York: Welcome Rain Publishers, 2007: Attachment.
④ 王尔敏. 中国文献西译书目[M]. 台北:台湾商务印书馆,1975.
⑤ 王丽娜. 中国古典小说戏曲名著在国外[M]. 上海:学林出版社,1988:170-209.
⑥ 施建业. 中国文学在世界的传播与影响[M]. 济南:黄河出版社,1993:39-41.

南、苏联等中国的邻国,还是英国、法国、德国、美国等欧美国家,都对"三言二拍"有数量可观但多是针对零散故事的译介和研究。施建业在书中将"三言二拍"列为在国外影响较大的作品之一。宋柏年①梳理了以"三言二拍"为代表的拟话本小说通过翻译在法、英、美及其他欧亚国家的流传,以及国外学者对拟话本小说的研究。黄鸣奋②在《英语世界中国古典文学之传播》一书中,列出了"三言二拍"的一长串译本清单,包括1814年韦斯顿(S. Weston)翻译的《范希周》(*Fan-hy cheu: A tale*,即《范鳅儿双镜重圆》)在内的20余种单行本,以及与"三言二拍"有关的论著,包括著名汉学家毕晓普、白之等人的研究成果。夏康达③在《二十世纪国外中国文学研究》"西人译笔下的小说世界"中指出,"宋元明清的话本小说饶有情趣,又因篇幅短小,易译易读,所以在西方广为流传,是译出语种最全、译本数量最多的小说作品。迄今所见的译本皆为选译,往往是挑选名集里的名篇辑译成本",并列举了白之的《明代短篇小说选》、杜为廉(William Dolby)的《错占美女》(*The Perfect Lady by Mistake and other Stories by Feng Menglong, 1574 – 1646*)等选自"三言二拍"的故事译本,以及王际真编译的《中国传统短篇小说》(*Traditional Chinese Tales*)。马祖毅、任荣珍合著的《汉籍外译史》按照国别梳理了包括"三言"在内的中国古典小说在法、英、德等20余个国家的译介情况,并提及伏尔泰采用《庄子休鼓盆成大道》故事作为其哲理小说《查第格》第二章的依据。"伏尔泰对那故事作了一番改造,虽改名换姓,在转河、割鼻等细节方面有所不同,但在人物关系上大致相似。伏尔泰袭用这一文学素材……是运用中国先哲的这一古训,影射当时法国社会的人情险恶,抨

---

① 宋柏年. 中国古典文学在国外[M]. 北京:北京语言学院出版社,1994:467 – 477.
② 黄鸣奋. 英语世界中国古典文学之传播[M]. 上海:学林出版社,1997:214 – 215.
③ 夏康达. 二十世纪国外中国文学研究[M]. 天津:天津人民出版社,2000:298 – 299.

击时弊而张扬理性。"①

江慧敏②列举了"三言"在英国的翻译及传播情况。钱林森③梳理了"三言"故事在法国的翻译、传播及影响。张桂贞、卫茂平④、詹春花均对《今古奇观》在德国的翻译情况及其传播和影响进行了梳理和讨论。詹春花⑤认为,"《今古奇观》是最早被翻译成德语的中国文学作品之一……对它的德语翻译不仅时间早,入选篇目频繁,更因不少篇目出自翻译名家库恩(Franz Kuhn)之手而增色,而广为流传"。张桂贞⑥指出,《今古奇观》是最早传入欧洲的中国古代小说,为向西方传播中国文化做出巨大贡献的德国汉学家库恩的翻译生涯便是从翻译《卖油郎独占花魁》开始的,他也是最早把《今古奇观》从中文直接翻译成德文的西方国家的汉学家。谷倩兮⑦探讨了"三言"等明清小说戏剧在意大利的翻译和研究。李新庭⑧和高玉海分别介绍了"三言"俄语译本的传播与影响。高玉海⑨认为,"'三言二拍'是最早翻译成俄语的中国古代文学作品之一,也是俄苏翻译数量最多、出版次数最多的中国文学作品"。黄卫总⑩列举了夏志清、韩南等美国汉学家对包括"三言二拍"在内的明清小说的研究成果。

---

① 马祖毅,任荣珍.汉籍外译史(修订本)[M].武汉:湖北教育出版社,2003:173.
② 江慧敏.中国小说在英国的翻译传播与影响[J].北京第二外国语学院学报,2014(6):30-38.
③ 钱林森.中国古典戏剧、小说在法国[J].南通大学学报(社会科学版),2008(2):48-55.
④ 卫茂平.《今古奇观》在德国[J].寻根,2008(3):44-49.
⑤ 詹春花.《今古奇观》德译版本情况[J].古籍整理研究学刊,2012(4):30-32.
⑥ 张桂贞.《今古奇观》的德文译本及其传播[J].南开学报,1999(3):24-39.
⑦ 谷倩兮.明清小说戏剧在意大利的翻译和研究[J].语言文学研究,2014(21):14-16.
⑧ 李新庭.明清传教士与冯梦龙"三言"在西方的传播[J].福建师范大学学报(哲学社会科学版),2010(6):64-76.
⑨ 高玉海."三言二拍"俄文翻译的历程[J].明清小说研究,2013(4):245-253.
⑩ 黄卫总.明清小说研究在美国[J].明清小说研究,1995(2):217-224.

杨昭全[①]和闵宽东[②]分别考察了"三言"等中国古代小说在朝鲜、韩国的传播及影响。马兴国[③]论述了"三言两拍"日译本及其对日本汉学家的创作产生的影响。张永平[④]和汪俊文[⑤]分别以"三言二拍"和《警世通言》卷二十八《白娘子永镇雷峰塔》为个案，讨论了日本对中国白话小说的接受以及日本江户读本小说对中国白话小说的"翻案"。刘鹤岩[⑥]讨论了"三言"原本及译本在日本的流传及影响，并介绍了日本的"三言"研究成果。莎日娜[⑦]以乌兰巴托版蒙古文译本《今古奇观》为例，研究了清代汉文小说在蒙古族地区（包括内蒙古和蒙古国）的传播情况。

蒋骁华、姜苏[⑧]分析了杨译风格的另一面，即以读者为中心。作者试图通过此项研究，补充、修正以前我国译界普遍认为的"以原作为中心"的杨译风格。作者以《宋明评话选》为研究对象，举例论证译者（杨宪益、戴乃迭夫妇）采用"脱译、简译、改译"等方法尽量照顾译文读者的阅读习惯。徐逸鹏[⑨]在《中国古典文学名著也该让老外读读——访"三言二拍"英译者王惠民》一文中，介绍了王惠民与合译者陈陈翻译"三言二拍"的初衷、翻译经验、采取的翻译策略等。文章还提到，美国肯恩大学文学教授兼作家查尔斯·德房蒂（Charles De Fanti）读了王惠民的译作，大加赞赏，称这本书语言独特、富有韵味、充满机智。译者王惠民表示，过去美

[①] 杨昭全. 中国古代小说在朝鲜之传播及影响[J]. 社会科学战线，2001(5)：94-104.
[②] 闵宽东. 在韩国的中国古典小说翻译情况研究[J]. 明清小说研究，2009(4)：42-65.
[③] 马兴国. "三言两拍"在日本的流传及影响[J]. 日本研究，1989(4)：60-65.
[④] 张永平. 日本对"中国白话小说"的接受：以《三言二拍》为例[N]. 青年记者传媒史话，2008-8-20.
[⑤] 汪俊文. 日本江户读本小说对中国白话小说的"翻案"：以《雨月物语·蛇之淫》与《警世通言·白娘子永镇雷峰塔》为例[J]. 上海师范大学学报（哲学社会科学版），2009(1)：87-92.
[⑥] 刘鹤岩. "三言"在日本[J]. 渤海大学学报（哲学社会科学版），2004(2)：1-3，13.
[⑦] 莎日娜. 乌兰巴托版蒙古译文《今古奇观》研究[D]. 北京：中国社会科学院，2010.
[⑧] 蒋骁华，姜苏. 以读者为中心："杨译"风格的另一面：以杨译《宋明评话选》为例[J]. 外国语言文学，2007(3)：188-197.
[⑨] 徐逸鹏. 中国古典文学名著也该让老外读读：访"三言二拍"英译者王惠民[N]. 新民晚报，2007-01-21.

国有一本书叫《明朝故事集》，翻译的也是从《喻世明言》中选取的 7 篇故事，译者是一位美国人（当指白之——引者注）。该译本最大的不足是叙事技巧不够，失去了"茶馆故事"吸引人的长处。古代说书人，要让听书人爱听，必须把故事说得环环相扣，引人入胜，但《明朝故事集》体现不出这一点。作者认为，读王惠民的译作，丝毫感觉不到是译作，完全像是听维多利亚时代的英国作家在讲故事。胡金铨称王惠民是中译英方面不可多得的"奇才"。孙逊、宋丽娟[1]对《凤凰杂志》译介的《蒋兴哥重会珍珠衫》《杜十娘怒沉百宝箱》和《庄子休鼓盆成大道》等 3 篇"三言"故事的译文特点进行了举例分析。庄群英、李新庭[2]总结出杨氏夫妇在翻译《宋明评话选》中的俗谚语时采用的四种翻译方法：脱译法、套译法、直译法和意译法。庄群英、李新庭[3]对白之翻译的《明代短篇小说选》中收录的 6 篇"三言"故事进行了举例分析和评价，认为白之是对"三言"进行翻译和研究的西方学者的杰出代表，他通过对"三言"的翻译和传播，深化了接受国人们对中国风俗习惯、伦理道德和文化心理的认知。潘震[4]以《警世通言》等古代短篇小说及中外译者的英译本为语料，从情感的具体表达入手，对传译过程和传译效果进行探讨，并对比分析中西式传统的异同，指出"翻译的好坏直接决定文学作品在海外的命运，更会影响所蕴含的传统文化思想的传播"。

路旦俊[5]对"三言"的一些较有影响的英文版本进行了比较和分析，指出"三言"在英语世界经历了从转译到直译、从选译本到全译本、从译

---

[1] 孙逊，宋丽娟.《凤凰杂志》与中国古典小说的翻译[J]. 江西社会科学，2009(5)：116-120.
[2] 庄群英，李新庭. 杨译《宋明平话选》俗谚语翻译探究[J]. 牡丹江大学学报，2010(9)：117-120.
[3] 庄群英，李新庭. 英国汉学家西里尔·白之与《明代短篇小说选》[J]. 长春理工大学学报（社会科学版），2011(7)：77-79.
[4] 潘震. 情感传译的隐转喻识解[J]. 外语教学与研究，2013(5)：754-765.
[5] 路旦俊. "三言"英译的比较研究[J]. 求索，2005(4)：163-166.

注到欣赏的发展过程。路旦俊①对现有的"三言"英译本的篇目进行了系统的梳理和全面的考订,指出"三言"英译经历了从意译、省译到直译的演变过程。赖慈芸②针对美国哈佛大学教授韩南翻译的《中国明朝爱情故事集》(Falling in Love: Stories from Ming China)写了书评。该书分别从"三言"中选取了5篇故事,从《石点头》中选取了两篇故事进行翻译。她认为韩南此译的最大贡献是增加中国文学教材的选择性,并总结说:"这本新译符合当代汉学界的主流:保留原作形式不加删改……俚俗语言的趣味难免有所损失,但情节、语义上并无更动,是可靠且可读的译本……韩南此一新译本仍有增加西方读者选择的贡献,尤其适合大学作为中国文学教材之用。"许恬宁③就陈陈与王惠民的译作《卖油郎独占花魁——明朝故事集》写了书评,指出"译者以介绍中国短篇小说为出发点,期许能够改变英文读者对中国小说的印象,提供学院式翻译之外的不同选择……译者希望尽量如实呈现中国小说的特有元素与语言特色,但译者也赋予自身一定的自由,对原文进行剪裁,并把这种自由度视为服务英文读者、增进译本趣味的必要手法"。2009年9月10日,《中国社会科学报》第A02版刊登了乔修峰的一篇题为《美国学者谈冯梦龙"三言"翻译》④的要闻。该文简要介绍了"三言"译者杨曙辉和杨韵琴夫妇对中国古典小说英译的综述和点评,以及他们翻译时积累的宝贵经验、遇到的种种困难及解决方案等。杨曙辉在其被收录到大中华文库中的《喻世明言》(2007)、《警世通言》(2009)和《醒世恒言》(2011)的前言中详细梳理了"三言"在西方的传播历程,对之前的"三言"译本进行了认真总结

---

① 路旦俊. "三言"篇目英译的考订[J]. 图书馆,2005(2):103-106.
② 赖慈芸. 书评:Patrick Hanan, trans. Falling in Love: Stories from Ming China[J]. 汉学研究,2007(1):503-508.
③ 许恬宁. "学术"与"娱乐"之间:The Oil Vendor and the Courtesan 译评[J]. 编译论丛(台湾),2009(2):193-204.
④ 乔修峰. 美国学者谈冯梦龙"三言"翻译[N]. 中国社会科学报,2009-9-10(2).

和客观评价。"我们可以肯定19世纪至少有9篇《醒世恒言》故事以英语或法语问世……在下面所列的1944年至1978年间出版的9种英语版选集中,至少5种今天仍然可以很容易在英国和北美大多数东亚图书馆中找到。"①"在20世纪末之前,'三言'中没有一部被全部译出,已译成英语的为《古今小说》17篇、《警世通言》15篇、《醒世恒言》14篇……从来没有被两两配对,也没有以其本来顺序出现过。"②李新庭、庄群英③④探讨了华裔汉学家张心沧和王际真对"三言"翻译做出的贡献。庄群英⑤分析了英国汉学家哈罗德·阿克顿与李意协合作翻译的收录4篇《醒世恒言》故事的《舟中爱情与其他异国情调故事》(Love in a Junk and Other Exotic Tales)的得失及其背后的深层原因,探讨了他们对"三言"翻译传播做出的贡献。陈婷婷⑥以《今古奇观》的译本为中心,举例分析了西方译者对中国著作文本的选择以及译文的处理,并对中国古典小说最早的流传和翻译进行了深入探讨。颜明⑦介绍了杨曙辉和杨韵琴夫妇的身份,概括了其翻译思想和翻译策略,总结了译本获得的评价及其社会功能,指出"三言"全译本不仅对汉语典籍英译、汉学研究有着重要意义,同时也是英语文学世界的宝贵财富。

---

① Feng Menglong. *Stories to Awaken the World* [M]. Trans. S. H. Yang & Y. Q. Yang. Changsha: Yuelu Publishing House, 2009:55-56.

② Feng Menglong. *Stories to Awaken the World* [M]. Trans. S. H. Yang & Y. Q. Yang. Changsha: Yuelu Publishing House, 2009:59.

③ 李新庭,庄群英. 华裔汉学家张心沧与"三言"的翻译[J]. 淮北师范大学学报(哲学社会科学版),2011a(1):154-156.

④ 李新庭,庄群英. 华裔汉学家王际真与"三言"的翻译[J]. 大连海事大学学报(社会科学版),2011b(1):112-115.

⑤ 庄群英. 英国汉学家哈罗德·阿克顿与《醒世恒言》的翻译[J]. 佳木斯大学社会科学学报,2012(6):76-78.

⑥ 陈婷婷.《今古奇观》:中国文学走向世界最早的典范与启示[J]. 安徽大学学报(哲学社会科学版),2013(4):44-51.

⑦ 颜明. 既有内美,又重修能:"三言"首部英文全译本介评[J]. 中国翻译,2013(2):75-79.

莎日娜的博士论文《乌兰巴托版蒙古译文〈今古奇观〉研究》将乌兰巴托版蒙古文译本《今古奇观》与汉语原著进行对比研究,介绍前者在蒙古族地区的影响及传播情况,并分析其广泛流传的原因。论文归纳整理出蒙古文译者在翻译过程中,对翻译难度大的、与蒙古族文学传统不相符的,以及与蒙古族审美理想有较大差距的内容进行了删节和改写处理,同时融入与蒙古族文化习俗和文学传统有关的内容,并分析这种做法背后的深层次原因。李颖[①]在其博士论文《芬兰的中国文化翻译研究》中简要列举了"三言"在芬兰的翻译和传播情况。

6篇"三言二拍"相关硕士论文中,有3篇是围绕杨宪益、戴乃迭夫妇翻译的《宋明评话选》展开的,两篇选取了《警世通言》中的名篇《杜十娘怒沉百宝箱》为研究对象,另外一篇专门分析杨曙辉和杨韵琴的《警世通言》英译本。其中,袁君[②]以杨宪益、戴乃迭夫妇英译的《宋明评话选》为研究对象,以巴斯奈特的文化翻译观为理论依据,对译者在翻译过程中遇到的各种文化因素的处理进行分析,剖析其中文化缺省的补偿手段和应对策略,指出其优缺点。许志鸿[③]采用文本分析和案例分析的方法,从文化角度探求杨曙辉和杨韵琴译本称谓、成语和宗教词汇的翻译特色与得失。许恬宁回顾了"三言"从19世纪末到21世纪初的英文译本,并按照话本格式的处理方式,将译本划分为"自由型""学术型"和"折衷型"三类,以探讨译本向原语靠近的程度以及不同翻译策略的效果。吴佳[④]从功能对等理论视角对杨宪益《杜十娘怒沉百宝箱》译文中的对话英译进

---

① 李颖. 芬兰的中国文化翻译研究[D]. 北京:北京外国语大学,2013.
② 袁君.《宋明平话选》英译的文化缺省与补偿研究:以杨宪益、戴乃迭夫妇英译的《宋明平话选》为研究对象[D]. 临汾:山西师范大学,2013.
③ 许志鸿. 杨曙辉和杨韵琴《警世通言》英译本的文化探究[D]. 福州:福建师范大学,2011.
④ 吴佳.《杜十娘怒沉百宝箱》中小说对话翻译的功能对等分析[D]. 赣州:赣南师范学院,2013.

行分析,探寻译文对话的处理对人物形象的再现。饶志欢①以关联理论为视角,对《宋明评话选》英译部分的俗语译例进行分析,探讨文学文本中实现最佳关联的俗语翻译策略。杨荣广②认为杨宪益、戴乃迭夫妇的翻译除了"忠实""直译"为主的特点之外,还存在对原文的大量"改写",让读者更加全面地认识了杨氏夫妇的翻译活动。

---

① 饶志欢. 关联理论视角下《宋明评话选》中俗语的翻译研究:以杨宪益译本为例[D]. 赣州:赣南师范学院,2014.
② 杨荣广. 改写理论视角下杨氏夫妇《宋明评话选》翻译研究[D]. 武汉:华中师范大学,2011.

第三章

杨宪益、戴乃迭与《宋明评话选》英译

杨宪益,原名杨维武,祖籍安徽盱眙(今江苏省淮安市),1915年生于天津,著名翻译家、外国文学研究专家、诗人,写有英文自传 *White Tiger*,学贯中西,被认为是"最后的集'士大夫'与'洋博士'和'革命者'于一身的知识分子"①。杨宪益幼年就读于私塾,获得良好的国学教育,十二三岁入读教会学校新学书院,接受西方新学教育。1936年秋,进入牛津大学莫顿学院,系统研究古希腊罗马文学、中古法国文学及英国文学,获希腊拉丁文及英国文学荣誉学士、硕士学位。1940年,回国任重庆中央大学英文系副教授,同年底在重庆与戴乃迭女士结为夫妇。1941年至1942年,担任贵阳师范学院英文系首任主任,1942年至1943年,任成都光华大学教授。1943年,受梁实秋之邀到重庆国立编译馆工作,开始了夫妻二人合作翻译的伟大事业。

在翻译上,杨宪益具有得天独厚的优势,在他看来,有了夫人戴乃迭的帮助,似乎没有什么是不可以翻译的,就连《楚辞》也不例外。常常是杨宪益手捧中国的古典名著流畅口译,戴乃迭手下的打字机飞翔一般流动。夫妇二人长达半个世纪的亲密合作,推出了质、量双高的中国古典和现代文学作品译作,译笔生动传神,深受海内外读者好评,为中西文化交流做出巨大贡献。

思果先生评价杨宪益外译汉作品:"我确实认为能写英文是把英文译成中文的重要条件。这种人才知道原作者的用意,然后用他知道的中

---

① 雷音. 杨宪益传[M]. 香港:明报出版社,2007:204.

文把它表达出来，而不受原文字句的拘束。他可以不顾原文的字句，另外写。这是不会写英文的人办不到的。"①事实上，在汉译英的时候，英文阅读、写作能力对于译文质量和译文接受性更是有着不可低估的重要性。黄友义先生回忆年轻时入职外文局后曾就"如何能翻译好中国古典文学"请教杨宪益，后者告诉他，"要想翻译好，必须看100本英美文学原著"②。也就是说，要将一部中国典籍翻译成好的英文，译者至少要阅读100本英文经典，如此才能够确保译文的地道和流畅，才能确保在译语读者中的可读性。杨宪益自少年时期就广泛涉猎古今中外各类图书，他的英文阅读量尤为巨大，高中时期就可以达到每天阅读一到两本原文著作，最著名的欧美小说家和诗人的作品几乎已经读遍，对于绝大多数的欧美小说家和诗人都有了解。

1934年夏天，杨宪益在新学书院英文教员朗曼夫妇的陪同下，乘坐加拿大皇后号油轮绕道美国前往英国留学，在横渡大西洋的旅程中，阅读D.H.劳伦斯的两部旅行散文《意大利的黄昏》与《大海和撒丁岛》，并模仿劳伦斯的散文风格写就一组英文散文《陆与海》(Terra Marique)③，记录旅行途中的生活见闻。英国留学期间，杨宪益密切关注国内的局势，为战争中取得的每一个胜利欢欣鼓舞，为抗日宣传创作英文剧本《平型关》《紫漠黄昏》。杨宪益在牛津大学还办了一份杂志《复兴》，宣传抗日思想，这份英文杂志完全由他一个人独自操作，写稿、油印到邮局寄发都是他一个人做。杨宪益后来回忆起在英伦留学期间，出游法国，遇到同胞，决定用母语与来自中国的同胞沟通，聊了很久，从对方茫然的反应

---

① 萧伯纳.《卖花女》选评[M].杨宪益,译.北京：中国对外翻译出版公司,2004：总评(1).
② 杨宪益去世后不久,《求是》杂志社记者孙晓青撰写追忆性专栏文章《杨宪益的最后十年》[《小康》,2010(1)：123],其中"卧虎藏龙的外文局"一节有细致介绍。
③ 也有杨宪益传记中将该作品译为《陆地与海洋》,由杨宪益所选拉丁文名翻译而来。当时用淡紫色的练习本写成一册,英文写就,杨宪益将其寄给了天津的大妹妹杨敏如,可惜因抗战爆发天津沦陷后被毁。

中才意识到自己一直说的是英文。由此可见,他的英文水平和英文使用习惯在留学之际就几乎达到了母语的程度。当年,杨宪益申请牛津大学被告知需要延缓入学一年,理由是杨宪益学习古希腊文和拉丁文仅仅一年就几乎达到英国学生几乎需要七年时间完成的课程,考官据此怀疑他的考试有侥幸成分。事实上,此中既可以看出青年杨宪益的发奋努力,也可以看出杨宪益具有极高的语言天分。戴乃迭晚年回忆说,英伦相恋之初,杨宪益不久便会用娴熟的英文给她写情诗,还可以用陪同她听课学习不久的中世纪法文写情诗,足见才华横溢。[①]

曾深度采访过杨宪益的《北京日报》人物版专栏作家、高级记者石梅在《杨宪益自传》中文版刊印后的"精彩书评"中如此评价说:天地间有这样一个巧合,中国文学翻译界的泰斗杨宪益、戴乃迭,是中西两极、阴阳合璧的伉俪。杨酷爱中国文学,精通英语、希腊语及拉丁语;而戴又是生活在中国,选中汉学专业,秉天赐良机地与杨同读于牛津大学,相识相爱,携手同袍,译坛共步,风雨沧桑。一个英国文学培养出来的汉学家,一个汉儒教训而成的英文学者,造物者也真是具有伟大而神秘的魔力,竟造就出了这么一对译界合欢花。

杨宪益进入牛津大学学了一年多古希腊文和拉丁文,继而转读法国文学和英国文学。戴乃迭先是攻读法国文学,后来改读中国文学,成为曾在中国福建当过传教士的休斯教授的唯一学生。两人的学业选择,被认为"对于他们后来的婚姻和翻译事业来说,或许就是最好不过的选择"[②]。1938 年,杨、戴两人开始首次合作将中国文学著作翻译成英文,他们尝试的第一部译作是《离骚》。杨宪益在英国留学的最后两年,开始用英文试译过几篇中国文学作品,其中包括鲁迅的《野草》和《阿 Q 正传》

---

① 戴乃迭. 我觉得我有两个祖国[M]// 杨宪益. 我有两个祖国:戴乃迭和她的世界. 桂林:广西师范大学出版社,2003:9.
② 谷鸣. 杨宪益夫妇的译事[J]. 书屋,2010(4):44-49.

部分章节,一些陶渊明的诗和一些楚辞作品,主要是《离骚》《九歌》和《招魂》。① 此外,他还翻译了唐代后期诗人李贺的一些诗,有些译诗由挚友伯纳德·梅洛拿去发表在牛津大学的一本学生杂志上,杨宪益回忆说:"伯尼·梅洛还在那期杂志的新栏目上介绍我,登载了我平时随意说过的一些话。他称我为'可尊敬的杨',还配发了一张我只有几岁时穿着中国丝绸马褂照的相片。于是我在牛津大学的学生中间成了知名度颇高的人物。"② 可以说,从最初的翻译尝试起,他们的译介对象即已带上古今兼备的特色。

1940年夏,杨、戴二人牛津大学毕业之际,谢绝了到哈佛大学开展古典学术研究的宝贵机会,选择回到抗战中的中国,想要为国家、为抗战做些事情。他们先后在中央大学柏溪分校、贵阳师范学院和成都光华大学任教。教学之余,他们翻译了艾青和田间的新诗(遗憾的是都没有保留下来),但主要的是鲁迅和周作人的一些作品。

1943年,杨宪益夫妇由尹石公和卢冀野引荐,前往国立编译馆任职,共同翻译《资治通鉴》,这是两人合作以翻译为职业的正式开始。他们按梁实秋的建议,着手将《资治通鉴》翻译成英文,最终译完了战国到西汉的30卷,摞起一尺多高的译稿。但因各种原因,这部分译稿始终没有发表。重庆编译馆时期,夫妇二人还翻译了《老残游记》、温庭筠的词、敦煌变文《燕子赋》和《维摩诘所述经变文》、梁武帝时代有关神不灭论的辩论、苗族的创世诗、郭沫若的剧本《屈原》和阳翰笙的剧本《天国春秋》等。其中多数未及发表,后来译稿散佚。他们还翻译过一本中国戏剧简史,但由于种种原因,这部译稿始终未能出版。1952年,杨、戴夫妇应当时主持外文出版社工作的刘尊棋之邀,重新回到专职的翻译

---

① 杨宪益. 杨宪益自传[M]. 薛鸿时,译. 北京:人民日报出版社,2010:336.
② 杨宪益. 杨宪益自传[M]. 薛鸿时,译. 北京:人民日报出版社,2010:86-87.

工作，此后几十年间他们合译过的中译英名著不下百余种，译著绝大多数由外文出版社和中国文学出版社出版，并且有不同版本多次重印。

古典文学译著有：《诗经选》《离骚》《史记选》《汉魏六朝诗文选》《汉魏六朝小说选》《陶渊明诗选》《柳毅传——唐代传奇选》《王维诗选》《陆游诗选》《关汉卿杂剧选》《看钱奴》《杜十娘怒沉百宝箱——宋明评话选》《明代话本选》《唐宋诗文选》《明清诗文选》《中国古代小说节选——西游记、三国演义、镜花缘》《长生殿》《聊斋故事选》《儒林外史》《老残游记》《红楼梦》《中国古代寓言选》《不怕鬼的故事——六朝至清代志怪小说》《中国古典文学简史》等。

现代文学翻译出版最多的是鲁迅的著作，计有《鲁迅选集》（一至四卷）、《鲁迅小说选》。其他译著有《毛泽东诗词》，李劼人的长篇小说《死水微澜》，郭沫若的历史剧《屈原》，沈从文的《湘行散记》和《边城及其他》，冯雪峰的《雪峰寓言》，白危的《渡荒》①，李广田的《李广田散文选》，赵树理的《李家庄的变迁》，李季的《王贵与李香香》，贺敬之和丁毅的《白毛女》，丁玲的《太阳照在桑干河上》。此外，还有许地山、叶圣陶、茅盾、郁达夫、王统照、老舍、闻一多、罗淑、巴金、沙汀、王鲁彦、吴组缃、端木蕻良等人的作品翻译。

当代文学译著有：赵树理的《三里湾》，周立波的《暴风骤雨》，孙犁的《风云初记》《铁木前传》《孙犁小说选》，艾青的《黑鳗》，梁斌的《红旗谱》，张贤亮的《绿化树》，古华的《古华小说选》《芙蓉镇》，以及《邓友梅小说选》等。还有马烽、李准、王蒙、苏叔阳、冯骥才、阿城、朱小平等人作品。

戏曲类译著有昆曲《十五贯》，京剧《打渔杀家》《白蛇传》《黑旋风李逵》《打金枝》，川剧《柳荫记》《评雪辨踪》《拉郎配》，评剧《秦香莲》，粤剧《搜书院》，闽剧《炼印》，话剧《赤道战鼓》，以及张寿臣的单口相声选。少

---

① 目前对杨宪益、戴乃迭翻译作品的统计和目录中，大多将现代作家白危于1951年由海燕书店刊印的这部中篇小说误写为《度荒》。

数民族文学有李广田改写的撒尼族长诗《阿诗玛》,壮族歌剧《刘三姐》,玛拉沁夫的小说和张长的诗。儿童文学译有张天翼的《大林和小林》《宝葫芦的秘密》,民间文学译有金受申的《北京的传说》,有关文学史、文化艺术译有王瑶、唐弢、黄裳、黄永玉等人的文章,中外关系史译有金克木的《中印人民友谊史话》。①

20世纪60年代初,杨宪益还为《中国文学》杂志翻译出《文心雕龙》《敦煌变文》,以及司空图的《诗品》、法显的《佛国记》、汤显祖的《牡丹亭》、纪晓岚的《〈阅微草堂笔记〉选》等。出于个人爱好,杨宪益选译了唐人张籍、王建、杜甫、李白、李贺、白居易的诗篇,韩愈、柳宗元的散文。后来,作为自娱,杨宪益还译出《苏东坡诗词》《范成大(石湖)诗选》《辛弃疾词选》以及《陆游诗词选》。②

从上述长长的译作名录中可以看出,杨宪益、戴乃迭夫妇合作翻译的作品,不但年代跨度大、名目多,而且涵盖体裁形式繁多,在诗歌、戏曲等对韵律、节奏等具有严格要求和高度挑战性的文类翻译方面更是成绩斐然。要做好这些文类作品的翻译,不仅要求译者自身具有深厚的诗歌、戏曲功底,更要求译者对译作语言的驾驭能力达到几近母语的程度。英译《古代寓言选》《关汉卿杂剧选》《宋明评话选》《唐宋传奇选》以及洪昇的名著《长生殿》等,"全部被英国伦敦大学列为'汉文教材',成为在西方汉学家中间普遍受到重视的英译中国古典著作"③。杨宪益自行选定并翻译的中国传统戏曲丛书在欧美一度广受欢迎,英译《红楼梦》则被辗转翻译成西班牙文和缅甸文。

---

① 以上汉译英作品统计主要参见如下3篇著述:谷鸣.杨宪益夫妇的译事[J].书屋,2010(4):44-49;禹一奇.东西方思维模式的交融:杨宪益翻译风格研究[D].上海外国语大学,2009:5-6;李晶.戴乃迭及其译介事业[M]// 杨宪益.我有两个祖国:戴乃迭和她的世界.桂林:广西师范大学出版社,2003:169-173.
② 邹霆.永远的求索:杨宪益传[M].上海:华东师范大学出版社,2001:285.
③ 邹霆.永远的求索:杨宪益传[M].上海:华东师范大学出版社,2001:284.

第三章　杨宪益、戴乃迭与《宋明评话选》英译

杨宪益、戴乃迭是"中国译界一对典型的'天作之合':杨学贯中西,母语是汉语;戴'学贯西中',母语是英语"①。作为一名身跨中西的人,杨宪益先生的英文水平相当高,诚如他本人后来接受雷音女士"口述历史访谈"时所言,"我一到了英国以后,……英文已经能够表达,也写过东西,所以我差不多等于一个西方孩子了"②。杨宪益一生为人谦虚、低调,即便翻译了上千万字,也总是淡淡地说自己并不是翻译家,也没有做多少事情,但谈及自己的英文功底,在英国留学期间,"差不多整天就是说外文,好像变成英文是我的本国语了"③。他的英文驾驭能力,应当说堪称地道。杨宪益几乎所有的汉译英实践,都是与戴乃迭合作完成,谈及二人的合作模式,杨宪益说:"我们合译中国文学名著时,一般是由我翻译初稿,然后由乃迭修改英文,成为定稿。我翻译初稿大致都是在打字机上译一遍,乃迭修改则常常要打两三遍,所以她用的时间一般都比我多。她翻译中文诗歌常常觉得没有把握,有时要改许多次。记得我们合译宋代范成大的田园诗时,她曾改了同我商量,又重新修改,一共改了七八次。后来翻译《红楼梦》,碰到书中的诗词时,也改过好几遍,所以我们合作时,她费的功夫总比我多得多。"④作为合作者的戴乃迭,是牛津大学第一位获得中国文学学位的优秀学生,中文水平相当出色,"会写一笔正楷小字,能仿《唐人说荟》,用文言写小故事,写得文字简秀"⑤。从杨宪益、戴乃迭的翻译合作分工和他们各自的第二语言水平来看,将二人的合作模式视为我国中外译者合作的最高典范,一点也不夸张。

---

① 蒋骁华,姜苏. 以读者为中心:"杨译"风格的另一面:以杨译《宋明平话选》为例[J]. 外国语言文学,2007(3):188-197.
② 杨宪益. 从《离骚》开始,翻译整个中国:杨宪益对话集[M].文明国,编. 北京:人民日报出版社,2011:180.
③ 杨宪益. 从《离骚》开始,翻译整个中国:杨宪益对话集[M].文明国,编. 北京:人民日报出版社,2011:180.
④ 杨宪益. 此情可待成追忆:记戴乃迭生前二三事[J]. 对外大传播,2003(1):27-29.
⑤ 李辉. 杨宪益与戴乃迭:一同走过[M]. 郑州:大象出版社,2001:3.

虽然学界广泛认为,《红楼梦》能够饮誉世界文坛应当感谢杨宪益夫妇,但这部创造了典籍翻译辉煌的《红楼梦》却始终算不上杨宪益钟爱的译品,无论是在自传还是在各类访谈中,杨宪益多次提到,翻译《红楼梦》是为了完成出版社分配给他们的任务,从个人阅读兴趣上,相对于其他中国古典小说,他和夫人都不大喜欢《红楼梦》这部作品。杨宪益晚年接受采访时也曾多次遗憾地说:"我们想多介绍一点沈从文的作品,后来没有做到。"没能多译介沈从文的作品,主要是因为杨宪益夫妇进入外文出版社工作后,作为"受雇的翻译匠",在翻译什么、不翻译什么方面,并没有很大的自主权和选择权。由于当时的政治环境,在中国"五四"以后到1949年的文学大师排名"鲁郭茅巴老曹"(即鲁迅、郭沫若、茅盾、巴金、老舍、曹禺)中并没有沈从文。在中国20世纪文学史上,沈从文的声誉或许是起伏最大的一个,三四十年代,他是北方文坛领袖,40年代末,主要因郭沫若"桃红色作家"的指斥,沈从文退出文坛,从20世纪80年代后期掀起的现代作家重新评价潮中,沈从文作品的价值及其作为杰出作家的身份才得以重新被认定。① 显然,杨宪益夫妇没能更多翻译沈从文,一来是因为他们当时承担的翻译任务重且没有太大选择自主权,二来更主要是因为沈从文并不被当时的主流文学所容纳。除了根据当时外文出版社的出版计划,有系统地介绍中国古典文学外,其中很大一部分译作是时代需求的产物:解放区文学和仿照苏联经验开展的纪念世界名人的作品:屈原、司马迁、吴敬梓、鲁迅等人都在"世界名人"之列,因此,这些古今作家作品的翻译文本得以陆续推出。

---

① 1999年6月,《亚洲周刊》推出"20世纪中文小说一百强排行榜",对20世纪全世界范围内用中文写作的小说进行排名,遴选前100部作品。参与这一排行榜投票的是海内外著名学者、作家,如余秋雨、王蒙、王晓明、谢冕、王德威等。在这一排行榜中,鲁迅以小说集《呐喊》位列第一,沈从文的小说《边城》名列第二。但如果以单篇小说计,《边城》则属第一。这些产生于20世纪末的排名,有的针对作家沈从文,有的针对小说家沈从文,有的针对沈从文的个别小说,虽然范围大小不一,但是都在二三名之间。

3.1 《宋明评话选》英译历程

自 20 世纪以来,英语世界中的"三言二拍"译文选篇数量增多,涉及面扩大。与此同时,作为文化输出国的中国译者以及文学家,也加入"三言二拍"的翻译活动中。新中国成立后,作为向世界介绍中国文学的窗口,《中国文学》自 1955 年陆续刊登了杨宪益、戴乃迭翻译的宋明话本作品,其中包括 1955 年第 1 期上刊登的《十五贯戏言成巧祸》(Fifteen Strings of Cash)、《崔待诏生死冤家》(The Jade Kuanyin)、《范鳅儿双镜重圆》(The Double Mirror);1955 年第 3 期上刊登的《杜十娘怒沉百宝箱》(The Courtesan's Jewel Box)、《金玉奴棒打薄情郎》(The Beggar Chief's Daughter)和《神偷寄兴一枝梅 侠盗惯行三昧戏》(The Merry Adventures of Lazy Dragon)等。1957 年初,外文出版社以 *The Courtesan's Jewel Box: Chinese Stories of the Xth-XVIIth Centuries*(《名妓的宝箱:中国 10—17 世纪小说选》)①为名结集推出杨宪益、戴乃迭"三言二拍"故事 20 篇。

此后,《中国文学》英文版相继刊出杨、戴译宋明话本小说若干篇,如 1959 年第 7 期上刊登的《白娘子永镇雷峰塔》(The White Snake);1980 年第 7 期上刊登的《灌园叟晚逢仙女》(The Old Gardener);1982 年第 10 期上刊登的《羊角哀舍命全交》(Yang Jiaoai Gives His Life to Save His Friend)等。1981 年,外文出版社再版了《名妓的宝箱:中国 10—17 世纪

---

① Feng Menglong, Ling Mengchu. *The Courtesan's Jewel Box: Chinese Stories of the Xth-XVIIth Centuries*[M]. Trans. Yang Xianyi and Gladys Yang. Beijing: Foreign Languages Press, 1957.

小说选》。① 2001年,外文出版社出版了仅包含8篇"三言二拍"故事的《宋明平话选》(*Selected Chinese Stories of the Song and Ming Dynasties*)②,分别是:《崔待诏生死冤家》《十五贯戏言成巧祸》《滕大尹鬼断家私》《金玉奴棒打薄情郎》《杜十娘怒沉百宝箱》《卖油郎独占花魁》《刘东山夸技顺城门》以及《神偷寄兴一枝梅　侠盗惯行三昧戏》。2001年版《宋明平话选》除了故事篇幅数量大大减少之外,对原文内容也做了相应的调整,将译者省去未译的汉语原文大都删除未录。2007年,该书被纳入《大中华文库》(汉英对照)工程,包含20篇故事的完整《宋明评话选》(*Selected Chinese Stories of the Song and Ming Dynasties*)③,再次由外文出版社出版。据中国社会科学院文学研究所教授石昌渝所述,《宋明评话选》的"中文部分以'三言'、'二拍'的天许斋本、兼善堂本、叶敬池本、尚友堂本为底本综合点校而成,其中个别地方有所删改"④。

事实上,杨宪益夫妇翻译的宋明话本小说远不止上述列出的这些,还有一些作品,另外再如《警世通言》卷十四的《一窟鬼癞道人除怪》,小说本身写得很精巧,充满幽默情趣,翻译得也很好,但因为当时毛主席刚发表著名的谈话"我们不应当怕鬼"(意思是指外国帝国主义),于是这篇鬼故事也只好删掉。⑤

尽管受到种种限制,杨宪益曾说过他自己觉得翻译得比较满意的是

---

① Feng Menglong, Ling Mengchu. *The Courtesan's Jewel Box: Chinese Stories of the Xth-XVIIth Centuries*[M]. Trans. Yang Xianyi and Gladys Yang. Beijing: Foreign Languages Press, 1981.
② Feng Menglong, Ling Mengchu. *Selected Chinese Stories of the Song and Ming Dynasties* [M]. Trans. Yang Xianyi and Gladys Yang. Beijing: Foreign Languages Press, 2001.
③ Feng Menglong, Ling Mengchu. *Selected Chinese Stories of the Song and Ming Dynasties* [M]. Trans. Yang Xianyi and Gladys Yang. Beijing: Foreign Languages Press, 2007.
④ Feng Menglong, Ling Mengchu. *Selected Chinese Stories of the Song and Ming Dynasties* [M]. Trans. Yang Xianyi and Gladys Yang. Beijing: Foreign Languages Press, 2007, Introduction: 26.
⑤ 杨宪益. 杨宪益自传[M]. 薛鸿时,译. 北京: 人民日报出版社: 2010: 225 - 226.

《宋明平话小说》(《宋明评话选》)，还有就是《史记》。①

3.2 《宋明评话选》英译特色

杨宪益夫妇翻译宋、明小说时，因为通行本是经过删节的，他们主要依据北京图书馆收藏的一种明代版本。在该部选集的翻译过程中，杨、戴翻译实践体现出与他们合作翻译的其他典籍文献迥然不同的特色。翻译批评界基于不同译者翻译文本的对比研究，多认为杨宪益在中译外行为中，主要采取直译做法，因此出现不少杨、戴译作在西方读者中接受性不高的笼统结论。然而，我们在文本细读中发现，《宋明评话选》中除文本内容的主体直译做法之外，出现了省译、意译等多种处理方式。西塞罗(Marcus Tullius Cicero)主张翻译不应该像数钱币那样把原作的词语一个个地"数"给译文读者，而应该是把原作的"重量""称"给他们②，以西塞罗的这种翻译观考察杨宪益、戴乃迭的《宋明评话选》翻译，我们就会有深刻体会。

例如，《崔待诏生死冤家》篇中：

> 云鬓轻笼蝉翼，蛾眉淡拂春山；朱唇缀一颗樱桃，皓齿排两行碎玉。莲步半折小弓弓，莺啭一声娇滴滴。
>
> And it was out of this shop that an old man had come, leading a girl. What was she like, this girl?
>
> Her cloudlike hair was lighter than cicada's wing;

---

① 杨宪益. 从《离骚》开始，翻译整个中国：杨宪益对话集[M]. 文明国，编. 北京：人民日报出版社，2011：71.

② Robinson, Douglas. *Western Translation Theory: From Herodorus to Njetzche* [M]. Manchester: St. Jerome Publishing, 1997：9.

Her mothlike eyebrows fairer than hills in spring;
Her lips were cherry-red, her teeth like jade,
And sweeter than an oriole she could sing.

《卖油郎独占花魁》篇中：

八公子吩咐移船到清波门外僻静之处，将美娘绣鞋脱下，<u>去其裹脚，露出一对金莲，如两条玉笋相似</u>。教狠仆扶她上岸，骂道："小贱人！你有本事，自走回家，我却没人相送。"

Wu ordered the boat to moor at a quiet spot outside Qingbo Gate. There he had the girl's embroidered slippers torn off.

"Walk home if you can, you bitch!" he jeered, ordering his ruffians to set her ashore. "Nobody's going to see you back."

以上两例中，杨译文对原文中部分信息都采取了省略不译的做法，原因是两处涉及对中国传统戕害女性身体的陋习"裹脚"的美化描写。裹脚也叫缠足，即把女子的双脚用布帛缠裹起来，使其变成为又小又尖的"三寸金莲"，曾是中国封建社会女子审美的一个重要条件，虽是中国传统特色，却是需要彻底破除的封建文化糟粕。为树立良好的中国文化形象，对此类信息或表述，杨氏夫妇大多采取删除不译的做法。①

此外，在《卖油郎独占花魁》篇中：

Since Yaoqin was so famous, by the time she was fourteen men came to negotiate for the first night with her; but she refused

---

① 蒋骁华，姜苏. 以读者为中心："杨译"风格的另一面：以杨译《宋明平话选》为例[J]. 外国语言文学, 2007(3): 188-197.

them all. As for Mrs. Wang, she valued the girl as if she were made of gold, so when she saw that The Flower Queen was unwilling, she dared not cross her.（只因王美有了个盛名，十四岁上，就有人来讲梳弄。一来王美不肯，二来王九妈把女儿做金子看成，见他心中不允，分明奉了一道圣旨，并不敢违拗。）

这段英文所对应的中文原文在《宋明评话选》中被删除不用。删除的整段文字描写的主要是旧时烟花场所"梳弄"（妓女第一次接客）的规矩，以及西湖上子弟编出的一只《挂枝儿》，嘲笑王美到了一十五岁还未曾梳弄。在当时的情形下，编辑者认为这是中国传统文化中的陈规陋习，不宜对外宣传，所以将整段文字删除不用。但是译者在翻译的过程中发现，如果将整段文字全部删除的话，故事发展的节奏会受到影响，因此从删除的文字中选取了一段并不伤大雅的内容翻译出来，既承前启后地推动了故事的发展，又强调了王美实属被逼迫为妓的无奈。

"三言二拍"是古代说书人的口头文学，为让听众容易听懂，对人们耳熟能详的文化指称词、俚俗谚语或诗词警句的援引随处可见。但若在英译中把文化信息含量丰富的指称词和俚俗谚语、诗词警句都翻译出来，反而会增加读者理解的难度、限制阅读的流畅性。如《卖油郎独占花魁》篇："孝己杀身因谤语，申生丧命为谗言。亲生儿子犹如此，何怪螟蛉受枉冤。"短短四句诗中，竟有3个典故：商王武丁之子"孝己"（因父王听信佞言，将其放逐，乃至忧愤而死）、晋献公之子"申生"（因父王受骊姬蛊惑，被逼自杀身亡）和"螟蛉"。前二者指的是"亲生儿子"，最后一词"螟蛉"语出《诗经·小雅·小苑》"螟蛉有子，蜾蠃负之"：古人以为蜾蠃有雄无雌，无法进行交配生产，没有后代，于是捕捉螟蛉来当作义子喂养，是故后来将被人收养的义子称为螟蛉之子。这首含有3个典故的诗负载了很多文化信息，若采用厚翻译（thick translation）的做法，其冗长繁复的英语注释或行文必定会给译语读者增加阅读负担,所以译者选择意译的做法。杨、戴译本《宋明评话选》对大多数富含典故的词句、语句都采取了类似的处理方法。诸如"老身是个女随何,雌陆贾,说得罗汉思情,嫦娥想嫁"句中的"随何""陆贾""罗汉""嫦娥";"(杜十娘生得)浑身雅艳,遍体娇香,两弯眉画远山青,一对眼明秋水润。脸如莲萼,分明卓氏文君;唇似樱桃,何减白家樊素"句中的"卓氏文君""白家樊素";又如《金玉奴棒打薄情郎》开篇赞美玉奴长相的诗句"无瑕堪比玉,有态欲羞花。只少宫妆扮,分明张丽华"中的"张丽华",等等。其中,"随何""陆贾"为西汉初年外交家,以能言善辩著称;"卓文君""白樊素""张丽华"则为中国有名的古典美女。这些历史人物形象在中国不仅一般读书人知道,就连市井街巷的民众也几乎人尽皆知,然而英文读者对此一无所知。如果不吝笔墨,将这些中国读者耳熟能详的文化意象逐一翻译,不仅会阻滞阅读的流畅性,对于以故事性和趣味性见长的评话作品,也没有必要。

赞美玉奴长相的诗句:

无瑕堪比玉,有态欲羞花。只少宫妆扮,分明张丽华。

在杨宪益、戴乃迭笔下:

The maid was rare as flawless jade,
and fair as any flower in May;
Attired in palace robe she seemed
Some beauty of a bygone day!

张丽华(559—589),南朝陈后主的妃子,出身兵家,聪明灵慧,有辩才,而且记忆力很强,深得陈后主喜爱。比之加注阐明的做法,杨氏夫妇直接提炼出 some beauty of a bygone day("昔日美人"),有助于译文读者用最少的时间、最小的努力,获取原文作者意欲传达的信息,且译文以诗译诗,琅琅成诵,充分考虑到译文读者的审美接受问题。《卖油郎独占花魁》中,"老身是个女随何,雌陆贾,说得罗汉思情,嫦娥想嫁",塑造了一个巧舌如簧的鸨儿刘四妈。杨宪益、戴乃迭译为:I can make even angels and goddesses lovesick. 故事中说,后来西湖上子弟们编成歌曲《桂枝儿》描述刘四妈形象:

刘四妈,你的嘴舌儿好不利害!便是女随何,雌陆贾,不信有这大才!说着长,道着短,全没些破败。

杨宪益、戴乃迭也直接意译为:

Oh, Mrs. Liu has a tongue so fast. She beats all orators of the past; For she can argue black to white...

同样,比之长篇累牍解释说明历史人物随何、陆贾,杨宪益、戴乃迭直接提炼出"昔日知名辩才"(all orators of the past),具有能够黑白颠倒的本事,一个鼓动三寸不烂之舌的媒婆形象呼之欲出。

此外,杨宪益自幼就非常喜欢话本类传奇小说,深知这类小说受众多为普通民众,其融故事性、趣味性、世俗性于一体的叙述技巧是该种文学体裁深受广大读者欢迎的重要因素,在很多文字技巧对文本故事发展关系不大的地方,杨宪益、戴乃迭在文字的使用上常常跳脱原文的桎梏,使用轻盈流畅的英文表达,充分考虑译语读者的审美接受习惯。如《转运汉巧遇洞庭红》篇中:

> 三五日间,随风漂去,也不觉过了多少路程。忽至一个地方,舟中望去,人烟凑聚,城郭巍峨,晓得是到了甚么国都了。
>
> They sailed before the wind for several days—how far exactly they could not tell. Then they sighted land and saw from the junk a populous city with towering walls, which they knew must be the capital of some country.

原文语言非常精练,计45字,使用无主句,具有明显的时间先后和空间上由远及近的特点,杨氏夫妇抓住故事的关键词"漂""至""望",翻译时把故事关键词作为句子主干成分,其他描写作为从句,灵活布局谋篇,仅用40个单词就完美再现了原文的意涵。句子内容主次分明,结构简单,易于理解,同时也传递出原文的语言精练之美。如此简约、干练的表达方式,非谙熟中国思维习惯、对原文语言特点有深刻领悟的译者很难做到。

对于糟粕文化的删除、对于厚重文化信息的提炼、对于叙事手段的凸显和整合,这些省译和意译的翻译方法,并非传统上认为的杨宪益重"信",仅仅以"信于原文"为翻译第一义,为翻译所必得遵循的"僵硬"圭臬。凡此种种,均是出于对英语读者感受、需要、习惯等的考虑,是"以读者为中心"的翻译智慧在语言、文化层面的彰显。杨宪益、戴乃迭翻译的《宋明评话选》对原文理解准确,译文自然晓畅,在尽可能忠实原文的原则下,关注译语读者的接受和译文可读性。

在翻译的过程中,杨宪益、戴乃迭十分讲究语言的多样性,避免译文乏味枯燥。例如《杜十娘怒沉百宝箱》篇中,杜妈妈因见李甲囊中羞涩,不名一文,于是翻脸不认人,恶语相向,想将李甲扫地出门。在与杜十娘的对话中,杜妈妈先后四次称李甲为"穷汉",杨宪益、戴乃迭的译文中相应之处出现了四种不同的译法,分别是:pauper、beggar、a poor devil、the young fool。由此可见,译者十分用心。

第三章　杨宪益、戴乃迭与《宋明评话选》英译

几乎同样的一句话，译者会根据上下文背景，将译文内容充实丰富，让读者以最小的努力理解其含义，同时得到最大的阅读享受。如《十五贯戏言成巧祸》篇中，刘氏因丈夫被害，为其服丧一年期满后，由家仆接回娘家，路上遭遇强贼，老仆人遇害，刘氏为保全性命，答应与强盗成亲。此时，原作者写道：

> 明知不是伴，事急且相随。
> Although they were not meant for man and wife,
> Necessity inured them to the life.

《卖油郎独占花魁》篇中，莘瑶琴与父母在逃难路上不幸失散，举目无亲、饥寒交迫的瑶琴刚好碰到平日游手好闲的邻居卜大郎，后者谎称受她父母之托帮忙寻找女儿，承诺带她与父母团聚。走投无路的瑶琴信以为真，于是二人父女相称相依为伴继续赶路。此种情形，用原作者的话说，正是：

> 情知不是伴，事急且相随。
> People who should never mix
> Grow quite friendly in a fix!

"明（情）知不是伴，事急且相随。"原意是，明知道不是好伙伴，因事出无奈，只得暂且跟着走。意指事急无奈，别无选择。这两句原文虽然有一字之差，但其内涵大不相同。译者充分考虑到这一点，在译文中进行了调整和充实，将原文中隐藏的含义完整传达，读者阅读起来便更加易于理解和接受。

众所周知，"三言"作者冯梦龙在创作过程中，对作品赋予教化功能，并注入强烈的情感，表现出对女性尤其是妓女的深切同情和无比尊重。

作者是这样表达对杜十娘堕入风尘沦为妓女的感慨的：

可怜一片无瑕玉，误落风尘花柳中。
Ah, the pity of it! that this lovely maid
Should be cast by roadside in the dust.

另一位女孩莘瑶琴（花魁娘子）有着悲惨的命运，也牵动着作者的心：

可怜绝世聪明女，堕落烟花罗网中。
How sad that such a clever miss
Should fall into a trap like this!

这两句话表达了作者对两位优秀的年轻女子命运的感叹和惋惜，译者用优美的、充满情感的语言将原文的含义一览无余地表达出来。

3.2.1 篇目翻译

阅读一部文学作品时，首先跃入读者视野的就是作品的标题，标题往往给人留下重要的第一印象。对于作者而言，作品的标题是经过深思熟虑、反复推敲后选定的，具有重要的表意功能；对于读者而言，标题更像是作品的品牌形象，能引发读者的联想，也可能决定作品的命运。

随着商品经济的繁荣，城市人口的剧增，通俗的民间文学在宋代得到了空前的发展，话本小说是宋代民间文学的代表。话本小说的篇目也经历了一个从散文口语形式向韵文规则形式发展的过程。起初，话本小说往往以人名、地名、诨名等为篇目，简短且字数没有规则。到了宋元之后的话本和拟话本小说，它们的篇目大多是六字句、七字句、八字句，或是六字、七字、八字的对偶句，形式基本固定。

"三言"中的相邻篇目以奇偶两目相对成文,非常工整,形成了自己的风格,这是"冯梦龙的创造,因为在中国古典小说回目的历史上,《古今小说》是第一部以单句为目而呈现对偶形态的作品"①。如《羊角哀舍命全交》(《喻世明言》卷七),《吴保安弃家赎友》(《喻世明言》卷八),《赫大卿遗恨鸳鸯绦》(《醒世恒言》卷十五),《陆五汉硬留合色鞋》(《醒世恒言》卷十六)。凌濛初在创作《初刻拍案惊奇》时,在凡例中申明:"今每回用二句自相对偶,仿《水浒》《西游》旧例。"因此,"二拍"故事的篇目与章回小说回目十分相似,每个故事的标题都是一副词句工整、前后相衡的对联,如《袁尚宝相术动名卿　郑舍人阴功叨世爵》(《初刻拍案惊奇》卷二十一),《同窗友认假作真　女秀才移花接木》(《二刻拍案惊奇》卷十七),《青楼市探人踪　红花场假鬼闹》(《二刻拍案惊奇》卷四)。《今古奇观》则遵从了"三言"的篇目标题风格,除了改动选自"三言"29篇故事中2篇(《蔡小姐忍辱报仇》选自《醒世恒言》卷三十六;《蔡瑞虹忍辱报仇》和《唐解元玩世出奇》选自《警世通言》卷二十六;《唐解元一笑姻缘》)的个别用字以外,基本沿用原来的篇目,而选自"二拍"的11篇故事中,有6篇(《转运汉巧遇洞庭红》选自《初刻拍案惊奇》卷一《转运汉巧遇洞庭红　波斯胡指破鼍龙壳》;《看财奴刁买冤家主》选自《初刻拍案惊奇》卷三十五《诉穷汉暂掌别人钱　看财奴刁买冤家主》;《刘元普双生贵子》选自《初刻拍案惊奇》卷二十《李克让竟达空函　刘元普双生贵子》;《女秀才移花接木》选自《二刻拍案惊奇》卷十七《同窗友认假做真　女秀才移花接木》;《十三郎五岁朝天》选自《二刻拍案惊奇》卷五《襄敏公元宵失子　十三郎五岁朝天》;《崔君臣巧会芙蓉屏》选自《初刻拍案惊奇》卷二十七《顾阿秀喜舍檀那物　崔君臣巧会芙蓉屏》),用了原来篇目的其中一个原句,另外5篇(《恶船家计赚假尸银　狠仆人误投真命状》选自《初刻拍

---

① 李小龙. 中国古典小说回目研究[M]. 北京:北京大学出版社,2012:236.

案惊奇》卷十一;《念亲恩孝女藏儿》选自《初刻拍案惊奇》卷三十八《占家财狠婿妒侄　延亲脉孝女藏儿》;《赵县君乔送黄柑子》选自《二刻拍案惊奇》卷十四《赵县君乔送黄柑　吴宣教干偿白锵》;《夸妙术丹客提金》选自《初刻拍案惊奇》卷十八《丹客半黍九还　富翁千金一笑》;《逞钱多白丁横带》选自《初刻拍案惊奇》卷二十二《钱多处白丁横带　运退时刺史当艄》)则做了或多或少的改动。

《宋明评话选》中选入的 20 篇故事的篇目则沿用了其各自原来的风格,内容上也基本没做任何改动。选自"三言"的 15 篇故事中有 6 篇故事的篇目为 7 个字,9 篇故事的篇目为 8 个字。选自"二拍"的 5 篇故事有两篇篇目为 16 个字,两篇篇目为 14 个字,一篇篇目为 12 个字,各分为两句自相对偶。每个故事的篇目主要采用了"人物＋主要情节"模式,基本是对故事情节提纲挈领的概括浓缩,包含了故事的主要人物、故事的情节、故事发生的地点以及故事的结局等信息。大部分篇目都以主谓宾结构表达高度概括的情节,通俗易懂,便于读者诵读。读者读到故事的篇目时,已基本了解故事的梗概和基调,怀着对故事来龙去脉和发展细节的好奇心,以急切的心情去文中寻找答案。

杨宪益、戴乃迭在翻译这些篇目时,考虑到译文读者的小说美学及阅读习惯,以方便读者阅读为目的,对篇目进行了改译处理,具体如下:

序号	原文篇目	译文篇目	备注
1	《崔待诏生死冤家》	The Jade Worker	
2	《小夫人金钱赠年少》	The Honest Clerk	
3	《十五贯戏言成巧祸》	Fifteen Strings of Cash	
4	《简帖僧巧骗皇甫妻》	The Monk's Billet-doux	
5	《小水湾天狐诒书》	The Foxes' Revenge	
6	《滕大尹鬼断家私》	The Hidden Will	
7	《刘小官雌雄兄弟》	The Two Brothers	

续 表

序号	原文篇目	译文篇目	备注
8	《金玉奴棒打薄情郎》	The Beggar Chief's Daughter	
9	《沈小霞相会出师表》	A Just Man Avenged	
10	《宋小官团圆破毡笠》	The Tattered Felt Hat	
11	《杜十娘怒沉百宝箱》	The Courtesan's Jewel Box	
12	《卖油郎独占花魁》	The Oil Vendor and the Courtesan	
13	《灌园叟晚逢仙女》	The Old Gardener	
14	《钱秀才错占凤凰俦》	Marriage by Proxy	
15	《卢太学诗酒傲王侯》	The Proud Scholar	
16	《转运汉巧遇洞庭红　波斯胡指破鼍龙壳》	The Tangerines and the Tortoise Shell	
17	《刘东山夸技顺城门　十八兄奇踪村酒肆》	The Story of a Braggart	
18	《丹客半黍九还　富翁千金一笑》	The Alchemist and His Concubine	
19	《钱多处白丁横带　运退时刺史当艄》	A Prefectship Bought and Lost	
20	《神偷寄兴一枝梅　侠盗惯行三昧戏》	The Merry Adventure of Lazy Dragon	

　　杨宪益、戴乃迭在对全篇故事的精神实质有了深刻的理解之后,出于方便译文读者理解和接受的考虑,抓住故事的精髓,对篇目内容进行改译。这种做法虽然牺牲了对仗工整的篇目的构形美,但是译文简单明了,符合英语的表达习惯,恰到好处。赵小兵称:"译者为了实现一个文学作品在异语、异域文化环境下的接受和传播,必须懂得翻译'增''减'的艺术,懂得平衡的艺术。"①例如,译者将篇名"小夫人金钱赠年少"译为"The Honest Clerk",初看时,我们会认为两个标题的含义相去甚远,译者翻译得太过随意,仔细读完这篇故事,我们不难理解译者选择如此翻

---

① 赵小兵.文学翻译:意义重构[M].北京:人民出版社,2011:66.

译的原因。《小夫人金钱赠年少》讲的是少妻小夫人受不良媒人蛊惑嫁与六旬老张员外，心生不满，将心意寄于少主管张胜，死后亦化鬼投奔于他，并以稀世罕见之珠宝帮助张胜做买卖，使其赚得小张员外的称号。张胜在张员外家败落后收留小夫人，待之以主母之礼，谨慎本分。故事中，张老员外只因贪色好利，几断送自家性命；张胜恪守礼教，心存善念，所以不受连累、祸害。可见，故事的主题就是赞扬恪守人伦纲常的张胜，所以译者将原标题精炼为"The Honest Clerk"。另外一篇故事《杜十娘怒沉百宝箱》，讲述的是京城名妓杜十娘爱上了官宦子弟、太学生李甲，并协助其帮自己赎身从良，相约携手共度余生。可惜她所托非人。李甲生性懦弱，意志不坚定，既怕父亲责骂，又听信谗言，竟把杜十娘转手卖给商人孙富。杜十娘得知后伤心绝望，抱着价值万金的百宝箱愤怒投江而亡。百宝箱是整个故事的主线，在故事的发展过程中起到了重要的作用，故事以杜十娘怀抱宝箱投江达到高潮。所以，译者将"杜十娘怒沉百宝箱"译为"The Courtesan's Jewel Box"。

选自"二拍"的 5 篇故事的篇目具有普通对联的特征：字数相等、词性相同、结构相应、内容相关，同时将故事情节高度概括浓缩，点明故事中的主要人物以及故事的主题，进而激发读者的阅读兴趣。杨宪益、戴乃迭为了保持全书篇目风格一致，同样采用改译的方法进行翻译，将"刘东山夸技顺城门　十八兄奇踪村酒肆"译为"The Story of a Braggart"。这个故事的主人公刘东山自恃武艺高强，阅历丰富，因而骄傲自大，不把别人放在眼里，结果被一个少年唬得容颜失色，惶恐不安，幸好及时收敛，才转危为安。故事教给我们一个做人的道理：天外有天，人外有人。我们没有理由自视甚高，目中无人。原篇目分别交代了刘东山和十八兄两位主人公，以及故事的主要情节，前者"夸技顺城门"，后者"奇踪村酒肆"，而译文则画龙点睛地一言以蔽之，让读者明白该篇讲述的是一个自吹自擂者的故事。

话本小说的篇目作为一种特殊的语言形式,是这类小说的一道风景线,它们统领着每个故事的主要人物和情节,因此恰到好处地翻译篇目格外重要。由于汉英两种语言的差异,翻译时很难将原文的含义和形式完美再现。若选择更好地传达其中蕴含的深义,有时就难免要牺牲其形式。虞建华提出,文学作品标题的翻译"既要忠实于标题代表的作品的精神实质,又要顾及审美上的要求,有可能的话,译名还要达到使人过目不忘的宣传效果。译文中标题与内容合拍,两者相得益彰,一部文学译作才可能完整完美。好的标题译名,应该像原文一样在开卷之前引起阅读期待,合卷之后产生阅读的回味"①。

3.2.2 诗词歌赋翻译

中国诗歌浩如烟海,折射着博大精深的华夏文明,是世界文化宝库中的珍宝。诗歌是作者以凝练而生动的语言及鲜明的艺术形象来抒发情感的一种艺术形式。诗歌的翻译对于弘扬民族文化,促进中外文化的融汇交流,意义重大。《宋明评话选》中,往往是诗词穿插其间,开头、结尾一般有题头诗和结尾诗,正文中间,涉及景物描写、场面描写、人物肖像描写等处,多用"正是""正所谓""分明是""但见""却是""道是""怎生模样""诗曰(云)""有诗为证""有诗赞曰(云)""有诗叹曰(云)"等字眼,引出韵文。对于"三言"中的大量韵文,《宋明评话选》并没有全部选用,而是删除其中与人物刻画、情节结构关系不太紧密的部分,使文字更加精练、雅洁,结构更加严谨,以更好地满足读者的阅读需要。

杨宪益留学英伦,学贯中西,具有高度的中西诗歌文化参照能力。但他较少在自己的诗作中咬文嚼字,且鲜少使用历史典故,如有需要也往往假手当代典故,完全契合钟嵘《诗品·序》②所提出的"羌无故实,讵

---

① 虞建华. 文学作品标题的翻译:特征与误区[J]. 外国语,2008(1):68-74.
② 钟嵘. 诗品[M]. 曹旭,集注. 上海:上海古籍出版社,2011:序.

出经史"(即不用典故,不用经史)的诗学理念。诗中不设拦路虎,言近旨远,从诗的主题到诗的形式积极进行创新、变革,针对社会现象发言,直击要害,颇有杂文似的尖锐。正是诗人的灵感和扎实的古文功底,使杨宪益能够成功翻译《宋明评话选》中的诗词歌赋,充分体现诗人译诗的独特优势。

"杨宪益不仅会作诗,且有数十年的平平仄仄的功底。他的诗功厚实,没有空话,句中有人生脚印,有社会风尘。"[①]杨宪益早年写五言旧体诗深得吴宓赏识,晚年创作打油诗备受钱钟书关注,虽"算不上大诗人",但"说他是有才调、有自家面目、有好诗可传的诗人,是并不夸张的"[②]。他在诗歌翻译方面的卓绝探索,那些气韵饱满的旧体诗创作,在国内外产生极为深远的影响。国内报刊关于杨宪益诗作的评论屡见不鲜,英国、美国、加拿大、澳大利亚等地的海外华人报刊更是把杨宪益的诗与中国改革开放的历史进程联系在一起,视作"诗史"[③]。他的旧体诗在当下赢得越来越多学者的肯定。中国第一家"诗杂志"《诗帆》创办者之一常任侠先生接受邹霆访谈时说:"宪益的诗可以与散宜生(聂绀弩)的旧体新诗相媲美,不仅在内容上新奇、犀利,而且艺术质量也过得硬。"[④]王学泰认为杨宪益先生旧体诗俊逸流畅,以杂文的笔法入诗,继承了鲁迅立意严肃、用笔深刻的"打油"传统。[⑤] 王尚文更是对杨宪益诗歌造诣大加赞扬,认为"以白话、口语入诗,在后唐宋体诗人群中,杨宪益走得最远,也是用得最好的诗人之一"[⑥]。

---

① 吴海发.二十世纪中国诗词史稿[M].北京:中国文史出版社,2004:933.
② 参见知名博主、评论家"半通斋主"的个人博客:"火气"与"挚情":评杨宪益先生诗[EB/OL].http://blog.sina.com.cn/s/blog_5e6472240100gm5e.html.
③ 纪红.新版《银翘集》说明[M]//杨宪益.银翘集:杨宪益诗集.福州:福建教育出版社,2007:129.
④ 邹霆.永远的求索:杨宪益传[M].上海:华东师范大学出版社,2001:383-384.
⑤ 王学泰.聂绀弩诗与旧体诗的命运[J].读书,2010(6):122-130.
⑥ 王尚文.后唐宋体诗话[M].北京:中国社会出版社,2011:275.

王宏印指出:"诗的翻译不徒译意,还要译味。故好的译诗,应是形象与音韵俱佳。"①由于自身好用旧体写诗,杨宪益翻译《宋明评话选》中的诗歌时忌讳呆译,避免硬凑韵脚,诗的标题灵活多样,有时还别创一格,在形式上也多以诗译诗。

《小夫人金钱赠年少》篇中的入话:

谁言今古事难穷?大抵荣枯总是空。
算得生前随分过,争如云外指溟鸿。
暗添雪色眉根白,旋落花光脸上红。
惆怅凄凉两回首,暮林萧索起悲风。

How can we judge today and yesterday?
Pomp is but vanity; so is decay.
Without my knowledge, time is slipping by
Like geese that to the far horizon fly.
My eyebrows now have turned as white as snow,
Faded my ruddy cheeks of long ago;
And sad at heart I gaze back at the glades
Where wild winds bluster as the daylight fades.

原文中的诗句是成都府华阳县的王处厚所作。当时他年近六十,忽一日执镜照面,发现须发有几根白的,顿时有感而发。从诗中,我们可以读出作者对人生的感慨,能感受到他内心的凄凉。杨宪益、戴乃迭的译文仍以诗歌的形式将作者的无尽思绪较好地表达出来。

杨宪益曾尝试用英文翻译中国古典文学作品,由于"认为著名的诗篇《离骚》是一部伪作",他坚信,"采用'模仿——英雄偶句体'形式翻译

---

① 王宏印. 中国文化典籍英译[M]. 北京:外语教学与研究出版社,2009:170.

这首诗是恰当的"①。但英汉两种语言本质上的差别注定译作无法百分之百地还原原诗的意境、韵律、节奏。虽如此,"以诗译诗"的信条仍强烈影响着杨宪益日后的诗歌翻译实践。又如《刘小官雌雄兄弟》篇中:

无情骨肉成吴越,有义天涯作至亲。
三义村中传美誉,河西千载想奇人。
The lack of love makes brothers foes,
While love makes stranger friend;
And so their fame has spread afar,
Well-known throughout the land.

这是《刘小官雌雄兄弟》的篇尾诗,后人用以赞美刘家人的孝义贞烈。译诗,最难的是传神。译者首先要抓住原诗的神韵,译诗才能传神。杨宪益、戴乃迭在翻译这首诗时,透彻地领悟了诗的要旨,领会了诗中的含义和语气之后,并没有拘泥于字面,而是以达意为主,加以融会贯通,一气呵成,译出了几乎和原诗一样的好诗。

《简帖僧巧骗皇甫妻》篇中:"皇甫殿直自从休了浑家,在家中无好况。正是:时间风火性,烧了岁寒心。""时间风火性,烧了岁寒心"的意思是:由于一时冲动做了错事,导致自己余生不幸。这句韵文主要是进一步描述皇甫殿直的凄惨现状,与前面一句"自从休了浑家,在家中无好况"的意思重复,译者选择忽略不译。

《崔待诏生死冤家》篇中:

后人评论得好:
咸安王捺不下烈火性,郭排军禁不住闲磕牙。

---

① 杨宪益. 漏船载酒忆当年[M].薛鸿时,译. 北京:北京十月文艺出版社,2001:76.

第三章 杨宪益、戴乃迭与《宋明评话选》英译

璩绣娘舍不得生眷属,崔待诏撇不脱鬼冤家。

这首篇尾诗被译者跳过不译。罗晓东曾指出,"篇尾以诗词作结,是话本小说一个非常重要的体制特点。这个篇尾不是故事的结局,而是在故事的结局之后另行缀上的,如果把片尾诗去掉,丝毫不影响整篇小说叙事的完整"①。篇尾诗是说话艺人为了加深故事给听众留下的印象,在说话结束前,用几句诗对故事的内容进行一番总结或评价。译者在翻译时,认为这段文字的意义不大,删去之后丝毫不影响故事的完整性,因此没有将这段篇尾诗翻译出来。这也印证了布什(Peter Bush)曾经的断言,"翻译是写作的探险……必然包含着主观与想象的变形"②。

杨宪益从小饱读诗书,喜欢即兴吟诗作对,中学开始写诗,能自如地进行古体诗创作,为诗歌翻译奠定了良好的语言功底。同时,他兼善国学、西学,对东西方古典文化情有独钟,文化视野开阔。正是这种博古通今、学贯中西的学识背景,造就了杨宪益特殊的诗人情怀。这种诗人情怀与他写诗、译诗有着密切的联系。正如许钧所说:"翻译者的主观因素,其个性、气质、心理禀赋、知识面、语言应用能力,乃至译者的立场、道德因素,无不对翻译活动起着直接而重要的影响。"③

杨宪益说:"古人说了三个字:信、达、雅。当然,光'信'不'达'也是不可能,那是不要人懂。"④也就是说,光"信"不"达",令人无法读懂,也就谈不上"信"。由"信"至"达",需要翻译者具备高超的双语驾驭能力和双文化体验能力。思果在杨宪益译《卖花女》"总评"中说:"我不知道有谁

---

① 罗小东.″三言″″二拍″叙事艺术研究[M].北京:中国社会科学出版社,2010:48.
② Bassnett, Susan. When a Translation Is not a Translation? [M]// Susan Bassnett & André Lefevere. Constructing Cultures: Essays on Literary Translation. Clevedon: Multilingual Matters Ltd., 1998: 25 - 40.
③ 许钧.文学翻译的理论与实践:翻译对话录[M].南京:译林出版社,2001:引言(22).
④ 杨宪益.我与英译本《红楼梦》[M]// 郑鲁南.一本书和一个世界:第二集.北京:昆仑出版社,2008:2.

比杨宪益先生更有资格翻译，虽然我佩服的大译家不止一人。……我确实认为能写英文是把英文译成中文的重要条件。这种人才知道原作者的用意，然后用他知道的中文把它表达出来，而不受原文字句的拘束。他可以不顾原文的字句，另外写。这是不会写英文的人办不到的。"①为了实现对诗歌或类似文本的意义忠实，杨宪益多采用表面上看来没有那么忠实的改写做法，这是基于对原文充分理解的"另外写"，以"竭尽全力把原文的意思忠实地传达给另一读者"。杨宪益之"信"更多是对译文终端——译语读者的深刻关照，让译语读者尽可能获得与原文读者类同的美学体验和感受，这其中其实已经有了对译文之"达"的考量。杨宪益的"信"与"达"是不可割裂的整体翻译观。为使译文"达"于译文读者，遇到歌词，杨宪益常会习惯性改写成七言。实际上，这一偏好从他17岁时就已开始，并且表现出非凡的功力。杨宪益古诗词功底深厚，受吴宓"旧瓶装新酒"主张的影响，中学时期尝试以中国古诗体的形式翻译外国诗歌，现在保存下来并收入《银翘集》的《译希腊女诗人莎孚残句》和莎士比亚《暴风雨》中的歌词，是典型的"通达"译文。杨宪益在贵阳师范学院执教时，还曾用五言古诗体译出过维吉尔史诗《埃涅阿斯纪》的第一卷。

诗的翻译"能给民族文学以新的生命力，由于它能深入语言的中心，用新的方式震撼它，磨炼它，使它重新灵敏、活跃起来"②。杨宪益译作浩如烟海，一本译著《红楼梦》更是夺走无数学者关注的目光，致使学界较大程度上忽略了对他诗人身份、诗歌翻译实践，以及此二者之间关系的深度梳理。诚如黄苗子为邹霆《永远的求索——杨宪益传》撰序时所言，"宪益不但学行奇，诗也做得奇，他是一位学者和翻译家，行有余力，则以

---

① 萧伯纳.《卖花女》选评[M].杨宪益，译.北京：中国对外翻译出版公司，2004：总评(1).
② 王佐良.翻译：思考与试笔[M].北京：外语教学与研究出版社，1989：57.

学诗。……他的诗和文学,是从深度修养和高度天分出来的"①。同时,由于杨宪益深厚的诗学背景和他本人对于诗歌体裁的偏好,诗歌翻译占杨宪益译著总量的三分之一以上,是一个极其重要却又较少受关注的领域,值得我们深入研究。

3.2.3 女性形象重构

在中国文学的发展史中,女性形象大量进入文学作品是从唐宋传奇开始的,后经宋元话本、元杂剧、明清小说,女性形象精彩纷呈,更趋多样化。在女权主义被普遍认可的今天,女性形象已经是文学作品中不可或缺的元素。②

女性在中国古代封建社会中的地位十分低下,孔子就很轻视女性,他曾在《论语·阳货》篇中说过:"唯女子与小人为难养也,近之则不逊,远之则怨。"③西汉董仲舒把孔子的男尊女卑思想推向极端,建立了"三纲五常"封建伦理规范,女性的精神活动和日常行为都因此受到约束和限制。后来历代的多部妇教书籍,如《列女传》《女诫》《内训》《女论语》《女范捷录》《闺范》等,都起到对女性进行精神控制的作用,而且愈演愈烈。宋元时代,程朱理学极力主张"存天理、灭人欲",在婚姻家庭制度方面,蔑视妇女的权益,甚至提出"饿死事小,失节事大"。

《宋明评话选》中有许多在中国文学殿堂里熠熠生辉,同时又活在读者心中的女性形象:敢爱敢恨,爱憎分明,大胆追求爱情自由的璩秀秀;忠贞不贰,誓死不渝,最终与丈夫重逢团圆的刘宜春;为维护自己的尊严,得不到自主自由美满的婚姻,宁愿抱着百宝箱向万里波涛纵身一跳

---

① 黄苗子.奇文不可读:《杨宪益传》小序[M]//邹霆.永远的求索:杨宪益传.上海:华东师范大学出版社,2001:序言.
② 张晓.明清文学中女性越位的思考[J].作家杂志,2011(8):136-137.
③ 钱穆.钱穆先生全集:论语新解[M].北京:九州出版社,2011.

的杜十娘；经过了许多磨难与波折，终于摈弃了对公子王孙、仕子巨贾的妄想，选定卖油郎作为终身依靠而过上幸福生活的莘瑶琴；事事伶俐，泼辣大胆，望夫成龙，却被丈夫上任途中无情谋害仍选择从一而终的团头女儿金玉奴；有才有智，协助丈夫保全性命，最后沉冤得雪，阖家团聚的闻淑女……

《宋明评话选》中的女性故事和女性角色散发着浓郁的时代气息，反映了明清人文思潮的新变化。故事中不受传统封建教条束缚的女性，是当时女性追求个性解放、反抗封建道德观念的反映，切合市民阶层情感的需求和愿望。而志诚守节、从一而终的女性故事，也是当时传统封建思想的真实反映。

罗马尼亚学者杜图说："形象掌握着作品的命运、影响，决定了读者的接受程度……"①形象学研究从文学作品研究入手，最后回归文学。形象研究不仅重视文学作品，而且重视文学作品的生产，传播和接受的条件，同样也重视一切用来写作、生活、思维的文化材料。有学者指出，"文学翻译是异国形象的建构过程"②。戴乃迭的女性文化身份和她双重民族的文化身份，催生了一种特殊的女性主义翻译策略。例如，译文中，译者倾向于选择社会含义较少的词汇来指代女性，多用 girl 和 lass 来指代年轻女性。译文的感情色彩十分浓厚，非常侧重人物内心情感的表达。笔者将从译者对于《宋明评话选》中女性的容貌、女红艺业、服饰、语言、心理以及行为等方面信息的处理，探讨女性形象在译本中的重构。

3.2.3.1 容貌描写

爱美之心，人皆有之，女性美的一个重要方面就是容貌美。在文学作品中，容貌描写是刻画人物必不可少的重要手法。对于人物容貌的评

---

① 孟华. 比较文学形象学[M]. 北京：北京大学出版社，2001：11.
② 廖七一. 现代诗歌翻译的"独行之士"：论苏曼殊译诗中的"晦"与价值取向[J]. 中国比较文学，2007(1)：68-79.

价一般有两类,一是容貌的总体评价,或美或丑;一是对面部长相的细节描写,包括头、眉、眼、鼻、嘴、皮肤、头发等直观细致的描写。女性美是客观存在的,不同国家、不同民族、不同时代有着不同的女性审美标准。中国古典小说在人物容貌描写方面,男性大多"眉清目秀,面白唇红",女性大多"华容娇媚"或引诗为证,等等,似乎作品中所有的男女主人公都眉目清秀、花容月貌,外貌相"类",无甚差别,有形象"个性"特点的人物很少见到。① 《宋明评话选》中,作者对女性的容貌描写有的细致入微,十分详细和具体;有的一言概之,点到为止。

(1) 以物喻人的细致描写

中国古典小说中的女性容貌描写,多以"山""水"等自然景观和"花""柳"等植物为喻象。这种女性容貌描写的比拟手法,吸取了传统诗词以物喻人的经验,经过广泛而普遍的使用之后,成为一种创作传统。

《崔待诏生死冤家》篇中的璩秀秀生得:

云鬟轻笼蝉翼,蛾眉淡拂春山;朱唇绽一颗樱桃,皓齿排两行碎玉。<u>莲步半折小弓弓</u>,莺啭一声娇滴滴。

Her cloudlike hair was lighter than cicada's wing;
Her mothlike eyebrows fairer than hills in spring;
Her lips were cherry-red, her teeth like jade,
And sweeter than an oriole she could sing.

杨宪益、戴乃迭对原文中画线部分的信息采取了省略不译的做法,因为这里涉及"裹脚"这一中国传统的陋习,戕害女性身体。其余部分,译者以诗译诗,并保留了原文中用来形容其容貌的各种喻象,如蝉翼、春山、

---

① 苏爱民. 试论"三言"作品的语言特色[J]. 名作欣赏,2006(8):14-16.

樱桃、碎玉、莺等,真实再现了璩秀秀的容貌美。

《十五贯戏言成巧祸》篇中:

陈二姐虽然没有十二分颜色,却也明眉皓齿,莲脸生春,秋波送媚,好生动人。

While no beauty, she had pretty eyebrows and good teeth, her face was rosy and her eyes inviting.

"明眉皓齿",指人眉毛清晰,牙齿洁白;"莲脸生春",形容女子的脸美如荷花;"秋波送媚",形容人眼睛明亮、顾盼有神。作者将直接描摹和间接烘托的手法结合起来,满足了不同时代和个人的审美标准与趣味。杨宪益、戴乃迭的译文清晰简洁,用玫瑰代替莲花作为喻象,更符合西方人的想象。

《滕大尹鬼断家私》篇中的梅氏:

虽然村妆打扮,颇有几分姿色:发同漆黑,眼若明波。纤纤十指似栽葱,曲曲双眉如抹黛。随常布帛,俏身躯赛着绫罗;点景野花,美丰仪不须钗钿。五短身材偏有趣,二八年纪正当时。

Though the girl was dressed in the simple country fashion, she was strikingly beautiful.

Her glossy hair was black as jet,

Her limpid eyes as clear as rills,

Her fingers fine as onion shoots,

Her eyebrows arched as distant hills;

Her homespun clothes became her well

As silk or fine embroidery,

And lovely as a wild flower

She had no need of finery.

A daintier girl was never seen.

And she had barely turned sixteen.

《杜十娘怒沉百宝箱》篇中的杜十娘生得：

浑身雅艳，遍体娇香，两弯眉画远山青，一对眼明秋水润。脸如莲萼，分明卓氏文君；唇似樱桃，何减白家樊素。

She was sweetness and loveliness incarnate;

Her fine eyebrows were arched like distant hills;

Her eyes were as clear as autumn water;

Her face was as fresh as dew-washed lotus;

Her lips were as crimson as ripe cherries.

《简帖僧巧骗皇甫妻》篇中的一个婆婆生得：

眉分两道雪，鬓挽一窝丝。眼昏一似秋水微浑，发白不若楚山云淡。

Turning around, she saw an old woman.

Her eyebrows were as white as snow,

Her form was bent and spare.

Her eyes were dim as autumn pools,

And white as clouds her hair.

作者在描写女性容貌时有植物化的倾向，同时包括水果化比喻。植物的柔弱,可以最贴切地表现当时大部分女性既处于男性的附庸地位,又担负着繁衍后代的使命的真实生存状况。"秋水""远山""乌云""新月""瑞雪""朝霞""樱桃""莲萼""玉笋"等比喻,都是用自然景观和天然植物的美好形态,来表示女性容貌直观的印象。这些对女性容貌的植物化比拟,能够更加形象地写出女性所特有的柔嫩之美,突出女性美的娇柔特点。通过这种植物化比拟,作者强调了这些女子的美丽是自然天成,而非人工雕琢的。杨、戴译文完整保留了原文中用来描述女性美丽容貌的这些喻体。

(2) 模糊抽象的粗略描写

中国古代中后期主要作家的创作,追求从女性外貌描写的烦琐、细致到注重内在思想、精神气质的表现,即从形似到神似,传达出中国古代女性文学人物描写不断变化、发展、创新的过程。①《宋明评话选》中,作者有时用极其节俭的笔墨传达出不同女性外貌的丰情神韵,实现了从形似到神似的成功转变,其中也蕴含着他对女性生命价值和个性尊严的尊重与肯定。《崔待诏生死冤家》篇中的璩公:

有个花枝也似女儿。

(He has) a daughter as pretty as a flower.

《简帖僧巧骗皇甫妻》篇中皇甫松的妻子杨氏:

二十四岁花枝也似浑家。

His twenty-four-year-old wife, who was lovely as a flower.

---

① 冯英华. 被遮蔽的美丽存在:中国古代文学中女性外貌描写的特征及其审美意蕴探[J]. 和田师范专科学校学报,2015(1):70-74.

《卖油郎独占花魁》篇中的花魁娘子：

常把西湖比西子，就是西子比她还不如。

We often compare the West Lake to the beauty Xi Shi, but no beauty of old can compare with this wonderful girl.

《丹客半黍九还　富翁千金一笑》篇中丹客的小妾：

真个是沉鱼落雁之容，闭月羞花之貌。

she was of more than earthly loveliness。

"常把西湖比西子，淡妆浓抹总相宜。"出自宋代文学家苏轼的《饮湖上初晴后雨》。意思是：如果把美丽的西湖比作美人西施，那么淡妆也好，浓妆也罢，总能很好地烘托出她的天生丽质和迷人神韵。冯梦龙将诗句改写为："常把西湖比西子，就是西子比她还不如。"以此来烘托花魁娘子莘瑶琴的美貌，比古代美女西施更胜一筹。"沉鱼落雁之容，闭月羞花之貌。"出自战国·庄周《庄子·齐物论》，意思是：鱼儿见了沉入水底，大雁见了葬身沙洲；明月见了隐藏云间，花儿见了含羞躲避。喻指女子容貌娇媚，美丽惊艳，是中国古代社会赞誉美丽女性的经典语词。

因为含蓄为美的传统，人们愿意去想象美好的事物，去品味和揣摩作者留下的艺术想象的空间。原文的容貌描写如蜻蜓点水般一笔带过，给读者留下了无穷的遐想空间。杨、戴译文同样是点到为止，让译文读者在阅读过程中，通过自己的想象，调动自己所有的库存记忆，天马行空，不断再创造，如此所品出的意蕴远远超出了文字本身。

（3）以诗为证的间接描写

中国历来以诗文为文学正宗，小说被认为登不了大雅之堂，为正统文坛所藐视的一种"俗艺"。中国古代诗词的作者常用侧面烘托的手法描写女性的容貌。在《宋明评话选》中,作者希望将女性的外貌描写与高雅的诗词相结合,从而做到雅俗共赏。

《钱秀才错占凤凰俦》篇中的高秋芳:

面似桃花含露,体如白雪团成。眼横秋水黛眉清,十指尖尖春笋。袅娜休言西子,风流不让崔莺。金莲窄窄瓣儿轻,行动一天风韵。

By time she was sixteen she was remarkably beautiful.

而这首描写高秋芳美艳的《西江月》,译者选择跳过不译。

《金玉奴棒打薄情郎》篇中的金玉奴:

生得十分美貌,怎见得?有诗为证:无瑕堪比玉,有态欲羞花。只少宫妆扮,分明张丽华。

Yunu, a girl of remarkable beauty:
The maid was rare as flawless jade,
And fair as any flower in May;
Attired in palace robes she seemed,
Some beauty of a bygone day!

这些对女性容貌的描写,没有正面描写其五官长相,而是采用了间接的侧面烘托方法,反衬女性的动人姿色,给读者留下了驰骋想象的余地。读者可以根据自己的经验去展开想象,虽不见其形,却有着见其神的效果,一千个读者就有一千个"哈姆雷特",真可谓"不着一字,尽得风流"。

3.2.3.2 女红艺业

古人常说"女子无才便是德",统治阶级要求上层社会女子既要遵守三从四德,又要有知识有修养,还要精于女红。在古代中国,《列女传》《女诫》《女论语》等女训书很早就规定了女性的职责,明确将女红作为女子的本职。女子只有专攻于女红,管理好家务,才称之为有德。相比之下,生活在社会底层的平民女子(由良家女子和婢妾倡优两个主要群体构成)几乎没有接受正规教育的权利。对她们不需求有知识,但是也要受三从四德的束缚,学女红,或学些艺业,如琴棋书画、诗词歌舞等,长大后或嫁人,或卖与人为妾为奴,甚至为妓,赚取钱财。

"文学作品中对女红的描写,不仅使得文学作品本身更加生动有趣,同时表现出女红艺术多彩的样式,带有重要的审美意味。从女性精湛的女红技艺甚至可以窥探出人物的独特个性魅力。"①《宋明评话选》中,作者对于女性人物的女红艺业描写也是别具匠心,精雕细琢。

《崔待诏生死冤家》篇中璩秀秀的本事,有词寄《眼儿媚》为证:

深闺小院日初长,娇女绮罗裳。不做东君造化,金针刺绣群芳。斜枝嫩叶包开蕊,唯只欠馨香。曾向园林深处,引教蝶乱蜂狂。

Then Old Qu told him, in the words of the song:

As days grow longer, in her quiet room

The girl embroiders many a flower in bloom,

And rivals Nature with her needle now

To stitch bright blossoms on a slanting bough,

With tender leaves, soft buds and tendrils rife,

In all but scent completely true to life;

So many a roving butterfly and bee

Fly into light on her embroidery.

---

① 黄敏,孙海静.文学著作中的女红艺术[N].中国社会科学报,2016-11-14(6).

中国古代封建社会的女性生活中离不开女红，平民家的女子由于生活所迫，必须尽可能地学习女红，作为谋生的手段。出身名门的大家闺秀，也往往将女红与琴棋书画等才艺并重，女红艺业是展示女性才智与才华的独特载体。璩秀秀擅长绣作，并以精湛的技艺被郡王看中，被招入王府做了绣女。作者借助词牌《眼儿媚》来描述秀秀的本事。《眼儿媚》，又名《秋波媚》，最初的词句是用来描写女人的媚眼，或抒发相思之情和儿女情长，但后来的词人用这个词牌创作时，已经不一定局限于这些主题了。杨宪益、戴乃迭在翻译时，保留了原文的形式和风格，选择以词译词的方式传达原文的内涵，考虑到译文读者对中国古代词牌的陌生，并没有将《眼儿媚》直接翻译出来，而是用 in the words of the song 代替。

《卖油郎独占花魁》篇中的莘瑶琴：

> 七岁上，送在村学中读书，日诵千言。十岁时，便能吟诗作赋。……到十二岁，琴、棋、书、画，无所不通。若题起女工一事，飞针走线，出人意表。此乃天生伶俐，非教习之所能也。……西湖上子弟编出一只《挂枝儿》，单道那花魁娘子的好处……又会写，又会画，又会作诗，吹弹歌舞都余事。

> Sent to the village school at the age of seven, she soon became a great reader. At ten, she could compose poems. And at twelve she was an accomplished lyrist, chessplayer, calligrapher and painter; while the skill with which she plied her needle astounded all who saw her. All these arts came to her naturally. ... And some young men on the West Lake composed the following verses about her: ...She is poetess, painter, skilled calligrapher, and unequalled too in dancing, singing and music.

女红艺业反映了中国古代传统女性的社会地位，有着深刻的文化内涵。我国古代广大女性用女红艺业这一独特的艺术形式，造就出细腻温柔的女性美，丰富了自己的精神世界。从这一段描写莘瑶琴各种好处的文字可以看出，虽然古代女性接受的主要是生存技能的培养和传统封建礼教的教育，而被称为"花魁娘子"的莘瑶琴聪明伶俐、天资聪颖，除了女红，琴棋书画也无所不通。杨宪益、戴乃迭的译文生动流畅，将莘瑶琴的本事娓娓道来，让读者享受阅读的美好。在翻译西湖子弟形容花魁娘子好处的《挂枝儿》时，译者同样采用了简化的处理方法，用 the following verses 指代。总体来说，杨宪益、戴乃迭的译文仍以忠实为首要标准。杨宪益认为目前无人可以超越严复先生提出的"信""达""雅"；其中，信是第一位的，没有信就谈不上翻译。译者不仅要忠实原文原意，更要传神，要有所升华。

3.2.3.3 服饰描写

服饰，指服装和配饰，是生活中必不可少的物品，反映了一个时代人们的意识形态、社会风俗和精神面貌。在中国古代小说中，服饰是直接彰显人物外貌气质和性格特征的有力手段，也是反映时代风俗的物质载体。服饰，是人类文明的标致，又是人类生活的要素。它除了满足人们物质生活需要外，还代表着一定时期的文化。小说中的人物服饰描写，不仅有助于刻画人物形象，渲染艺术氛围，也反映了同时代的文化风尚。

《宋明评话选》中的女性形象不少，但作者并没有浓墨重彩地进行服饰描写。例如《小夫人金钱赠年少》篇中：

小夫人着干红销金大袖团花霞帔，销金盖头。

The bride put on a wide-sleeved red silk dress with golden flower designs, a cape and a veil also embroidered with golden thread.

新婚之日，小夫人打扮得高贵华丽，披金戴银。显然她的衣着对于西方读者来说是陌生的，由于译入语文化中找不到对等词来传达原文含义，译者用意译的方法尽可能再现其雍容华贵的妆容，将"干红销金大袖团花霞帔"译为 a wide-sleeved red silk dress with golden flower designs，将"销金盖头"译为 a cape and a veil also embroidered with golden thread，让译文读者在充满想象中领略异国风采，同时消除了理解困难。

《杜十娘怒沉百宝箱》篇中：

谢徐二美人各出所有，翠钿金钏，瑶簪宝珥，锦袖花裙，鸾带绣履，把杜十娘装扮得焕然一新。

Her two friends brought out all their emerald trinkets, gold bracelets, jade hairpins and ear-rings, as well as a brocade tunic and skirt, a phoenix girdle and a pair of embroidered slippers, until soon they had arrayed Decima in finery from head to foot.

杜十娘在匆忙中离开杜家，来不及梳洗，秃髻旧衫地到了相好姊妹谢月朗家。好姐妹谢月朗和徐素素各尽所能，将杜十娘装扮得焕然一新。这些头饰（翠钿金钏、瑶簪宝珥）和衣物（锦袖花裙、鸾带绣履）承载了浓厚的中国传统文化底蕴。译者要做到既忠实于原著，又忠实于读者，实属不易。杨宪益、戴乃迭的译文真实再现了中国古代服饰的精美，最大限度地保留中国传统文化，使译文读者对中西文化差异尊重和认可。

服饰描写在小说中具有重要的文学功用，既能揭示人物的身份和地位，凸显人物性格，又营造出相应的艺术氛围。杨宪益、戴乃迭坚持翻译要忠实再现原文和原文作者意图，坚持翻译要服务翻译目的，强调文化比较视野和文化交流,关怀读者接受的规范,追求严谨细致、精益求精的精神诉求,其人其译为我国译界树立了典范。同时,他们也注重在翻译中保留一定程度的异国情调,使得译文读者不仅可以接受,还会欣赏。

3.2.3.4 语言描写

小说以塑造形象为主旨,而口语则是表现人物的最基本的材料。口语运用得如何,便成了人物形象塑造成败的关键之一。[①]《宋明评话选》故事中的人物语言趋于通俗化,由书面语言向生活语言过渡,增强了人物语言的真情实感,直接再现了人物的思想感情和性格特点。冯梦龙笔下的人物语言,是刻画人物性格特点的多棱镜,袒露人物心灵的窗口。不同身份、不同地位的人物语言千差万别,独具特色。人物语言在形象塑造上具有惟妙惟肖的艺术功力,不仅有表述思想感情的功能,还有对人物形象的概括作用。

《崔待诏生死冤家》篇中的秀秀道:

> 比似只管等待,何不今夜我和你先做夫妻?不知你意下如何?
> Why should we go on waiting? Why not become husband and wife tonight? What do you think?

当听到胆小怕事的崔宁回答"岂敢"之后,秀秀道:

> 你知道不敢,我叫将起来,教坏了你,你却如何将我到家中?我明日府里去说。
> "If you refuse," she threatened, "I shall call out and get you into trouble. What did you bring me to your house for, anyway? I

[①] 王启忠.《红楼梦》的人物语言在形象塑造上的贡献[J]. 北京师院学报(社会科学版),1987(3):12–19.

shall go and tell them at the palace tomorrow."

这段话展现了秀秀敢爱敢恨、敢做敢当的性格,让人不得不佩服她在追求爱情上的主动、精明和果敢。当日,郡王曾当着众人允诺,等秀秀恢复自由身之后将她许配给崔宁为妻,两个年轻人心中也乐意。在郡王府附近失火,大家四处逃散的当晚,秀秀与崔宁巧遇,秀秀要求崔宁找地方给她躲避,崔宁只好带她回自己家中。勇敢的秀秀为了和心爱的人在一起,不惜冒险与崔宁逃走他乡,生死相随。译者在翻译秀秀所说的话时,所使用的语言简单明了,直截了当,比如把"你知道不敢"翻译成"if you refuse",让译文读者很容易读懂她的意思,同时呈现了她敢于反抗封建势力,主动争取爱情婚姻自由的典型女性形象。

《金玉奴棒打薄情郎》篇中,玉奴答道:

奴家虽出寒门,颇知礼数。既与莫郎结发,从一而终。虽然莫郎嫌贫弃贱,忍心害理,奴家各尽其道,岂肯改嫁,以伤妇节?

"Though I come from a low family," replied Yunu, "I know how I should act. As I married Mo Ji I should be true to him all my life. Even though he forsook me because we were too low for him, and acted so cruelly and wickedly, I must do what is right. It would be wrong to marry anyone else."

团头的女儿金玉奴因出身不好,纵然有才有貌,直到十八岁才嫁给衣食不周的穷书生莫稽,婚后毫不保留地协助丈夫刻苦读书,考取功名,却被丈夫在上任途中推入江中,欲加谋害。大难不死的金玉奴在义父义母劝她再嫁时,说了上面一番话。金玉奴是典型的受封建礼教束缚的女性,把贞节看得比生命还重要,"从一而终""一女不事二夫"的传统思想根深蒂固。《宋明评话选》中持此观点的还有《滕大尹鬼断家私》中的梅氏、《宋小官团圆破毡笠》中的刘宜春等。

《卖油郎独占花魁》篇中，美娘道：

> 姨娘，你莫管是甚人，少不得依着姨娘的言语，是个真从良，乐从良，了从良；不是那不真，不假，不了，不绝的勾当……
>
> Never mind who he is, Aunty. But I am acting on your advice, and this is going to be a true, happy marriage which ends well, not one of your sham, unhappy marriage which ends badly...

莘瑶琴作为临安城有名的花魁娘子，过着锦衣玉食、歌舞笙箫的日子，结交的都是贵客豪门，但在经历过世态炎凉后之，她只对"情深意重"的卖油郎秦重情有独钟。她深深明白"易得无价宝，难得有情郎"的道理，毅然决然地要嫁给他。于是，她对王九妈说了上面这些话。译者的翻译流畅自如，言简意赅，让译文读者在享受阅读的同时，很容易理解其中的含义，莘瑶琴的果断和智慧也一览无余。

《小夫人金钱赠年少》篇中，张媒道：

> 不愁小的忒小，还嫌老的太老，这头亲张员外怕不中意？只是雌儿心下必然不美。如今对雌儿说，把张家年纪瞒过了一二十年，两边就差不多了。
>
> We don't have to worry about her being too young, but about his being too old. Of course, Mr. Zhang will be satisfied with her; she's the one who won't feel too happy. But if we take twenty years off his age when we propose the match to her, then it should be all right.

媒妁在中国古代婚姻制度中占有极其重要的地位,是中国传统文化中别具特色的一种文化现象。媒婆是专门为男女说亲事撮合双方的妇女。按照中国古代的传统,"父母之命,媒妁之言"是婚姻的必备条件,缺一不可。媒婆的一张嘴在当时社会的婚姻中起到至关重要的作用。为了金钱,她们常常不惜两边欺骗,以致"无谎不成媒"成了公开的秘密。故事中的张媒和李媒二人为赚百十贯钱,将失宠的小夫人与年长三四十岁的张员外说合成亲,不惜隐瞒张员外的年纪,贻误小夫人的终身。

《卖油郎独占花魁》篇中,虔婆刘四妈道:

> 老身是个女随何,雌陆贾,说得罗汉思情,嫦娥想嫁。这件事都在老身身上。

> I can make even angels and goddesses lovesick, declared Mrs. Liu. Just leave this to me.

虔婆是开设秦楼楚馆、进行媒介色情交易的妇人,即"淫媒"。虔婆又称鸨母、老鸨、鸨儿。老鸨是妓院中负责联结妓女与嫖客的一个中间环节,她的功能包括:一是为嫖客推荐妓女;二是管理、教化妓女;三是协调各方面关系。老鸨的目标很直接:一个字表达是钱,两个字表达是银子。只要有利益,什么道义、道德、社会良知都不顾了;只要能让嫖客拿出钱,什么方法都可以使,什么招数都可以用。刘四妈用三寸不烂之舌成功说服王美接客,又为了利益帮助王美从良。

3.2.3.5 心理描写

心理描写就是描写、刻画人物的心理活动,是塑造人物的一种重要手段,对准确把握人物性格内涵至关重要。雨果在《悲惨世界》中说:"世间有一种比海洋更大的景象,那便是天空;还有一种比天空更大的景象,那便是内心活动。……人心是妄念、贪欲和阴谋的污池,梦想的舞台,丑恶意念的渊薮,诡诈的都会,欲望的战场。"①中国古代白话小说,多以叙事为主,作家们并不十分重视人物的心理活动,心理描写一直比较薄弱。明清小说出现创作高峰之后,逐渐有作者希望借助细腻的心理刻画,鲜明地突出人物的性格,以帮助读者正确把握人物性格特征,了解人物丰富细腻的内心世界。

《卖油郎独占花魁》篇中,从小才貌双全、聪明过人、家道富足的莘瑶琴不幸落入风尘,从一开始就以不接客来反抗命运,后来受巧嘴虔婆刘四妈的诱惑和哄骗,抱着"从良"的希望开始了送旧迎新的屈辱生活。起初,她渴望从贵族名门、王孙公子中选择从良对象,对下层劳动人民是鄙视的。因此,当卖油郎秦重用一年多的时间积攒的银子得到一次亲近梦寐以求的女子莘瑶琴的机会时,却赶上美娘醉酒而归,并不待见他。尽管如此,秦重毫不介意,仍悉心照顾瑶琴一夜,至诚之心天地可鉴。莘瑶琴感动之时,内心想道:

> 难得这好人,又忠厚,又老实,又且知情识趣,隐恶扬善,千百中难遇此一人。可惜是市井之辈,若是衣冠弟子,情愿委身事之。

> "What a wonderful man!" thought Yaoqin. "So sincere and honest! So kind and considerate too! He's one in a thousand. What a pity that he's a tradesman. If he were a gentleman, I would like to marry him."

此时的莘瑶琴还没有冲破"郎才女貌、门当户对"的封建观念,没有下定决心到市民阶层中去寻找真正的爱情。杨宪益、戴乃迭用简单、易读的语言完整传达了莘瑶琴的内心活动,成功再现了一个有血有肉、渴望爱

---

① 雨果. 悲惨世界[M]. 李玉民,译. 石家庄:河北教育出版社,1998:138.

情,内心又十分矛盾的女子形象,译文读者在阅读时能深切体会到身处中国古代封建社会的女子的不易。

在中国古代,靠经营妓院为生的鸨母在社会的重压下,人性逐渐扭曲和变形,她们在妓院里有着绝对的权力和地位,在生活上和精神上给妓女制造了双重苦难。妓女是鸨母的摇钱树,鸨母被利益驱动,见钱眼开,唯利是图。所谓"鸨儿爱钞,姐儿爱俏",就是青楼千古不变的真理。《卖油郎独占花魁》篇中的王九妈为了获得更多钱财,对"女儿"莘瑶琴既有所顾忌,又阳奉阴违,暗地里设计让莘瑶琴破了身子,又求助结义妹子、同是鸨母的刘四妈,花言巧语哄骗莘瑶琴接客,为她赚下大笔银子。当卖油郎秦重带着一年多的积蓄专程到她家中拜望时,她凭借多年经验,鉴貌辨色,见秦重恁般装束,又说拜望,于是心里想:

……虽然不是大势至菩萨,搭在篮里便是菜,捉在篮里便是蟹,赚他钱把银子买葱菜,也是好的。

"Here is Qin Chong all dressed up and paying me a visit," she thought, "... Well, he's no millionaire, but whatever's in the basket can be used as food. We can make enough out of him to buy garlic."

通过心理描写,作者成功实现了人物性格的塑造。通过翻译,杨宪益、戴乃迭生动再现了这些灵肉合一的女性形象。中国古代女性的社会地位十分低下,她们没有权力为自己的婚恋做主,不能自己选择心仪的男子,也不能公开表露感情,但这并不是说她们没有丰富的情感。作者用心理描写来表达她们的爱恨情仇,深入地揭示她们的复杂心理,让读者多方面、多角度了解故事中的人物,让她们的形象更加真实、立体。

3.2.3.6 行为描写

行为描写是刻画人物的一种手法,是塑造人物的主要手段。行为是人物思想性格的直接表现,人物的行为描写就是要善于抓住人物具有特征性的动作,从而展示人物的精神面貌,反映人物的性格特征,塑造出个性鲜明的人物形象。

《崔待诏生死冤家》篇中:

> (秀秀)道罢起身,双手揪住崔宁,叫得一声,匹然倒地。
> Having said this, she got up and seized Cui with both hands. He uttered a cry, and fell to the ground.

趁王府失火,相约一起出逃的崔宁和秀秀被捉回王府之后,由于崔宁将责任都推在秀秀身上,秀秀被活活打死。变成鬼的秀秀仍紧紧相随,与崔宁生活在一起。因再次被人发现,秀秀的身份暴露,于是秀秀不顾丈夫崔宁的苦苦求饶,毅然决然地用双手揪住丈夫,致其当场毙命,二人一起做鬼去了。秀秀的大胆和执着,以及她对崔宁自私的爱,通过作者的细节和语言描写,表现得淋漓尽致。译者再现这一场景时,仍选择紧凑而连贯地进行一系列行为描写,让译文读者感受到秀秀非理性甚至恐怖的行为,以及其导致的可怕后果。

《杜十娘怒沉百宝箱》篇中:

> 十娘抱持宝匣,向江心一跳。
> Clasping the casket in her arms, she leapt into the river.

杜十娘的"向江心一跳"这一动作,将故事引向高潮。她纵身跃入滚滚波涛之中,不惜以一死来表示对压迫她的恶势力的反抗,留下一曲千古传颂的悲凉绝唱。杜十娘这种宁死不屈的行为,使我们进一步看出她性格的刚强和坚定。译者用 clasping 一词生动地描绘了杜十娘紧紧抱持宝匣的情形,伴随着 leap 这一动作,一切归于枉然。残酷的现实摧毁了她的美好憧憬,自尊心极强的杜十娘选择了"宁为玉碎,不为瓦全"的决绝,维护了自己女性的尊严。杜十娘的悲剧,既是社会的悲剧,也是时代的悲剧,她的这一行为,鼓舞着当时被踩躏、被迫害的女性起来反抗,同时也鞭挞了无情的封建礼教。

《卖油郎独占花魁》篇中:

刘四妈看见这金子,笑得眼儿没缝。
When Mrs. Liu saw the gold, she smiled till her eyes seemed two slits.

(莘瑶琴积攒的千金)把个刘四妈惊得眼中出火,口内流涎。
Mrs. Liu's eyes sparkled at this sight and her mouth watered.

刘四妈这一形象在故事中起了重要作用,她在关键时刻影响了女主人公莘瑶琴的决定,推动了故事的发展。可以说,她最终使得有情人终成眷属。虔婆刘四妈左右逢源、能言善辩、巧舌如簧,同时也是利益的追逐者,有利可图是她做事的前提。"看见这金子,笑得眼儿没缝","惊得眼中出火,口内流涎",都是描写刘四妈在金钱面前的表现,这些行为描写使得刘四妈这一人物形象非常生动、真实可信。译者用 she smiled till her eyes seemed two slits 和 Mrs. Liu's eyes sparkled at this sight and her mouth watered,生动地再现了一个在金钱面前不能自已的虔婆形象。

长期以来,封建礼教道德观念禁锢着人的个性要求和发展。封建等级制度和伦理纲常残酷地扼杀了妇女的天性,她们的地位和价值得不到承认,她们的个人意愿得不到考虑,封建婚姻观念使女性的整个人生过程都没有自主权。《宋明评话选》塑造了形形色色的女性形象,她们既有中国传统女性的特点,又有新的时代观念。作者提出了合乎民主和人道思想的新恋爱婚姻观,积极倡导女性的个性自由,揭露和批判了封建道德观、婚姻观对人性的残害本质。

文学作品是社会发展的晴雨表,能够淋漓尽致地表现女性在社会生活中的地位和生存状态。《宋明评话选》作为话本小说,是彻底来自民间的文学艺术,其中大量宋元话本的作者是社会底层的艺人,故事的预期读者也是社会底层的凡夫俗子。《宋明评话选》塑造的大量女性形象,可以很好地展现封建社会女性的生存状态。冯梦龙和凌濛初在其中秉承道德教化传统,塑造了众多忠孝节义的女性形象,又以"情"为引导,塑造了一系列追求情爱的女性。同时,他们对女性形象所蕴含的思想文化内涵和才情进行充分的描写,对她们私人化的生活状态给予充分的展示。

对女性形象重新进行建构时,杨宪益、戴乃迭很好地把握住原文的可译性与不可译性之间的关系,充分考虑了译文读者的接受因素,努力履行对原文和译文的双重责任,尽量不偏离传统意义上的原意,同时还体现译者的创造性建构,以实现两种文化之间的协调和重新定位。对于生活在与中国完全不同的社会政治历史语境中的西方读者,杨宪益、戴乃迭通过多种途径和方法,使文本的女性色彩更为浓厚,让作品为中国女性代言,尽可能使译文读者了解中国女性的生活状态,所承载的历史文化底蕴,以及所面临的种种历史和现实问题。杨、戴译文在尊重原文内容和精神,充分考虑译文读者接受度的基础之上,采取相对温和的变通手段,采用灵活多样的翻译策略和方法,使众多女性形象凸显出来,让译文读者对于中国当时女性的生活状况和整体面貌有了更为直观的认识。

3.3 《宋明评话选》英译研究现状

到目前为止,针对《宋明评话选》的翻译研究并不多见,且多以论文形式出现，其中有5篇硕士学位论文和9篇公开发表的学术论文。杨荣广[①]将《宋明评话选》置于翻译活动发生的具体历史文化背景之下，考察杨氏夫妇在20世纪50年代翻译该书时所受到的来自当时中国主流意识形态、赞助人以及诗学观对译者翻译活动产生的影响。吴佳[②]借助功能对等理论，从小说对话塑造人物形象的角色心理暗示、角色身份体现、角色性格揭示三个方面对杨宪益《杜十娘怒沉百宝箱》译文中的对话英译进行分析，探寻译文对话的处理对人物形象的再现。袁君[③]从文化翻译视角，对《宋明评话选》英译过程中遇到的各种文化因素的处理进行分析，剖析其中文化缺省的补偿手段和应对策略，指出其优点和缺点。饶志欢[④]以关联理论为视角，对《宋明评话选》英译本中的俗语译例进行分析，探讨文学文本中实现最佳关联的俗语翻译策略。张艳芳[⑤]以杨宪益、戴乃迭的《宋明评话选》英译本中的文化负载词为研究对象，探究译者所使用的翻译方法和翻译策略，发现译者在文化负载词的英译中，以异化为主归化为辅，偏向采用直译的翻译方法。

  蒋骁华和姜苏[⑥]揭示了《宋明评话选》中"杨译"以"读者为中心"的种种现象，并探讨了这种译法对典籍英译的启示，同时试图修正以前人们对"杨译"的认识和评价。赵振春和赵俭[⑦]将杨宪益与温晋根翻译的《刘

---

  ① 杨荣广. 改写理论视角下杨氏夫妇《宋明平话选》翻译研究[D]. 武汉：华中师范大学，2011.

  ② 吴佳.《杜十娘怒沉百宝箱》中小说对话翻译的功能对等分析[D]. 赣州：赣南师范学院，2013.

  ③ 袁君.《宋明平话选》英译的文化缺省与补偿研究：以杨宪益、戴乃迭夫妇英译的《宋明平话选》为研究对象[D]. 临汾：山西师范大学，2013.

  ④ 饶志欢. 关联理论视角下《宋明评话选》中俗语的翻译研究：以杨宪益译本为例[D]. 赣州：赣南师范学院，2014.

  ⑤ 张艳芳. 论《宋明评话选》中文化负载词的翻译策略和方法[D]. 聊城：聊城大学，2014.

  ⑥ 蒋骁华，姜苏. 以读者为中心："杨译"风格的另一面：以杨译《宋明平话选》为例[J]. 外国语言文学，2007(3)：188-197.

  ⑦ 赵振春，赵俭. "刘东山夸技顺城门"两个英译本比较研究[J]. 信阳农业高等专科学校学报，2009(3)：78-81.

东山夸技顺城门》两个版本进行比较,根据"信、达、雅"原则分析其特点,指出其中不足。庄群英和李新庭对《宋明评话选》进行了多方位的研究,通过对俗谚语的译文进行分析,总结出脱译法、套译法、直译法和意译法等四种翻译方法[1],通过分析篇首的15首破题词的翻译,总结出杨氏夫妇对诗词的翻译主要采取省译法、译成韵诗、译成自由诗等。[2] 庄群英[3]分析了《卖油郎独占花魁》中的制度文化词、宗教文化词、物质文化词、俗谚语和典故等文化内容的翻译,探讨译者对文化内容翻译的处理方法并提出商榷。晏静[4]从叙事理论视角,分析豪厄尔和杨宪益、戴乃迭《转运汉巧遇洞庭红》两个译本各自的翻译特色。陈艳鸾[5]从关联理论视角对比分析了《金玉奴棒打薄情郎》的三个版本(分别是杨宪益、戴乃迭译本,白之译本,杨曙辉、杨韵琴译本)的诗词英译文,研究译者如何通过翻译实现最佳关联。杨荣广[6]通过分析杨宪益、戴乃迭的《宋明评话选》英译本,指出典籍外译中译者必将受到原语意识形态和译语意识形态的双重审查,阐明意识形态对典籍对外出版和传播产生的重要影响。

从以上与《宋明评话选》英译有关的研究成果可见,该译作并没有引起学界的足够重视,这与杨宪益、戴乃迭受到广泛关注的其他译作形成鲜明对比。目前,研究者主要集中于在校硕士生和少数青年教师,研究

---

① 庄群英,李新庭. 杨译《宋明评话选》俗谚语翻译探究[J]. 牡丹江大学学报,2010(9):117-120.

② 庄群英,李新庭. 杨译《宋明评话选》中诗词的翻译:以篇首破题词的翻译为例[J]. 宜春学院学报,2010(7):147-149,175.

③ 庄群英. 杨译《宋明评话选》中文化内容的翻译:以《卖油郎独占花魁》的翻译为例[J]. 河北北方学院学报(社会科学版),2011(1):24-27.

④ 晏静. 从叙事学看小说《转运汉巧遇洞庭红》的翻译[J]. 时代文学,2012(24):135-136.

⑤ 陈艳鸾. 关联理论视角下看《金玉奴棒打薄情郎》中诗词翻译:以篇中一首小诗为例[J]. 海外英语,2013(11):143-144.

⑥ 杨荣广. 我国典籍的对外翻译出版与传播:以《宋明平话选》为例[J]. 出版广角,2015(20):114-116.

内容也局限于个别故事的译本比对和具体的译文分析,缺乏完整性和系统性。

3.4 小结

中国文学为什么要"走出去"?在一些既从事翻译,也有文学创作参与活动的专家学者看来,"除了抵达世界上更多的读者之外,更重要的是参与世界文学的建构,成为世界文学图景中的一部分。因为世界文学不是静止的,其本身就是一个不断生成的过程"①。中译外作品的翻译研究,应为基于双语语言本身及双语读者接受度的研究,不应该也不能出现只研究译文文本及译文读者接受度的一边倒情况。在中译外过程中,只有保留住中国文学民族性特色,才能让西方世界了解到中国文学的存在,如此才能够确保中国文学之所是。与此同时,译者、读者和批评者都应该明白,中国文学外译是一个漫长的过程,中译外应采用"文化渗透和润物细无声"的总体指导原则。学术界应当对中国文学、文化外传过程中的"时间差"和"语言差"②有明确的体认,并保持足够的耐心。我们有理由相信,只要我们保持着传播中华文化的虔诚和热心,中国文化价值观一定能够跨越语言、文化和地域限制,与世界文化价值观对话,并最终构建起中国话语体系。在中国文学、文化外译的过程中,具有娴熟英语表达能力的中国学者无疑更能够精准阐释独特的中国文学、文化,能够更好地向世界说明中国,构建中国对外话语体系。

茅盾认为:"好的翻译者一方面阅读外国文字,一方面却以本国的语言进行思索和想象;只有这样才能使自己的译文摆脱原文的语法和语汇

---

① 参见袁筱一在2016年12月4日《文汇报》中《翻译并阐释,让中国文学嵌入世界文学图景》(邵岭撰)一文的发言。

② 谢天振.中国文学走出去:问题与实质[J].中国比较文学,2014(1):1-10.

的特殊性的拘束,使译文既是纯粹的祖国语言,而又忠实地传达了原作的内容和风格。……我们一方面反对机械地硬译的办法,另一方面也反对完全破坏原文文法结构和语汇用法的绝对自由式的翻译方法。我们认为适当地照顾到原文的形式上的特殊性,同时又尽可能使译文是纯粹的中国语言——这两者的结合是完全可能的,而且是必要的。"[①]根据杨宪益翻译作品在国内外读者中的接受与评价,应当说,杨译作品完全符合茅盾对于"好的翻译者""好的译文"的定义。杨宪益以其翻译作品和外化在译作"前记"或"序言"里的"翻译谈",为学界提供了翻译实践与理论思考相结合的翻译家行为典范。

[①] 茅盾.为发展文学翻译事业和提高翻译质量而奋斗:1954年8月19日在全国文学翻译工作会议上的报告[C]//罗新璋.翻译论集.北京:商务印书馆,2009:577.

第四章

基于文化的《宋明评话选》英译

苏珊·巴斯内特(Susan Bassnett)曾指出,"翻译不是孤立的行为,而是跨文化转化过程中的一部分"①,它不是发生在真空中的单纯语言转换活动,原作文本需要跨越不同的话语传统,使世界不同民族的思想文化得以沟通和交流。但是,由于语言、文化、时间、空间等差异的存在,它所传递的信息会不可避免地出现变异。因此,文本到达译语世界,就出现了爱德华·赛义德(Edward Said)提出的观念的跨语际穿梭旅行,"文本在他者境遇中必会有些因越界而生的损失或收获,经翻译而来的文本在异域的一种变形或'再生'"②。

"对人类文化差异的关注,是跨文化传播研究的立足点。"③跨文化传播学的本质是通过研究人类文化的差异,去理解人类所处的社会和时代,以克服文化差异所产生的交流障碍。我们在看到文化差异的同时,也要认识到文化相似性的存在,以便正确认识和应对文化差异。同时,我们要关注不同文化的观念体系中的世界观、人生观和价值观,它们是影响跨文化传播的重要因素。了解不同文化的观念体系,可以帮助我们解释和预测不同文化中的人的行为,更好地避免用自身的文化标准来解释和理解他人的行为。在跨文化传播过程中,最理想的状况是传播双方将各自的文化、价值标准融汇,对文化差异达成共识,最终创造出新的文

---

① Basssnett, Susan. *Post-Colonial Translation Theory and Practice* [M]. London: Routledge, 1999: 1-2.
② 辛红娟. 论零度:偏离理论对翻译研究的阐释力[J]. 南京师大学报(社会科学版),2011(6): 118-124.
③ 孙英春. 跨文化传播学导论[M]. 北京:北京大学出版社,2008: 89.

化、新的价值标准,使彼此都能够接受,最终实现成功传播。

"文本翻译又是一种文化阐释行为,这是当代翻译理论对翻译本质的重要认识。"[①]文化历来是国家竞争力重要因素,拥有强大文化"软实力",就意味着能够在激烈的国际竞争中赢得主动。不同国家、民族和文化都希望与异质文化进行沟通和交流,使文化冲破原有的国界和地域限制,在全球范围内得到广泛的传播和认同。一国文化的观念与价值取向只有在国际社会得到传播并认同,文化才变为真正的软实力。文化如同知识,其力量不仅取决于其自身的价值大小,更取决于是否被传播,以及被传播的深度和广度。然而文化的传播与交流不是理想化的坦诚相见,而是不同文化在不同历史政治氛围、权力关系和话语网络里接触、交锋和角力的过程。跨文化传播的不对称现象在全球范围内普遍存在,尤其是弱势文化,它们面对强势文化的冲击,常常几乎无招架之力。就中国文化传播而言,一些发达国家媒体仍然延续着固有"思维定式",不断利用其强势宣传工具对中国实施"软打击",严重损害了当代中国的国际形象,造成国外受众对中国的误判,使得中国文化对外传播步履维艰,无法得到广泛认同。此外,西方民族具有浓厚的自我文化中心主义情结,对自身民族文化怀有强烈的优越感,对中国文化或多或少地存在一些排斥心理,缺少包容心,不愿意积极接受。这是中国文化走出去所面临的主要困难,正因为如此,中国文化迫切需要传播出去,转化为软实力。

4.1 翻译研究的文化转向

将翻译研究纳入文化研究视野的开拓者,英国学者苏珊·巴斯内特和安德烈·勒菲弗尔合作的著作《翻译、历史与文化》(*Translation*,

---

① 吕世生.《红楼梦》跨出中国文化边界之后:以林语堂英译本为例[J]. 外语与外语教学,2017(4):90-96,149.

History and Culture)①提出,翻译不仅是语言的转换,更是文化信息的传递。语言的转换只是翻译的表层,而文化信息的传递才是翻译的实质。随着世界经济和文化交流的迅速发展,翻译中的文化问题在翻译界受到越来越多的关注。受翻译研究的文化转向的影响,"中国的翻译研究在研究重点上也发生了转变,逐渐由语言之间的转换过程研究转向了对翻译的结果和制约翻译选择与过程的文化因素的研究"②。作为跨文化交际行为,翻译必然刻有意识形态的烙印。苏珊·巴斯内特认为,"翻译行为及翻译研究无疑关涉文本翻译过程中的权力关系,体现更广阔的文化语境中的权力结构"③。译者是发送文化信息的主体,在信息的跨文化传播中起着重要的作用。他们不仅会吸引译文读者对原作产生好奇和喜爱之情,还可能让他们产生阅读原作的强烈愿望。译者传递文化信息是站在某个立场的一种有意识、有目的的传播行为。

翻译研究的文化转向是一次研究重点的转移,是翻译研究深化的一个过程,它为文学关系,特别是中外文学关系的研究提供了一个新层面。翻译研究文化转向让国内译界第一次认识到"译者是一个积极的有思想的社会个体,而不是一部简单的语言解码机器或拥有一部好字典的苦力"④,原作经过翻译被赋予了新的意义,译作给了原作第二次生命。"翻译研究的文化转向揭开了翻译研究的新的一页,同时也展现了中外文学

---

① Bassnett, Susan, Lefevere, André. *Translation, History and Culture* [M]. London and New York: Continuum International Publishing Group Ltd., 1996.

② 廖晶. 翻译研究的综合路径:从文化翻译研究到社会话语分析:《译者主体性的社会话语分析》述评[J]. 中国翻译, 2016(5): 60-64.

③ Bassnett, Susan. The Meek or the Mighty: Reappraising the Role of the Translator [C]// Román Álvarez and M. Carmen-África Vida (eds.). *Translation, Power, Subversion* [M]. Clevedon: Multilingual Matters Ltd, 1996: 10-25.

④ 廖七一. 当代英国翻译理论[M]. 武汉:湖北教育出版社, 2001: 308.

关系研究和比较文化研究的新的更为广阔的研究领域。"①

文化翻译学派把翻译结果作为研究对象,研究文学翻译与整个文学体系和文化体系的关系,以及文学翻译在两大体系中的地位与作用,其实质是研究译入语文化对以翻译为媒介的外国文学的接受问题以及该翻译文学对译入语文学与文化的影响问题。外国文学的接受问题实质上是一个文学史问题,确切地说,是比较文学的问题,主要研究一个民族在接受外国文学时接受什么、怎样接受、接受的效果以及接受过程中的各种因素和现象。这种接受可分为民族接受和个人接受两个方面。个人接受和民族接受在方式、内容和效果等方面存在着差异,但二者之间也相互联系、相互制约。个人的文学接受可以说是民族文学接受的具体体现,因为个人接受外来文学影响,必然是在本民族的文化背景、心理积淀和现实需要等大的氛围中进行的,必然受到这些民族"集体无意识"的制约。

在高科技和信息传播使人们注目于当前与未来时,文化成为许多人关注的对象。无论是在中国还是在西方,文化研究或文化批评都成为知识分子谈论的话题。②文化是在历史中形成的,随着历史的转变而改变,深深浸濡于文化传统的翻译存在方式、表达方式以及与其他文化形式的关系也必将发生深刻的改变。为了在新的生活情景中、在与其他文化形式的关系中有效地解释翻译现象,翻译理论研究的"文化转向"主要以文化的视野来取代原先占据翻译理论中心位置的美学或语言学的考察方式,种族、性别、文化身份、文化政治与文化权力、文化地理学、现代性与后现代性等文化研究的维度与方式被引进,大大丰富并扩展了解释翻译和文化现象的意义空间。当下翻译理论领域流行的"文化研究"与"文化

---

① 谢天振.翻译研究"文化转向"之后:翻译研究文化转向的比较文学意义[J].中国比较文学,2006(3):1-14.
② 张隆溪.走出文化的封闭圈[M].北京:生活·读书·新知三联书店,2004:1.

批评",正是翻译理论文化转向的具体表征。这种"文化转向"对于翻译理论学科的自我反思与在新层次上的重建,具有高度的引导价值。

4.2 翻译的文化特质

　　文化由思想、价值、观念、习俗、制度以及物质构成。文化依其形式可分为表层的物质文化、中层的制度文化和底层的心理文化三类。其中,物质文化指人们为满足生存发展需要而创造的物质产品及其所表现的文化,是文化要素的物质表现方面;制度文化指各种制度及制度的支持理论,如社会制度、礼仪制度、教育制度和语言制度;心理文化是人类在从事物质文化生产过程中产生的人类所特有的意识形态,包括人们的思想行为、思维模式、信仰及价值观、审美品味等。语言本身就是一种制度文化。① 马林诺夫斯基在对文化的基本定义中指出,文化作为有机整体包括了物质、人群和精神三方面。人群是指组织化群体,这样的人类组织单位称为制度。制度的差异必然导致语言的差异。语言是翻译的操作对象,因而翻译过程中自然不可避免地要处理语言中的文化因素。在当今的译界,越来越多学者开始关注翻译的文化交流功能。因此,在翻译中如何处理语言中所蕴含的文化因素也成为焦点问题,文化差异的客观存在让翻译工作面临巨大的困难和挑战。屠国元等提出,"在全球化语境下,译者作为民族文化间交流的主体,其翻译活动及自身的发展和成熟正是构建民族认同、塑造文化中国的关键因素"②。

　　为了实现中国文化走向世界的目标,有必要让世界了解中国历史的渊源,而译者应尽可能再现原语负载的历史与文化。杨宪益曾说过:"我

---

① 邢福义. 文化语言学[M]. 武汉:湖北教育出版社,1990:8-9.
② 屠国元,许雷. 立足于民族文化的彰显:转喻视角下辜鸿铭英译《论语》策略研究[J]. 中南大学学报(社会科学版),2012(6):211-215.

对翻译没有多少道理,我只是理解表达。翻译不仅仅是从一种文字翻译成另一种文字,更重要的是文字背后的文化习俗、思想内涵,因为一种文化和另一种文化都有差别……只有把原文理解弄懂了,翻译才有把握。"①1813年,德国神学家、哲学家弗里德里希·施莱尔马赫(Friedrich Schleiermacher)在《翻译的不同方法》(*On the Different Methods*)中提出两种翻译方法,即"尽量让作者不动,引导读者接近作者;或者尽量让读者不动,引导作者接近读者"②。1995年,劳伦斯·韦努蒂(Lawrence Venuti)将前者界定为异化,体现反我族主义价值观,凸显外语文本的语言文化差异,将读者引至异乡。后者为归化,体现民族中心主义价值观,外语文本服从译语文化,送作者归隐故土。③ 尤金·A.奈达④(Eugene Nida)认为翻译要以为读者服务为中心,即在处理文化差异时,译者要把译文读者置于首位。目标语读者对译作的接受和肯定,才是整个翻译过程中最重要的一环,也是翻译活动的最终目的。翻译时必须将读者放在中心地位,充分考虑目标语国家的社会文化规范和语言使用习惯,采取归化和异化相结合的手法,以归化为主,异化为辅,既忠实于原作又有自己发挥创造性和想象力的空间。屠国元认为,"译品质量的优劣很大程度上取决于译者对文化信息的把握和处理。译者面对各种各样的文化障碍,必要的妥协和补偿既行之有效,又在所难免"⑤。中国是个具有悠久历史和灿烂文化的文明古国,反映中国独特文化的词语不计其数。文化负载词是具有民族文化色彩的词语,也是一个民族语言系统中最直

---

① 郑鲁南. 一本书和一个世界:第二集[M]. 北京:昆仑出版社,2008:2.
② Bassnett, Susan, and Lefevere, André(eds.). *Translation, History and Culture* [M]. 2nd ed. London and New York:Continuum International Publishing Group Ltd., 1996:149.
③ Venuti, Lawrence. *The Translator's Invisibility* [M].2nd ed. London and New York:Routledge, 2008:15.
④ Nida, Eugene A. *Language, Culture and Translating* [M]. Shanghai:Shanghai Foreign Language Education Press, 2001.
⑤ 屠国元. 翻译中的文化移植:妥协与补偿[J]. 中国翻译,1996(2):9-12.

第四章 基于文化的《宋明评话选》英译

接、最敏感地反映该民族历史文化和民情风俗的语言层面。

世界文明在其漫长的进程中留下了丰富的文化典籍,这些文献的翻译和传播是人类文明传播的主要方式。中国文化典籍的对外翻译,是一种重要的翻译活动和一个特殊的翻译研究领域。同时,又是中国文化走向世界、实现中西文化对等交流、达到世界文化融合的一条重要途径。① 杨宪益、戴乃迭凭借其精通汉英双语的优势,将《宋明评话选》翻译成英文,让全世界懂英语的人有机会欣赏中国话本小说。为帮助读者更好地理解原文中的文化负载词所承载的丰富文化信息,杨、戴英译《宋明评话选》时主要采用六种方式处理中西方文化差异:一是直译,保持中国文化中的风俗习惯、传统节日等原文内容、结构注入目的语;二是直译加注,汉语中某些文化词语在英语中找不到对等词,形成了词义上的空缺,翻译时采用加注的方法来弥补空缺,便于读者理解;三是意译,根据原文的大意来翻译,不做逐字逐句的翻译,体现出不同语言民族的诸多方面的差异;四是套译,以目的语固有方式处理两种文化部分重合的情况,或者套用英文固有句式,变异部分词语,既保留汉语特色又符合英语表达习惯;② 五是省译,删去不符合目标语思维习惯、语言习惯和表达方式的词,以避免译文累赘;六是脱译,即"跳脱不译"之意,③ 指译者有意识地选择不译。无论采用何种方式,都需要译者对汉语有着高超的理解能力与驾驭能力,才能有效实现跨语际文化理解与对话。杨宪益英译本在读者与原作之间搭建了一座桥梁,吸引读者贴近原文,不少学者因此对杨译本给予高度赞誉,彭爱民认为《红楼梦》杨译本"立足于典故,充分理解,尽

---

① 王宏印. 中国文化典籍英译[M]. 北京:外语教学与研究出版社,2009:1.
② 韩忠华. 评《红楼梦》杨氏英译本[J]. 红楼梦学刊,1986(3):99-106.
③ 蒋骁华,姜苏. 以读者为中心:"杨译"风格的另一面:以杨译《宋明平话选》为例[J]. 外国语言文学,2007(3):188-197.

可能再现原语文化"①。

英汉两种语言在许多方面都存在不同,就广义而言,主要表现在:综合与分析、聚集与流散、形合与意合、繁复与简短、物称与人称、被动与主动、静态与动态、抽象与具体、间接与直接、替换与重复等。②《宋明评话选》作为一部中华典籍,它的文本承载着中华民族深刻的思想内涵和文化底蕴,成功实现其跨语际转化与传播实属不易。在《宋明评话选》英译这一跨文化传播过程中,译者及其英译本是否能够准确阐释原文本字里行间所蕴藉的文化信息和观念体系,显然决定了传播效果的好坏。杨宪益认为:"总的原则,我认为是对原作的内容,不许增加或减少。""翻译的时候不能做过多的解释。译者应尽量忠实于原文的形象,既不要夸张,也不要夹带任何别的东西。"③杨宪益还表示了对"过分创造性"的担忧,"因为这样一来,就不是在翻译,而是在改写文章了",他强调"必须非常忠实于原文"④。唯有通过跨文化大众传播达成不同文化体系之间的和谐对话,在这种对话中求同存异,才能相互从对方文化中吸取思想性精华,从而达到本土文化的意义增殖与其文化中人生活方式的多样化。⑤

4.3 《宋明评话选》中文化信息的传播

译者作为协调者完成原语与目标语双方跨文化的理解和交流,是翻

---

① 彭爱民.论典故文化的再现:《红楼梦》典故英译评析[J].红楼梦学刊,2013(3):272-284.
② 廖晶,屠国元.文化翻译·文化感知·文化创造力[J].外语与外语教学,2003(7):36-38.
③ 亨德森.土耳其挂毯的反面[M]//王佐良.翻译:思考与试笔.北京:外语教学与研究出版社,1989:84.
④ 亨德森.土耳其挂毯的反面[M]//王佐良.翻译:思考与试笔.北京:外语教学与研究出版社,1989:84.
⑤ 单波,王金礼.跨文化传播的文化伦理[J].新闻与传播研究,2005(1):36-42.

译交际伦理的应有之义,然而这也有一定难度。译者如果没有"翻译的比较文化视野",很难完成这个协调任务。杨宪益对此有非常清醒的认识:"人类自从分成许多国家和地区,形成不同文化和语言,几千年以来,各个民族的文化积累又各自形成不同的特点,每个民族对其周围事物的看法又会有各自不同的联想,这往往是外国人很难理解的。"[①]杨宪益、戴乃迭通过丰富多样的处理方法,使《宋明评话选》的译文流畅易读,优美地道,不仅尽力传递原作的风味,也关注译文读者的阅读习惯,使读者充分享受阅读的乐趣。下面我们分别描述两位译者传播物质文化、制度文化和精神文化三个方面的信息内容时所采用的翻译方法和策略。

4.3.1 物质文化的传播

物质文化,是指为了满足人类生存和发展需要所创造的物质产品及其所表现的文化,包括饮食、服饰、建筑、交通、生产工具等,是文化要素或者文化景观的物质表现方面。《宋明评话选》中囊括了多种物质文化词汇,承载着大量的"民族文化积淀",直接或间接地反映了古代中华民族的文化生活。传播是人类生活中最具普遍性、最重要和最复杂的方面。传播是人类特有的活动。人既是信息的传播者,又是信息的接受者;既是传播的原因,也是传播的结果。本节将从日常用具、饮食文化、衣冠服饰三个方面探析杨宪益、戴乃迭在传播物质文化时所采用的翻译方法。

4.3.1.1 日常用具

《宋明评话选》中的不少故事描述了市井百姓的日常生活,反映了平民阶层的生活面貌,因此出现了许多蕴含着民族特质文化的日常用具词汇。例如:

---

① 杨宪益.略谈我从事翻译工作的经历与体会[C]//金圣华,黄国彬.困难见巧:名家翻译经验谈.北京:中国对外翻译出版公司,1998:83.

例1.《崔待诏生死冤家》篇中：

(崔宁)打开纸包看时，是个花栲栳儿。

The bundle when opened proved to be a work-basket.

"花栲栳儿"，又叫"栲栳儿"，一般是用柳条或竹篾编成的小容器，形状像斗，也作笆斗。有点像今天有些地区的小花篮，当时人们专门用来盛胭脂绒或针头线脑一类的东西，也是中国北方民间对一种绣花荷包的称呼。当时，人们只需见到铺户在门前挂个"花栲栳儿"一类的物件，便会知道店家是做胭脂绒生意的。译者将"花栲栳儿"翻译成 work-basket（工具袋、工作篮），基本传达了原文中"花栲栳儿"的表层含义，但其承载的深层含义很难为译文读者所了解。

例2.《滕大尹鬼断家私》篇中：

(倪太守)含了一口闷气，回到房中，偶然脚慢，拌着门槛一跌。梅氏慌忙扶起，挽到醉翁床上坐下，已自不省人事。

Pacing sadly back to his room, he tripped over the threshold and measured his length on the ground where he lay unconscious. His concubine hastily carried him to the couch.

"醉翁床"，又名醉翁椅、醉床等，是一种可以倚靠、可以小睡的坐具，因为人们酒饭之后常坐在上面休息，故而得名。这种坐具最迟到明代就已很普遍了，其具体形制众说不一。清人曹庭栋《养生随笔》[①]中说，这种椅子"斜坦背后之靠而加枕，放直左右之环而增长，坐时伸足，分置左

---

① 曹庭栋. 养生随笔[M]. 西安：世界图书出版公司，2010.

右","虽坐似眠,偶倦时可以就此少息",就是一张躺椅。当代学者张友鹤为清末吴趼人的小说《二十年目睹之怪现状》作注,认为醉翁椅就是一种半卧式的躺椅,前后两脚之间钉有弧形木条,坐在上面可以前后摇动。这就更像是我们今天常见的一张躺椅了。所以,译者将"醉翁床"译为couch(睡椅、卧榻),十分贴切,容易被译文读者理解和接受。但是从传播中国物质文化角度来看,无疑造成了一定缺失。couch是英语国家文化中原本就有的物质形式,如此翻译,容易让译文读者自然而然地联想到自己所熟悉的couch。

例3.《宋小官团圆破毡笠》篇中:

宋金锦衣貂帽,两个美童,各穿绿绒直身,手执<u>熏炉如意</u>跟随。
When Song Jin came to the junks, dressed in a brocade gown and sable cap and attended by two handsome boys in green velvet coats holding <u>censers and wands.</u>

"熏炉",是古时用来熏香和取暖的炉子,也称香熏或者香炉,最初采用青铜为材料,汉代的博山炉就是青铜制成的。从汉代以后,熏炉的材质逐渐丰富起来。宋代出现了瓷制的博山炉,但是它禁不住香粉的烧烤,很快就变成文人的把玩之物。以后出现的玉质香炉、翡翠香炉等,也都是一种用来陈设或者把玩的观赏品。与实用器相比,陈设器的价值也许更高,一般都是文人雅士、大户人家才置备的器具。译者将"熏炉"译为censers(香炉),表达出了原文的含义。

"如意",又称"握君""执友"或"谈柄",开始叫"痒痒挠",后来不断装饰,改变花样,称呼也变成文雅的"如意"。北宋释道诚在《释氏要览》中记载:"如意,梵名阿那律,秦言如意。《指归》云:'古之爪杖也。'或骨、角、竹、木,刻作人手指爪。柄可长三尺许,或脊有痒,手所不到,用以搔抓,如人之意,故曰'如意'。"在古代,"如意"是一种生活必需品。"如意"两字,充满着人们对美好的期盼与向往。也正因为这两个字,如意成了可以随时拿来送人的礼物。译者将"如意"译为 wand(权杖)。英文中,wand(权杖)是象征皇权的用具,通常为欧洲王国的国王所持有。权杖的地位等同于我国的玉玺。译者在这里将"如意"译为 wand,与中国古代的"如意"在形状与功能上相差甚远,并没有成功传播中国古代日常用具文化,译文读者仍然对原文中的"如意"没有任何概念。

此外,《卖油郎独占花魁》篇中的"八仙桌儿"和"攒盒",《刘东山夸技顺城门　十八兄奇踪村酒肆》篇中的"纯银笊篱",《转运汉巧遇洞庭红　波斯胡指破鼍龙壳》篇中的"报君知"等,译者均采用了灵活的方法处理:

"八仙桌",是用于吃饭饮酒,每边可坐二人的大方桌。可以围坐八个人,故名八仙桌。八仙桌至少在辽金时代就已经出现,明清时盛行。尤其是清代,无论是达官显贵还是平头百姓,几乎家家都可以寻到八仙桌的影子,甚至成为很多家庭中唯一的大型家具。译者将"八仙桌"译为 a square table。"攒盒",是一种分成多格用以盛糕点果肴等食物的盘盒。译者将"攒盒"译为 hamper(食盒)。"笊篱",是一种发源于中国的传统的烹饪器具,用金属丝、竹篾或柳条等制成,像漏勺一样有眼儿,烹饪时用来捞取食物,使被捞的食品与汤、油分离。译者将"纯银笊篱"译为 a silver ladle(长柄银勺)。"报君知",旧时算命占卦的盲人手里所敲打的竹板、铁片或铜锣之类的一种响器,用以招徕顾客。译者将"报君知"译为 gong(锣,钟状物)。

在翻译日常用具词汇时,译者分别采用了直译(醉翁床、熏炉、如意、攒盒、笊篱)和意译(花栲栳儿、八仙桌、报君知)的方法,向译文读者传达原文中的含义。有些日常用具是中国特有的,如花栲栳儿、如意、笊篱等,在英文中找不到对等词。有些用具虽然在英语世界也能找到类似的对应物,如醉翁床(couch)、熏炉(censer)、攒盒(hamper)、八仙桌(a square table)、报君知(gong),但其做工、材料、功能以及所承载的深刻文化内涵大相径庭。尽管如此,译者的翻译基本实现了跨文化交流的目的,也没给译文读者造成太大的理解困难。但同时,在传播中国物质文化方面,不可避免地产生了一定缺失。

4.3.1.2 饮食文化

作为人们自古沿袭下来的最稳固的一种文化,饮食文化是我国传统文化中最基本的一个方面,是中国文化的一大亮点。中华民族自古以来就重视饮食,《礼记》上记载:"礼之初,始诸饮食。"饮食中凝聚着中国人的审美趣味、风俗习惯、生活态度等十分丰富的文化内涵。中国饮食文化博大精深,在漫长的历史发展过程中,形成了十分稳定的存在方式。中国饮食文化以文字形式频繁出现在文献典籍和文学作品中。《宋明评话选》中的饮食文化特色虽然不是十分明显,但是可以让读者初步了解明清时期的饮食文化风貌。

(1) 食物

例4.《卖油郎独占花魁》篇中:

丫鬟捧着<u>雪花白米饭</u>,一吃一添,放于秦重面前,就是一盏<u>杂合汤</u>。

A maid brought in two bowls of <u>rice</u> which she placed before him, with a bowl of <u>soup</u>.

"雪花白米饭"是指以精制的上等大米做成的白米饭;"杂合汤"是将各种原材料混合在一起做成的汤,这说明嫖客在妓院受到很高的礼遇。译者将"雪花白米饭"和"杂合汤"分别译为 rice 和 soup,没有进行补充和解释。

例5.《钱秀才错占凤凰俦》篇中:

(高赞)忙唤家人,悄悄吩咐备饭,要整齐些。家人闻言,即时拽开桌子,排下<u>五色果品</u>。高赞取杯箸安席。钱青答敬谦让了一回,照前昭穆坐下。<u>三汤十菜</u>,<u>添案小吃</u>,顷刻间,摆满了桌子,真个咄嗟而办。

Presently he despatched a servant with orders that a specially good meal be prepared. At once attendants arranged tables and spread them with <u>every kind of delicacy</u>, and Mr. Gao, bowing with the cup and chopsticks in his hands, offered Qian the seat of honour. But Qian declined, and sat down facing his host as before. Then, in a twinkling, the tables were spread with <u>three soups, ten main dishes</u> and <u>a number of side plates</u>.

"五色果品",通常是古人用来祭祀或祈福用的五种不同颜色的果品,选材讲究,用心至细。"添案小吃",指正菜以外的佐酒小菜。高赞吩咐家人顷刻之间摆满丰盛的酒席,说明他对钱青这位乘龙快婿的满意程度,唯恐招待不周。同例4一样,译者在译文中没有增加任何具有文化色彩的补充和解释,而是将"五色果品"译为 every kind of delicacy,将"三汤十菜"译为 three soups, ten main dishes,将"添案小吃"译为 a number of side plates,已足够体现主人的盛情和酒席的丰盛。

例6.《刘东山夸技顺城门 十八兄奇踪村酒肆》篇中:

须臾之间,烫了一壶热酒,托出一个大盘来,内有热腾腾的一盘<u>虎肉</u>,一盘<u>鹿脯</u>,又有些<u>腌腊雉兔之类</u>五六碟。

After a short time she reappeared with a pot of warm wine, an enormous dish of <u>steaming tiger meat</u>, another of <u>salted venison</u>, and several plates of pheasant, hare and other cured game.

"虎肉、鹿脯,腌腊雉兔"都是野味,并非寻常百姓之家的日常饮食。文中因这家的媳妇力大无穷,雄悍异常,所以每日只身走去山里,捉些獐鹿兽兔卖钱维生。译者将"虎肉、鹿脯,腌腊雉兔之类"译为 tiger meat, salted venison, pheasant, hare and other cured game。译者直接译出这些食物,既传达了古人原生态的饮食习惯,也显现了婆媳二人热情好客的品性。

例7.《宋小官团圆破毡笠》篇中:

> 刘翁道:"把饭与宋小官吃。"
> 刘妪道:"饭便有,只是冷的。"
> 宜春道:"有热茶在锅内。"
> 宜春便将瓦罐子舀了一罐滚热的茶。刘妪便在厨柜内取了些腌菜,和那冷饭,付与宋金。
>
> "Bring some rice for him to eat," said Liu.
> "There is rice," replied Mrs. Liu, "but it is cold."
> "We have hot tea on the stove," put in Yichun.
> She filled an earthenware pitcher with boiling tea, while Mrs. Liu took some pickled vegetables and cold rice from the cupboard and offered them to Song.

这段文字是《宋明评话选》中极少数吃饭时没有饮酒的饮食描写场面之一。走投无路、饥寒交迫的旧家子弟宋金蒙其父旧友刘顺泉收留,随其到船上帮忙。刘公先是将自己身上的旧布道袍脱下来让宋金穿上,然后为其引见了妻子刘妪和女儿宜春,接下来便安排食物给他吃。冷饭和腌菜说明刘家生活水平本就不高，日常饮食极其简朴。但对于宋金来说，虽说是冷饭、腌菜，也好过他街坊乞食，有上顿没下顿的日子。宜春亲手斟的热茶，不仅显现了其心地善良的本性，更为后面二人生死相随的爱情埋下伏笔。译者采用直译的方法，将原文毫无保留地呈现给译文读者，让他们了解到中国古人的生活水平千差万别，能真实感受到生活在社会底层的劳苦大众的艰辛不易。

（2）酒文化

中国古人的日常生活与酒有着密切的联系，酒是中国古人生活中的重要因素。中国素有"礼仪之邦"的美誉，酒行为也纳入了礼的轨道，酒渗透于整个中华五千年的文明史中。酒是人类最古老的食物之一，是人类物质生产的精华琼浆。中国是一个盛产名酒的古国，中国制酒源远流长，是世界上酿酒最早的国家之一。明清时期，酒已经成为人们生活中必不可少的饮品，逢年过节、婚丧嫁娶、招待客人、亲朋相聚等各种场合都少不了酒的陪伴。酒不仅是美味的饮料，还和人们的心灵密切相关。中国人用饮酒来表现一种生活态度和人生情调，正如陶渊明所说："酒中有深味。"《左传》记载："酒以成礼。"酒与中国的礼仪文化密不可分。《宋明评话选》中频繁描写各种饮酒情节。虽然中国的酒和西洋的红酒从制作工艺到味道都差异很大，译者将原文中所有的"酒"基本都译为 wine。

例8.《崔待诏生死冤家》篇中：

秀秀道："我肚里饥，崔大夫与我买些点心来吃！我受了些惊，得杯酒吃更好。"当时崔宁买将酒来，三杯两盏，正是：

三杯竹叶穿心过，两朵桃花上脸来。

道不得个"春为花博士，酒是色媒人"。

"I am ever so hungry," said Xiuxiu again. "Do buy me some cakes to eat. And, after the fright I've had, a little wine would do me a world of good."

　　Cui thereupon bought some wine, and they drank a few cups together. And:

　　After the girl three cups of wine had drained,
　　Her downy cheeks two crimson blossoms stained.
　　As the proverb says: Spring is the time for flowers, and wine is the handmaid of love!

　　竹叶青酒早在古代就享有盛誉,是传统保健名酒,其历史可追溯到南北朝。原文作者在这里用"竹叶"指代酒。自古以来,中国称婚姻介绍人为"媒人"。为了减少译文读者的理解困难,译者将"酒"译为 wine,将"竹叶"也译为 wine,将"媒人"译为 handmaid(女仆)。
　　例9.《小水湾天狐诒书》篇中:

　　那人道:"且慢着。我肚里饿了,有酒饭讨些来吃了,进房不迟。"又道:"我是吃斋,止用素酒。"
　　"Later," replied the other. "I am hungry. Bring me some wine and food. I am fasting," he added, "so don't bring me any meat."

　　"素酒"本指粗酿的酒,即没有经过"蒸馏"工艺,只是简单地将酒糟滤除,余下浑浊的酒水,放到锅里煮开,以使酒不会变质。"素酒"一词在古典名著《西游记》中经常出现,指和尚和尼姑可以饮用的酒。根据上下文,这里提到吃斋(指宗教人士的戒规,禁止吃荤腥食品与五辛,是一种重视心灵的虔诚与纯洁的仪式),所以素酒的含义应该与《西游记》中出现的含义相同,即 vegetarian wine。根据故事情节,这人是野狐现人形,急急赶来追讨被王臣抢走的书,而且眼睛受了伤,应是无意大吃大喝,因而译者将"止用素酒"译为 don't bring me any meat，将素酒理解为用素菜下酒，即 wine served at a vegetarian feast。

例10.《卢太学诗酒傲王侯》篇中：

不到朝食时，酒席都已完备，排设在燕喜堂中。上下两席，并无别客相陪。那酒席铺设得花锦相似。正是：富家一席酒，穷汉半年粮。

By breakfast time a <u>banquet</u> was ready in the garden of The Hall of Happy Feasts. There were two tables only, for no other guests had been invited, and the tables were splendidly appointed.

<u>One single feast in a rich man's house</u>
<u>Would keep a poor man for half a year.</u>

原文中多次提及酒席：酒席都已完备；那酒席铺设的花锦相似；富家一席酒，穷汉半年粮。主人卢楠的热情好客和奢侈的生活，由此可见一斑。卢楠本就嗜酒如命，酒量推尊第一，再加上知县汪岑也酷好杯中之物，擎着酒杯可以饮到天明，二人相约对饮，可以预见那饮酒的场面将是何等壮观。译者在译文中未提到一个"酒"字，已将原文的含义传达得淋漓尽致，banquet 和 feast 足以激发人们对盛宴的联想。

自古以来，中国的饮食文化就十分丰富，非常发达。文学作品中，饮食文化的描写可以塑造人物形象，显现人物的性格，折射出人物的命运。《宋明评话选》中的饮食描写虽然不多，但仍可以让读者领略到明清时期饮食文化的独特。故事中人物嗜酒的特点呼之欲出，人物的生活水平和状态也一览无余。饮食文化一直都是文化因素中比较难以处理的一项，其中所承载的深厚文化内涵给译者的翻译工作造成很大困难。杨宪益、戴乃迭主要采用直译的方法，让译文读者更好地了解中国古代饮食文化以及古代社会人们的生活状态和饮食特点,基本达到了跨文化传播的目的。

4.3.1.3 衣冠服饰

中国历来为"衣冠上国、礼仪之邦",服饰文化源远流长。郭沫若曾说过:"衣裳是文化的表征,衣裳是思想的形象。"[1]服饰是人类特有的劳动成果,它既是物质文明的结晶,又具精神文明的含意。人类社会经过蒙昧、野蛮到文明时代,缓缓地行进了几十万年。我们的祖先在与猿猴相揖别以后,披着兽皮与树叶,在风雨中徘徊了难以计数的岁月,终于艰难地跨进了文明时代的门槛,懂得了遮身暖体,创造出一种物质文明。然而,追求美是人的天性,衣冠于人,如金装在佛,其作用不仅在于遮身暖体,更具有美化的功能。几乎是从服饰起源的那天起,人们就已将其生活习俗、审美情趣、色彩爱好,以及种种文化心态、宗教观念,都沉淀于服饰之中,构筑成服饰文化精神文明内涵。

明代初期,朝廷对不同身份地位人的服饰做出了严格的规定,依据面料、样式、尺寸和颜色等,确立了一套贵贱有别、衣着分等的服饰制度。明代中期以后,随着商品经济的迅速发展,城市不断繁荣,市民阶层逐渐崛起,朝廷对服饰的控制也逐渐放松,服饰等级制度被打破。当时社会上形成了追求华服美饰的风气,服饰从面料、样式和花色等都有了很大改观。

例 11.《钱秀才错占凤凰俦》篇中:

次日,颜俊早起,便到书房中,唤家童取出一皮箱衣服,都是<u>绫罗绸绢时新花样的翠颜色,时常用龙涎庆真饼熏得扑鼻之香</u>……

The next morning Yan rose early and went to the study to

---

[1] 张轶. 我国传统服饰文化的美学思想[N]. 光明日报,2014-10-12(7).

order a servant-boy to fetch a leather case of <u>bright silk and satin clothes in the latest style, which had been scented with ambergris so that they gave off a pungent odour.</u>

故事中的颜俊是个富家子弟,"虽则丑陋,最好妆扮,穿红着绿,低声强笑,自己以为美",他所穿衣物面料考究,款式流行,颜色鲜亮,而且还经常用香料将衣服熏出扑鼻的香味,可见他十分讲究。译者直译了原文中描写颜俊衣着特点的内容,完整传达了原文的含义。

例12.《卖油郎独占花魁》篇中:

(秦重)又将几钱银子,置下镶鞋净袜,新褶了<u>一顶万字头巾</u>。回到家中,把衣服浆洗得干干净净,买几根安息香,熏了又熏。

After this, he laid out a few dozen cents on <u>new shoes, socks and a new cap</u>, went home to wash and starch his gown, and last of all bought some Persian incense to scent his clothes.

秦重是一个只有三两银子做本钱的卖油郎,为了"去谋那名妓",辛苦积攒一年的时间才集够了十六两银子,特意将几钱银子置办下一身行头,也学有钱人将衣服用香来熏。即便如此,妓院老鸨杜妈妈仍提出"你穿着一身的布衣布裳,不像个上等嫖客。再来时,换件绸缎衣服,教这些丫鬟们认不出你是秦小官,老娘也好与你装谎"。秦重于是"到典铺里买了一件见成半新半旧的绸衣,穿在身上,到街坊闲走,演戏斯文模样"。由此可见,当时社会存在以貌取人的习惯,服饰须与人的身份地位相匹配。"万字头巾",原为宋制,下阔上狭,形同万字,因而得名。宋代流行戴巾,有各种款式的巾,万字头巾就是其中一种。译者将"镶鞋净袜"译为 new shoes, socks,将"万字头巾"译为 cap。

例13.《灌园叟晚逢仙女》篇中：

庄客指道："那槐枝上挂的,不是大爷的软翅纱巾么?"众人道："既有了巾儿,人也只在左近。"

The worker pointed up. "Isn't that the master's gauze cap with soft flaps hanging on the ash bough?" he asked. "If the cap is here, its owner must be nearby!" cried the others.

头巾,本是古代劳动人民在地里进行农作的时候,为了尽量避免太阳炎热的光照而发明的一种简单朴实的小物品。明清时规定给读书人戴儒巾。软翅纱巾是指官员戴的一种头巾。《宋明评话选》中,译者多将头巾翻译成帽子(cap或hat)。这种译法的好处显而易见,译文读者很容易就能理解其含义,但是他们得到的审美体会不能和原文读者等效,他们的大脑中不会产生关于头巾的意象。译者使用的单一词汇,也很难激起读者丰富的联想。

例14.《十五贯戏言成巧祸》篇中：

大娘子和那老王吃那一惊不小,只见跳出一个人来:头戴乾红凹面巾,身穿一领旧战袍,腰间红绢搭膊裹肚,脚下蹬一双乌皮皂靴,手执一把朴刀,舞刀前来。

As the travellers stood there trembling, a man leapt out, wearing a red cap and a tattered old battle dress with a red silk sash and a pair of dark boots. He had a sword in his hand which he brandished as he advanced.

原文中,"搭膊"是一种长腰带,有夹层,既可系腰,又能储物。"裹肚",古称兜肚,是中国传统服饰中护胸腹的贴身内衣,上面用布带系在脖颈上,下面两边有带子系于腰间。这里的"搭膊裹肚"应该是起裹肚作用的搭膊。"乌皮皂靴",是古代官吏、士人穿的黑色皮革靴子。译者将"搭膊裹肚"译为 sash(腰带),将"乌皮皂靴"译为 dark boots(黑色靴子),基本传达了其中承载的文化含义。

例15.《小水湾天狐诒书》篇中:

一日,王臣在堂中,督率家人收拾,只见外边一人走将入来,威仪济楚,服饰整齐。怎见得?但见:

头戴一顶黑纱唐巾,身穿一领绿罗道袍;碧玉环正缀巾边,紫丝绦横围袍上;袜似两堆白雪,舃如二朵红云。堂堂相貌,生成出世之姿;落落襟怀,养就凌云之气。若非天上神仙,定是人间官宰。

One day Wang Chen was watching his servants clean the hall when a dignified, well-dressed stranger walked in.

He had a black gauze cap and green silk gown,

A jasper ring on his cap and a purple belt;

His socks were white as snow,

His shoes like rosy clouds;

He's a lordly look and natural dignity.

A man like that, if not a god,

Must at least be a high official or ruler of men.

"唐巾",是仿照唐代男子幞头外形制作,又叫"软翅纱巾",外形与乌纱帽相似,巾后垂有软脚,左右缀巾一对。"道袍"源自中国古代汉服"褶",在明代演变为道袍,是古人居家时的外衣,也可以作为衬袍或平民男子婚服,是明代极其流行和典型的一种便服。"丝绦"是丝编的带子或绳子，在晚清以前，古代人们习惯把丝带称为丝绦。译者将"黑纱唐巾"译为 a black gauze cap，将"道袍"译为 gown，将"丝绦"译为 belt。

对于《宋小官团圆破毡笠》篇中的宋小官，"浑身新衣、新帽、新鞋、新袜，妆扮得宋金一发标致"，译者并没有按照字面含义具体译出"浑身新衣、新帽、新鞋、新袜"，而是采用了意译的方法，用浑身一新（dressed him in new clothes from head to foot）一言概之。《沈小霞相会出师表》篇中的冯主事："头戴栀子花匾摺孝头巾，身穿反折缝稀眼粗麻衫，腰系麻绳，足着草履。"故事中的冯主事虽然身为主事（官名，属于封建品级制度中较小的底层办事官吏），官职不高，但家境殷实，有一定的身份和地位，依照习俗，在丁忧期间穿着简单朴素。译者将这段描写冯主事穿麻戴孝的文字忽略未译。

"跨文化交际的目的之一是增进不同文化之间的了解，这一目的自然也要求我们在翻译中要注意反映民族文化所特有的规范或风情。仅仅追求内容上的同一性，而无视蕴含在不同形式中的美学内涵和文化差异，一方面会抹杀原作者的艺术创造，另一方面也会模糊不同文化之间的差异，造成不必要的文化误解。"[①]因此，译者应适当转换思维模式，适当为读者介绍中国文化。典籍作品承载着厚重的文化内涵，这就要求我们在典籍作品服饰文化的翻译过程中，既要对中国的服饰文化有正确的理解，又要使文化的交流能顺利进行。在文化语境下进行衣冠服饰词汇的翻译，既要考虑到文化差异的存在，也要考虑译文读者的感受。由于中国和英语国家的服饰和饮食等文化各具特色，反映在语言上，就是存在很多零对等词。原文中丰富的词汇和细腻的描写，能带领读者进入丰富的想象空间，感受故事中人物服饰的华丽和粗糙，器具的考究和食物的美味，得到不同寻常的审美体会。

---

① 郭建中. 文化与翻译[M]. 北京：中国对外翻译出版公司，1999：207.

4.3.2 制度文化的传播

制度文化是物质文化和精神文化的中介,在协调个人与群体、群体与社会的关系,以及保证社会的凝聚力方面起着不可或缺的作用,深刻地影响着人们的物质生活和精神生活。制度文化既反映着价值观念、道德伦理、风俗习惯等文化因素,又反映着一个社区、一个社会、一个国家经法律制度确认的政治、经济、社会、文化等正式制度。

4.3.2.1 风俗习惯

古语说:"百里不同风,千里不共俗。"在历史发展过程中,由于自然条件和社会环境不同,各个民族形成各自不同的行为方式和生活方式,即风俗习惯。风俗习惯指个人或集体的传统风尚、礼节、习性,是特定社会文化区域内历代人们共同遵守的行为模式或规范,主要包括民族风俗、节日习俗、传统礼仪等。风俗习惯是一种社会传统,它对社会成员有着非常强烈的行为制约作用。

(1) 婚嫁

婚礼嫁娶,通常被认为是人生中最大的礼仪。婚嫁礼仪反映了人类文明教化的程度。在传统的婚姻中,男女双方必须经过媒人的说合才能结为连理,"父母之命,媒妁之言",说的就是这个道理。《宋明评话选》中涉及婚嫁习俗的故事很多,杨宪益、戴乃迭主要采用直译、意译、直译加注和省译等方法进行翻译。

例 16.《滕大尹鬼断家私》篇中:

讲定<u>财礼</u>,讨皇历看个<u>吉日</u>,又恐儿子阻挡,就在庄上<u>行聘</u>,庄上做亲。

After settling the amount of <u>the wedding gifts</u> and choosing <u>an auspicious day</u>, he decided to <u>send the presents</u> and go through the wedding ceremony in the village to avoid any objections his son might raise.

例 16 中,译者分别直译了"财礼"(the wedding gift)、"吉日"(an auspicious day)、"行聘"(send the presents)、"做亲"(go through the wedding ceremony)等与婚嫁相关的词语,准确传达了原文的含义,译文读者也很容易理解。

例 17.《卖油郎独占花魁》篇中:

择了吉日,<u>笙箫鼓乐娶亲</u>。

An auspicious day was chosen, <u>the wedding was celebrated with flutes and drums</u>.

"笙箫"是两种不同的乐器。笙,源自中国的簧管乐器,是世界上最早使用自由簧的乐器。箫,是一种非常古老的中国古代吹奏乐器。"鼓乐"是指以吹、打乐器为主的民间器乐合奏的概称,常用乐器包括唢呐、笙、笛、琴、钟、锣、鼓、镲等民族打击乐器。译者采用了省译的方法,将"笙箫鼓乐"译为 flutes and drums。

《小夫人金钱赠年少》和《钱秀才错占凤凰俦》篇中,两次出现"奠雁"礼仪。"奠雁",为婚姻礼仪。从周代至清末,在按六礼而行的婚姻中,除了纳征(下聘)礼以外,其余五礼均须男方使者执雁为礼送给女方家。因为雁是候鸟,随气候变化南北迁徙并有定时,且配偶固定,一只亡,另一只不再择偶。古人认为,雁南往北来顺乎阴阳,配偶固定合乎义礼,婚姻以雁为礼,象征一对男女的阴阳和顺,也象征婚姻的忠贞专一。后来因雁越来越难得,人们就改用木刻的雁代之,到近代,改用鹅、鸭、鸡三种活禽代替行奠雁礼,以定婚姻的和顺。译者将《小夫人金钱赠年少》篇中的

"奠雁"译为 exchange the gift of a swan,将《钱秀才错占凤凰俦》篇中的"奠雁"直译为 bow before the goose(向雁行礼),并在书后加了一个注释:In ancient times the bridegroom sacrificed a wild goose at his marriage, and a goose continued to figure in later wedding ceremonies.(古时新郎在婚礼上准备一只大雁作为供品,后来的婚礼上一直沿用这一习俗。)根据上下文语境,译者如实传达了原文的含义。而译者分别用 swan、goose 和 wild goose 用来指大雁,似有不妥,宜统一为 wild goose。

古时,人们习惯地把新人完婚的新房称作"洞房"。中华民族文明史距今已有五千多年了,人们把结婚仍然称为"入洞房"。"洞房花烛",是常用成语,是古时成婚的一种习俗,现多指新婚。翻译时,译者主要采用意译的方法,分别将"洞房花烛"译为 the wedding,将"结了花烛"译为 became husband and wife,将"做花烛筵席"译为 for their wedding feast,将"花烛成亲"直译为 amid flowers and red candles the couple married,很好地传达了原文的含义。

(2) 殡葬

在古代,婚丧嫁娶都是人生大事,因此殡葬礼仪也是我国传统文化的重要组成部分,是维系家庭孝道伦理的礼仪规范。殡葬礼仪是人类数千年来生存智慧的长期累积与发扬,其文化内涵极为丰富与完备,体系十分庞大与多元。《宋明评话选》中有多处描写为人子女恪守孝道的内容,如"丁了母忧"(to observe mourning for three years)(《钱多处白丁横带 运退时刺史当艄》),"丁了父忧"(he has been mourning for his father for the last few years)(《钱秀才错占凤凰俦》),"丁忧在家"(who has retired from office because he is in mourning for his father)(《沈小霞相会出师表》)等,读者可以从译文中初步了解中国古代殡葬文化的深刻内涵。

据《尔雅·释诂》:"丁,当也。"是遭逢、遇到的意思。据《尚书·说命上》:"忧,居丧也。"所以,古代的"丁忧",就是遭逢居丧的意思。父母丧时,儿女们会忧伤,会居丧,会遵循一定的民俗和规定"守制"。"丁忧"期限三年,其间要吃、住、睡在父母坟前,不喝酒、不洗澡、不剃头、不更衣,并停止一切娱乐活动。古代官员的父母死去,官员必须停职守制。丁忧期间,丁忧的人不准为官,如无特殊原因,国家也不可以强招丁忧的人为官,因特殊原因国家强招丁忧的人为官,叫作"夺情"。

例 18.《滕大尹鬼断家私》篇中:

幸得衣衾棺椁,诸事都是预先办下的,不要倪善继费心。殡殓成服后,梅氏和小孩子两口,守着孝堂,早暮啼哭,寸步不离。

Fortunately the funeral clothes and coffin were ready, and all necessary preparations had been made; so there was no need for Shanji to exert himself in any way. After the corpse was laid out, the concubine and her child kept watch beside it, crying morning and evening, and not stirring a step from the coffin.

"衣衾",指装殓死者的衣服与被子。"棺椁",其中"棺"即盛放死者的木制葬具;"椁",套在棺外的外棺。棺材是一种统称,棺椁显示了死者的地位。"孝堂",指治丧时停放灵床或灵柩的厅堂。译者将"衣衾棺椁"直译成 the funeral clothes and coffin,将"孝堂"译为 the coffin。

(3) 生辰寿诞

庆祝生辰寿诞是我国人民的传统习惯,中国古代民间普遍以做生日为乐事,设酒席、奏曲乐,对生日当事人祝吉祝寿。一般老人的生日称作"寿诞"或"诞辰",儿童少年多叫"生辰"或"生日"。《宋明评话选》中描写生辰寿诞的内容虽然不多,但其中所蕴含的文化内涵值得关注。

无论是儿童少年的"生日""生辰",还是老年人的"寿诞""诞辰",在英文当中只有一个对应词,即 birthday,就这一点来说,译文势必无法完整再现其中承载的文化内涵,详见例 19 和 20。

例 19.《十五贯戏言成巧祸》篇中:

却说一日闲坐家中,只见丈人家里的老王,年近七旬,走来对刘官人说道:"家间老员外生日,特令老汉接取官人娘子,去走一遭。"刘官人便道:"便是我日逐愁闷过日子,连那泰山的寿诞,也都忘了。"

One day he was sitting idly at home when Old Wang, his father-in-law's seventy-year-old servant, came in. "This is our master's birthday, sir," said Old Wang. "He has sent me to invite you and the mistress over." "So it is!" exclaimed Liu. "I've been so taken up with my own troubles that I actually forgot the old man's birthday."

例 20.《滕大尹鬼断家私》篇中:

倪太守开筵管待,一来为寿诞,二来小孩儿三朝,就当个汤饼之会。

Prefect Ni entertained them to a feast to celebrate his own birthday and the birth of his infant son at the same time; and the little boy was given the ceremonial bath customary on the third day.

"汤饼之会",也称"汤饼之期",是古代的一个年龄称谓,指婴儿出生三日。旧俗小儿出生三日,设筵招待亲友,谓之"汤饼筵",也作"汤饼宴"

"汤饼会"。这里译者采用了归化的方法,将"汤饼之会"译为 was given the ceremonial bath customary。阅读译文时,西方读者很容易将这种习俗与自己的宗教信仰联系在一起,因为我们都知道,按照基督教的习俗,新生儿须接受洗礼仪式。

例 21.《滕大尹鬼断家私》篇中:

光阴似箭,不觉又一年。重阳儿周岁,整备做晬盘故事。里亲外眷,又来做贺。

Time sped like an arrow, till another year had passed and Chongyang was one year old. Close and distant relatives gathered for the traditional ceremony of the Year Tray, and offered their congratulations again.

"晬盘故事",也就是我们现在所熟悉的"抓周",是一种中国传统风俗,也是东亚国家一种小孩周岁时的预卜婴儿前途的习俗。婴儿周岁时,将各种物品摆放于小孩面前,任其抓取,看他所抓何物,以卜其一生的志趣,这个风俗早在魏晋南北朝时就已经存在。译者将"晬盘故事"译作"the Year Tray",并在书后对"the Year Tray"做了注释:On a child's first birthday, a trayful of different objects was placed before him; and whatever he picked up was thought to indicate his future fortune.(婴儿一周岁时,将各种物品摆满托盘置于其面前,他所抓之物预示他将来的命运。)

(4) 传统礼仪

礼仪是人类社会生活发展的需要,是人类社会关系的一种必然要求。中国是传承千年的礼仪之邦,中国的礼仪文化不仅对中华民族有着巨大的作用,也带给世界深远的影响。古代中国的传统礼仪包括的范围非常广泛,本节主要讨论《宋明评话选》中关于传统礼仪的描写。

例22.《杜十娘怒沉百宝箱》篇中：

(孙富)喝教艄公打跳,童儿张伞,迎接公子过船,就于船头<u>作揖</u>。

Then he ordered his boatman to put down the gang-plank, and told his boy to hold an umbrella for Mr. Li as he came across. He <u>bowed to Li</u> at the bow.

"作揖",是汉族民间传统的一种礼节,拱手为礼,是古代宾主相见时常用的礼节。两手抱掌前推,身子略弯,表示向人敬礼。译文中,译者将作揖翻译为 bow(鞠躬)或 exchang greetings(互致问候)等,前者没有体现出手部动作,后者更为笼统,无法让译文读者真正联想出当时人们见面如何相互问候。

例23.《崔待诏生死冤家》篇中：

(崔宁)当时<u>叉手</u>向前,对着郡王道……

Now he stepped forward <u>with clasped hands</u> and said…

"叉手",两手交叉之意。古代汉族见面礼节之一。行礼时,左手紧握右手,左手指向右手腕,右手四指伸直,右手拇指向上,如用右手掩其胸,但不得着胸,距胸前约二三寸,为古人在作揖、拱手礼中的一种姿势形态。译者将"叉手"译为 with clasped hands(紧握双手)。

例24.《滕大尹鬼断家私》篇中：

(滕大尹)到得倪家门首,执事<u>跪下</u>,吆喝一声。梅氏和倪家兄弟,都一齐跪下来迎接。

When Magistrate Teng reached Shanji's gate, his attendants knelt down and raised a shout; while the two brothers and the widow fell to their knees to welcome him.

"跪下",指屈膝跪倒,代表对一个人的最高礼节。译者将"跪下"直译为 knelt down 和 fell to their knees,简单易懂。

例 25.《钱多处白丁横带　运退时刺史当艄》篇中:

七郎叫众人取冠带过来穿着了。请母亲坐好,拜了四拜。又叫身边随从旧人,及京中新投的人,俱各磕头,称太夫人。

Then he ordered his servants to fetch his official cap and belt, and having donned his official robes he asked his mother to sit down while he kowtowed to her. After this he told his old servants and the new servants from the capital to kowtow to the old lady too.

"四拜",是中国的传统礼仪中隆重的礼仪,儿子拜见父母要行四拜之礼。"磕头",文言称为"叩首",白话称为"叩头",俗话称为"磕头"。磕头的礼仪形式,按照对象和场合的不同而有不同的规矩,是旧时非常郑重的一种礼节。一般做法是,双腿并拢全跪,身子俯下,双手碰地或接近地面,与头并列。后来磕头的方式被宗教所引用,表示虔诚,然后被统治者所引用表示尊重。到了民间,作为一种表达内心激动情感的方式,可以表达各种不同的意思。译者将"拜了四拜"和"磕头"均译为 kowtow。

此外,译者将"叉手不离方寸"(古代的一种礼仪,即双手五指并拢贴在胸前)译为 clasping his hands before him,将"唱诺"(出声回答。古人见尊长,双手作揖,口念颂辞,叫作"唱喏"或"声喏")译为 with a salute,将"打恭"(弯下身子作揖,表示恭敬。打恭时,上身弯曲,至九十度为最恭敬,同时两手相抱拱手,自下而上移动)译为 inclined his head,将"道万福"(指古代妇女对人行礼,口里说着"万福",意为祝对方多福。后来用作妇女行礼的代称。行礼时双手手指相扣,放至左腰侧,弯腿屈身以示敬意)译为 curtsey。

4.3.2.2 俗语谚语

俗语,也称常言、俗话,为群众所创造,并在群众口语中广泛流传,具有口语性和通俗性的语言单位,简练而形象化。大多数俗语都是劳动人民创造出来的,反映了人们的生活经验和愿望,同时也和诗文名句、格言警语、历史典故等有关联。俗语包括谚语、歇后语、惯用语等,口语性强,一般都表达一个完整的意思,以通俗简练的话语反映深刻的道理,富有教育意义。

俗语不仅能说明事理,而且能表达主观评价和情感。俗语的产生和运用,丰富了语言的修辞,表达了丰富的情感色彩,增强了语言的表现力。这种表现力来自俗语的形象性,而形象性是民族间口语的一个重要特点。人民群众喜欢用浅显具体的事物来说明抽象的、深奥的道理,让人听起来容易理解,并产生深刻的印象。俗语的使用"不仅有助于刻画人物形象,表现主题思想,更使得中华民族独特的人文风情、道德观念、思维方式和生活哲理在俗人、俗事、俗话中展现得淋漓尽致"[1]。当把汉英两种语言进行比较时,我们会发现,有时同一形象表示不同的事理,有时不同形象又用来表示相同的事理。俗语中的文化内涵能够激活并传承民族生命力。英汉民族生存环境相去甚远,文化内涵因而大不相同。

---

[1] 辛红娟,宋子燕. 从目的论看《红楼梦》中俗语的文化意象英译[J]. 湘潭大学学报(哲学社会科学版),2012(6):146-150,154.

《宋明评话选》中的俗语承载着丰富的文化信息,具有鲜明的民族特色和独特的地域色彩,要把这些丰富多彩、底蕴浓厚的俗语翻译出来,对译者来说无疑是巨大的挑战。翻译实践作为跨文化交际的重要途径之一,常常会因为两种文化内涵的不同而变得错综复杂。译者若采取异化策略,译文读者将会遇到难以逾越的解读障碍,无从了解原文的真正含义;如果采取归化处理,译文读者将无法看清异域文化的真实面貌。如何冲破文化障碍,同时保证原文的可读性和形象性,对译者来说往往十分棘手。尽管困难重重,杨宪益、戴乃迭采用灵活的翻译方法,以传播中国传统文化为核心,以增强译文读者的理解和接受为目的,既遵循连贯原则,又兼顾忠实原则,尽量保留原文的特色和文化内涵。

(1) 直译

直译指在语言条件许可的情况下,不仅在译文中传达原文的内容,还尽可能保留原文的形式和写作风格。对于《宋明评话选》中的俗语,杨宪益、戴乃迭主要采用直译的方法,既保留了原文中形象生动的表达方式和原语文化的思维特征和民族色彩,有助于传播中华民族的传统文化,促进不同民族之间的文化交流,又让译文读者更容易了解原作的神韵和风格。

例26.《钱多处白丁横带　运退时刺史当艄》篇中:

又道是:"苍蝇集秽,蝼蚁集膻,鹁鸽子旺边飞。"
As the proverb says: Flies gather on filth, and ants on grease, while pigeons fly to the homes of the rich.

在汉民族文化中,"秽"指肮脏,"苍蝇集秽",意思是苍蝇喜欢生活在肮脏污秽的场所。"膻",羊肉的气味。"蝼蚁集膻",意思是许多蚂蚁趋附羊肉,比喻许多臭味相投的人追求不好的事物。"鹁鸽子旺边飞"的意思是,鹁鸽子喜欢栖息于人烟稠密的地方,是指鸟儿攀高枝,舍本求旺,带有贬义,喻指人们趋财慕势,奉承、依附权贵。杨宪益、戴乃迭保留了原文的文化语境,并将语境具体化,把"旺边"译为 the homes of the rich,以帮助读者更好地解读。

例27.《腾大尹鬼断家私》篇中:

正是:"闲时不烧香,急来抱佛脚。"
He was like the men who burn no incense when all goes well, but embrace Buddha's feet in time of trouble.

"闲时不烧香,急来抱佛脚",出自宋代刘攽《中山诗话》,意思是平日里不烧香敬奉佛祖,遇到急事恳求佛祖帮助。意指事到临头,仓促应付,难以解决问题。"烧香"和"佛"都与佛教密切关联,译者并没有将其归化为译文读者熟悉的基督教术语,而是采取异化处理,保留了原文的文化语境,直接译出 burn no incense 和 Buddha,有意通过文化意象保留让译文读者了解中国佛教文化。

例28.《转运汉巧遇洞庭红 波斯胡指破鼍龙壳》篇中:

文若虚道:"一朝吃蛇咬,三年怕草索……"
"A man who has been bitten by a snake shudders at the sight of a straw rope three years later..." he said.

"一朝吃蛇咬,三年怕草索",出自宋代普济《五灯会元》卷二十,是"一朝被蛇咬,十年怕井绳"的变体。原意是,不小心被蛇咬了,以后见到像蛇形的草绳,也会心生畏惧。喻指遭受挫折之后,变得胆小怕事,遇事小心谨慎。英文中有类似的表达:He that has been bitten by a serpent, is afraid of a rope.(被毒蛇咬过的人害怕绳子。)杨宪益、戴乃迭在遵循忠实原则的前提下,保留了原文的文化细节,也不会使译文读者感到陌生。

此外,直译的例子还有很多,例如:"靠山吃山,靠水吃水"(Those who live by a mountain depend on the mountain for a living, and those who live by water depend on water);"留得青山在,不怕没柴烧"(As long as the forest is left, we need fear no lack of fuel);"养儿待老,积谷防饥"(Bring up sons for your old age and store up grain against famine);"四海之内,皆兄弟也"(Within the four seas all men are brothers);"贫贱之交不能忘,糟糠之妻不下堂"(A man should not forget the friends he made when he was poor; a prosperous man should never forsake the wife who shared his poverty!),等等。

成功的直译既能在内容上做到对原文忠实,也能在形式上力求与原文一致,还能反映原文的风格和民族色彩,直译法并不排斥语言上的灵活变通。杨宪益、戴乃迭在翻译俗语时,以直译为主。由于直译具有一定的局限性,它有时无法准确传递原文信息,又可能造成读者理解困难,因此并不适用于任何场合。译者于是不得不舍弃原文的表达形式或所塑造的形象,用意译的方法进行翻译,以便读者更容易理解和接受。当直译法不能达到满意效果时,意译法不失为一个适当的补充。

(2) 意译

意译,指原文中有的内容不适宜用译语直接表达,而是经过解析后以另外的形式表达出来,不拘泥于表面文字。从跨文化传播的角度来看,意译强调的是译语文化体系和原语文化体系的相对独立性。相比而言,意译更能发挥译语的优势,体现译者的创造性,但可能影响原文细节和风格的再现。

例29.《十五贯戏言成巧祸》篇中:

那人便道:"一不做,二不休……"

"There was no drawing back once you forced my hand..." panted the thief.

"一不做,二不休",出自唐代赵元一《奉天录》卷四。原意是要么不做,做了就索性做到底。指既然下定决心开始行动,就毫不犹豫地坚持做下去。表明行为果断,态度坚决,不达目的誓不罢休。这是中国传统文化观念中坚守信念、执着追求的经典语词。若要将这个俗语翻译成英文,直译无法传达原文的准确含义,原文的工整对仗也无法维持,因此译者采用了意译的方法,将其中的引申意传达给译文读者。

例30.《刘东山夸技顺城门 十八兄奇踪村酒肆》篇中:

老婆子道:"官人不要太岁头上动土,我媳妇不是好惹的……"

"Don't attempt the impossible, sir," said the old woman. "My daughter-in-law is terrible once she's roused..."

"太岁头上动土",出自汉代王充《论衡·难岁》卷二十四,古代术数家称木星为太岁,认为是凶煞,太岁在地,与天上岁星相应而行,如果在太岁出现的方向动土建筑,将招致灾难。喻指不自量力,敢于冒犯强势,必将自取其祸。在中国民间,太岁向来被人们看作一种神秘莫测的力量,一种能在冥冥之中支配和影响人们命运的力量。"太岁头上动土",是中国的一句老话,它表明一种文化忌讳。译者将其意译为 attempt the impossible。

《卖油郎独占花魁》和《钱多处白丁横带 运退时刺史当艄》分别出现"人生一世,草生一秋",意思是,人们生活一辈子,犹如野草春生秋枯,生命极其短暂,不可虚度年华。感叹岁月易逝,人生短暂,应珍惜光阴,有所作为。译者根据上下文的语境,分别将其译为 Life is short 和 I shan't have lived in vain。

此外,意译的例子还有:"浓霜偏打无根草,祸来只奔福轻人","恻隐之心,人皆有之",等等。"浓霜偏打无根草,祸来只奔福轻人",意思是严酷的寒霜摧残干枯的野草,意外的灾祸寻找无福之人。喻指身处困境时,又遭受打击。译者将其意译为 troubles never come singly。"恻隐之心,人皆有之",出自战国孟轲《孟子·告子上》。意思是对那些遭受苦难之人,每个人都有同情的本性。这是从探讨人性的角度出发,回答关于人性是否天生善良的问题,是中国古代社会体现人们关心弱势、助人为乐的经典语句。译者将这一俗语直接转化为刘翁发出的感慨:Poor boy!

直译并不是机械地逐字翻译,意译也并不局限于原作的形式,直译与意译都注重忠实于原作的内容。当我们进行翻译时,必须掌握原作的思想和风格,同时也必须把原作的思想和风格当作译语的思想和风格。直译和意译双管齐下,两者兼施,才能兼顾到译文的表层结构和原文的深层意思。奈达认为,译文读者对译文的反应如能与原文读者对原文的反应基本一致,翻译就可以说是成功的,套译无疑是帮助译者走向成功的一条捷径。

(3) 套译

套译,就是指在翻译时,既不采用音译,也不采用意译,而采取折中的方法,用目的语文字中原本已有的说法加以套用。套译是一种可遇不可求的翻译方法,前提是目的语中可以找出对等的用法。人类的思维方式、认知能力、生活习惯等或多或少都存在一定的共性,因而会形成文化共核和文化重合的现象。汉语和英语中存在许多修辞相同、意境相同的俗语,在这种情况下,采用套译的方法是最佳选择。

《丹客半黍九还　富翁千金一笑》篇中出现"物聚于所好",《神偷寄兴一枝梅　侠盗惯行三昧戏》篇中出现"性之所近"。物聚于所好,出自宋欧阳修《自序》，指珍物往往聚于喜好者之手。常用来比喻趣味相投的人总是自然而然地聚在一起，含有贬义。"性之所近"的含义与"物聚于所好"相似。英文中有一个类似的说法，即"Birds of a feather flock together"（物以类聚），译者均采用这一有相同含义的地道的英文俗语来翻译原文，译文自然流畅，译者阅读起来丝毫不费力气就能理解其中含义。

此外，在处理"万事分已定，浮生空自忙"（《转运汉巧遇洞庭红　波斯胡指破鼍龙壳》）、"事不三思，终有后悔"（《金玉奴棒打薄情郎》）、"一举两得"（《金玉奴棒打薄情郎》）、"遭际御前"（《崔待诏生死冤家》）等信息时，译者同样采用了套译的方法。

"万事分已定，浮生空自忙"，意思是世间一切事情前生就已注定，即使谋算再好也徒劳无益。表明古人相信天，相信神，不相信自己的宿命论思想。英文里有类似的表达法，即"Man proposes, God disposes"（男人负责求婚，上帝负责分配）。英汉两组俗语的内在含义十分相似，都包含"谋事在人，成事在天"的宿命论思想。杨宪益、戴乃迭在套用英语俗语结构的同时，保留了"听天由命"的文化意象，译为"Man proposes, Fate disposes"，既遵循了忠实原则，又让目的语读者感受到译文地道易懂。

"事不三思，终有后悔"，指办事情、处理问题，如不反复思考，最终会懊悔。"三思"，语出《论语·公冶长》："季文子三思而后行。"英文中有"Marry in haste, and repent at leisure"（草率结婚后悔多），两者有共同的含义：做重大决定时，如果不经过慎重考虑，过后总有后悔的时候。译者套用了英文的用法：Marry in haste, repent too late。

"一举两得"，出自《晋书·束皙传》："赐其十年炎复，以慰重迁之情，一举两得，外实内宽。"意为做一件事情得到两方面的好处。译者套用了英文中对等的说法，即"killing two birds with one stone"进行翻译。

"遭际御前"，指恰逢时机，受到皇帝的赏识。"Be in sb's good

books"的意思是"得宠于某人,得到某人的欢心",源自 in one's black books(名字在某人的黑手册上)。据说,从前伦敦大学训导长有一本黑手册,专门记录品行恶劣学生的名字,手册上有名字的学生,一概不会获得学位。所以,人们后来就用 in one's black books 表示"不受某人的器重,不讨某人的喜欢,失去某人的宠爱",译者套用了这一英语成语,将"遭际御前"翻译成"in the emperor's good books",既完整地传达了原文的含义,又让译文读者感到熟悉和容易接受。

在翻译中,既有直译存在的可能性,也有意译存在的必要性,我们必须根据实际情况来运用直译或意译。直译与意译是相互协调、互相渗透的,它们互为补充、不可分割,二者是相互依存、密切联系的。在翻译时,用英文中已有的俗语或谚语来表达汉语的俗语谚语,既能传神、准确表达原文含义,又能使译文更具民族特色。杨宪益、戴乃迭在翻译《宋明评话选》中的俗语谚语时,灵活采用直译、意译和套译三种方法,尽可能原汁原味地将中华民族的传统文化传播到英语世界,努力使中国典籍易于被西方读者接受。

4.3.2.3 历史典故

历史典故折射着一个民族的发展历史,凝结着古代人民的聪明智慧,是传统文化的瑰宝。译者在翻译时,如何将一个民族的文化瑰宝在另一个文化领域中展现出来,并非易事。杨宪益、戴乃迭在翻译《宋明评话选》时采用不同的翻译技巧,成功传达了源远流长的中华传统文化的魅力。

(1) 直译

例 31.《崔待诏生死冤家》中:

从顺昌大战之后,闲在家中,寄居湖南潭州湘潭县。
After the battle of Shunchang in 1140, General Liu had retired

to live in Xiangtan County in Tanzhou.

"顺昌大战"也称"顺昌之战",或"顺昌之役"。顺昌,即今安徽阜阳。顺昌之战是南宋初抗金重要战役之一,由著名抗金将领刘锜指挥,是历史上一次著名的以少胜多的城邑防御战。译者采用了直译的方法,将"顺昌大战"译为 the battle of Shunchang,补充增加了"顺昌大战"所发生的年代 in 1140。

例 32.《卢太学诗酒傲王侯》篇中:

又想到:"不可,不可!昔日成汤、文王,有夏台羑里之囚;孙膑、马迁,有刖足腐刑之辱。这几个都是圣贤,尚忍辱待时,我卢楠岂可短见!"

"King Tang of the Shang Dynasty and King Wen of the Zhou Dynasty suffered imprisonment," he reflected, "while Sun Bin and Sima Qian endured the indignity of mutilation. Yet these ancient sages bore the humiliation and bided their time. Why should I kill myself?"

成汤,即商汤,据传说,他曾被夏桀囚在夏台。文王,即周文王,曾被商纣囚在羑里。孙膑,战国时期的军事家,庞涓嫉妒他的才能,使计陷害,把他的脚砍掉,致其身体残疾。马迁,即司马迁,西汉时期的史学家和文学家,因替李陵败降之事辩解而受宫刑。

(2) 直译加注

例 33.《钱秀才错占凤凰俦》篇中:

男子汉须比不得妇人,只是出得人前罢了。一定要选个陈平、潘安不成？

Men are not like women in this respect—it's enough if a man is presentable—why should Mr. Gao want a second Pan An?

潘安,晋代著名文学家,名潘岳,字安仁,人称潘安、潘郎。他少年时即以才华享誉乡里,十二岁能文能诗,被乡里称为奇童。潘安外出时被女子追慕,向其车中投掷果品。南朝宋刘义庆《世说新语·容止》中说:"潘岳妙有姿容,好神情。"意思是,潘安有美好的容貌和优雅的神态风度。译者直接音译潘安,并加了注释:An ancient scholar celebrated for his good looks(因相貌出众而名垂后世的古代学者)。对于另一位历史人物陈平,译者选择忽略不译。陈平也是一位美男子,是汉朝初期一位重要谋士,为刘邦建立汉朝立下汗马功劳,是西汉王朝的开国功臣之一。原文中的两个名字,都是历史上的著名的人物,而潘安知名度更高,其美好的容貌和优雅的神态风度是古代男子的"颜值担当",译者选择直译加注的方式,重点译出潘安这一人物形象,形象地传达了高公择婿的相貌标准。同时,通过加注,充满好奇心的读者对潘安这一历史人物以及他所承载的深层含义也有了更多的了解。

例34.《刘小官雌雄兄弟》篇中:

……怪道他恁般娇弱,语音纤丽,夜间睡卧,不脱内衣,连袜子也不肯去,酷暑中还穿着两层衣服。原来他却学木兰所为!

No wonder she looks so delicate and has such a gentle voice. That must be why she won't take off her underclothes at night, not even her socks; and even in the hottest part of the summer she always wears two layers of clothes. Apparently she has been imitating Mulan of old.

"木兰",即花木兰,中国古代传说中的四大巾帼英雄之一,是中国南北朝时期传说色彩极浓的一个人物,千百年来,她一直是受中国人尊敬的一位女性。译者在翻译时,直接音译了木兰的名字,并加了一个修饰语 of old (古时的),即使读者不愿意费力去翻阅注释了解更多的信息,也能从译文中了解到,木兰是古时候的人物。译者采用了直译加注的方式:Mulan is a popular heroine. To save her father from serving as a conscript, she dressed as a man and joined the army in his stead (木兰是一位家喻户晓的巾帼英雄,为使其父免受兵役之苦,她女扮男装代父出征)。

例35.《杜十娘怒沉百宝箱》篇中:

自从那李甲在此,混账一年有余,莫说新客,连旧主顾都断了,分明接了个<u>钟馗老</u>,连小鬼也没得上门。

But not that this dratted Li Jia has been hanging around for more than a year, it's no use talking about new clients—even the old ones have stopped coming. We seem to have got hold of a <u>Zhong Kui who keeps out devils</u>, because not a soul will come near us.

据道教史、民俗学方面专家学者考证,钟馗为唐初雍州终南县人,是中国著名的民间神之一,后来被道教纳入神仙体系。他的主要职能是捉鬼,是世界华人心目中的"镇宅赐福圣君"。故事中,鸨儿杜妈妈见从李甲身上已是无利可图,于是翻脸不认人,对他和杜十娘二人恶语相向,将李甲比作人鬼俱怕的钟馗,阻碍了顾客上门。译者在翻译时,除了将钟馗的名字直接音译外,还补充了一个信息 who keeps out devils,基本上表明了钟馗的身份。此外,译者还加了一个注释:According to Chinese mythology, Zhong Kui was a chaser of ghosts,这个注释内容很简单,让读者一目了然。值得一提的是,在正文中,译者选用了 devil(尤指基督教中的魔鬼)一词,而在注释中,译者又回归到中国传统,选用 ghost 表示鬼魂,更好地传达了原文含义。

遇到原文不太容易明白的措辞或者专有名词时,为了让读者更容易理解,"一般译者都加注"①。但是过多加注不仅可能会破坏读者阅读的连贯性,更有甚者,可能会令读者放弃阅读,这就要求在不得已需要加注的时候必须注意译注的数量和密度。

(3) 意译

例 36.《卖油郎独占花魁》篇中:

> 吴八公子见了,放下面皮,气忿忿的像关云长单刀赴会,一把交椅,朝外而坐,狠仆侍立于旁。
>
> But instead of relenting, Wu nearly burst with rage. Fierce as the God of War, he jerked his chair round to face the shore, sat down with his bullies ranged beside him.

"单刀赴会",出自《三国志·吴书·鲁肃传》:"肃邀羽相见,各驻兵马百步上,但请将军单刀赴会。"原指关羽只带一口刀和少数随从赴荆州宴会,后泛指一个人冒险赴约,有赞扬赴会者的智略和胆识之意。译者将这个历史典故意译为 the God of War。

例 37.《卖油郎独占花魁》篇中:

> 常言道:"妓爱俏,妈爱钞。"所以子弟行中,有了潘安般貌,邓通

---

① 萧伯纳.《卖花女》选评[M]. 杨宪益,译. 北京:中国对外翻译出版公司,2004:149.

般钱,自然上和下睦,做得烟花寨内的大王,鸳鸯会上的主盟。

"The singsong girl likes good looks and the bawd likes money," says the proverb. So <u>a handsome and wealthy young man</u> should find both women agreeable and be able to reign supreme in the courtesans' quarter, coming off victorious in all amorous encounters.

邓通,蜀郡南安人,汉文帝男宠,凭借与汉文帝的亲密关系,依靠当时铸钱业,广开铜矿,富甲天下。译者用 handsome 和 wealthy 两个词将潘安和邓通两个人最具代表性的特点表达出来。

例38.《钱秀才错占凤凰俦》篇中:

但有一二分才貌的,那一个不挨风缉缝,央媒说合。说时夸奖得<u>潘安般貌,子建般才</u>。

The result was that every young man with the least pretension to talent or good looks tried his luck and asked a go-between to present his case <u>as favourably as possible</u>.

"潘安般貌,子建般才",出自唐房玄龄等《晋书·潘岳传》卷五十五,意思是,长相犹如美男子潘安,学问好似大才子曹植。意指男子英俊潇洒,聪明有文才。前文已经详细介绍过潘安,这里不再赘述。子建,即三国时魏国人曹植,字子建,颇有文学才华。南朝文人谢灵运曾说:"天下才有一石,曹子建独占八斗,我得一斗,天下共分一斗。"译者将"潘安般貌,子健般才"译为 as favourably as possible,取其喻意。

(4) 省译

省译与增译相对应,即删去不符合目标语思维习惯、语言习惯和表达方式的词,以避免译文累赘。

例 39.《转运汉巧遇洞庭红　波斯胡指破鼍龙壳》篇中:

只见满街上筐篮内盛着卖的:
红如喷火,巨若悬星。皮未皱,尚有余酸,霜未降,不可多得。元殊<u>苏井诸家树</u>,亦非<u>李氏千头奴</u>。较广似曰难兄,比福亦云具体。

Red as flames that blaze afar,
Bright as newly risen star;
Ere the frost how few you find:
Juice yet tart, unwrinkled rind.
Better far than <u>Farmer Li's</u>;
<u>Su</u> has none as fine as these;
Good as fruit from warm Swatow,
Famed Fuzhou they rival now!

"苏井诸家树",据《神仙传》记载,汉朝苏耽凿井种树,用此井水服橘叶,医好了无数男女老少的瘟疫病。"李氏千头奴",据《襄阳耆旧传》记载,三国时吴国丹阳太守李衡,暗中派人种橘树千株,称为"千头木奴",临终才作为遗产告诉儿子。译者直接用 Su 和 Farmer Li's 翻译这两个历史典故。这样做当然可能在一定程度上造成对原文内容的削减,但并不会对原文理解产生重大不利影响,反而能够让译本读起来更流畅。

(5) 脱译

脱译,即"跳脱不译"之意。[①] 与省译和漏译不同(前者指简译,后者

---

① 蒋骁华,姜苏.以读者为中心:"杨译"风格的另一面:以杨译《宋明平话选》为例[J].外国语言文学,2007(3):188-197.

指因疏忽而忘译),脱译指译者有意识地选择不译。

例 40.《沈小霞相会出师表》篇中:

……我想严嵩父子之恶,神人怨怒,只因朝廷宠信甚固。我官卑职小,言而无益,欲待觑个机会,方才下手。如今等不及了,<u>只当作张子房在博浪沙中椎击秦始皇,虽然击他不中,也好与众人做个榜样</u>。

译文:… Their crimes are hated by both gods and men; but they are high favourites at court, and my position is too low for my words to carry any weight. I meant to look for a suitable occasion to denounce them, but now I cannot wait…

张良,字子房,出身于贵族世家,秦末汉初杰出的谋士、大臣,与韩信、萧何并称为"汉初三杰"。公元前 218 年,秦始皇东巡,张良得知后指挥大力士埋伏在到阳武县的必经之地——古博浪沙,刺杀秦始皇未遂,古博浪沙张良刺秦从此闻名遐迩。译者在这里将这段典故跳脱不译,并加上省略号。

例 41.《崔待诏生死冤家》篇中:

初如萤火,次若灯光,千条蜡烛焰难当,万座糁盆敌不住。<u>六丁神推到宝天炉</u>,<u>八力士放起焚山火</u>。骊山会上,料应<u>褒姒</u>逞娇容;赤壁矶头,想是<u>周郎</u>施妙策。<u>五神通牵住火葫芦</u>,<u>宋无忌赶番赤骡子</u>。又不曾泻烛烧油,直恁的烟飞火猛。

First smouldering like glowworm's light,
It soon flared up like torches bright,
Outshone a thousand candles' glare

And made a blaze that filled the air,

As if whole mountains had been burned,

Or Heaven's furnace overturned!

"糁盆",旧时除夕日祭祖送神时焚烧松柴的火盆。"六丁神",据《老君六甲符图》载六丁神名:丁卯神司马卿、丁丑神赵子任、丁亥神张文通、丁酉神臧文公、丁未神石叔通、丁巳神崔石卿。"褒姒",西周幽王的宠妃,第二任王后。"周郎",指周瑜,三国名将。"五通神",又称"五猖神""五郎神",旧时江南民间供奉的邪神,是中国古代民间传说中横行乡野、淫人妻女的妖鬼。"宋无忌",灶君之祀,源于上古时代人类对火的崇拜,明清以来,成为备受人们喜爱和崇拜的家神。这段文字中典故众多,译者并没有将其译出,原因是这些典故负载丰富的文化信息,如果全部翻译出来,为译文读者所难解,而且这些渲染气氛的字句有些啰唆,对情节发展也有阻碍,因而脱译是明智的选择。

例42.《卢太学诗酒傲王侯》篇中:

陆公道:"知县但知奉法,不知避嫌。但知问其枉不枉,不知问其富不富。若是不枉,夷齐亦无生理。若是枉,陶朱亦无死法。"

"I care only about enforcing the law," replied the magistrate, "not about gossip. All I ask is whether a man is innocent or guilty, not whether he is rich or poor."

夷齐,指伯夷和叔齐,商末孤竹君的两个儿子。夷齐让国,不食周粟,最后饿死在首阳山,在中国和周边国家产生了广泛的影响。陶朱公即范蠡,春秋时期越国著名的政治家、军事家、经济学家和道家学者,经商成巨富,后泛指大富者。夷齐在这里指德行高尚的人,陶朱指有钱的人。译者没有译出这两个典故。

例43.《钱秀才错占凤凰俦》篇中:

> 大尹呵呵大笑道:"自古以来,只有一个<u>柳下惠</u>坐怀不乱。那<u>鲁男子</u>既自知不及,风雪之中,就不肯放妇人进门了……"

柳下惠,春秋时鲁国人,被认为是遵守中国传统道德的典范,他"坐怀不乱"的故事中国历代广为传颂。相传他在一个破庙里避雨时,曾用自己的身体偎暖了一个被冻到的女子。柳下惠怀抱女子,闭目塞听,纹丝不动。鲁男子,春秋时鲁国人颜叔子,传说他洁身自好,不贪恋女色,有"坐怀不乱"之誉。一天夜晚大风雨,邻家寡妇的房屋坏了,想到他家避雨,他为了避嫌疑,拒绝了那个寡妇。后人称拒近女色的人为"鲁男子"。这段文字为大尹接下来的话做铺垫,他先是列举了具有高贵人格的柳下惠和鲁男子的事迹,接着质问钱青与高赞之女三夜同床,是否相犯之实情。译者跳过包含两个典故的这段文字,并未翻译。

黄友义认为,"翻译的第一目标就是要有效沟通,让外国人了解我们,能保留中国特色当然重要,但是如果外国人不理解,我们可以考虑变通的办法"[①]。原文中的很多历史典故,负载了丰富的文化信息,外国人根本无从了解,这种情况下,一味想保留中国传统文化和语言特色,实在难以达到交流的目的。杨宪益、戴乃迭以实现跨文化交流为目标,运用多种方法灵活翻译。杨宪益曾说过:"翻译讲究信、达、雅。所谓'信',就是不能和原文走得太远。如外国人觉得玫瑰很了不起,而中国人觉得牡丹是最好的,把玫瑰翻译成牡丹,这就只做到了'达',忽略了'信'。最好

---

① 鲍晓英.中国文化"走出去"之译介模式探索:中国外文局副局长兼总编辑黄友义访谈录[J].中国翻译,2013(5):62-65.

的翻译,不仅要重视原文,注解也越少越好,让读者在阅读的快感中享受、回味。"①

4.3.2.4 地名

《宋明评话选》故事中出现很多地名,基本上每个故事都涉及一个或多个地名,大到一个国家的名称,如《转运汉巧遇洞庭红 波斯胡指破鼍龙壳》篇中:

> 船中人多上岸,打一看,元来是来过的所在,名曰<u>吉零国</u>。
>
> Then most of the crew and passengers went ashore, and discovered that this was <u>the land of Killah</u>, where some of them had been before.

吉零国,疑为斯里兰卡和缅甸之间,也就是今天的孟加拉湾。译者将其音译为 Killah,并在书后加注:According to Chinese and Arab accounts, Killah or Kalah was an important trading post in the Middle Ages; but whether it lay in southern India or the Malay Archipelago we do not know(据中国与阿拉伯史料记载,吉零国是中世纪的一个重要商站,但不知道它是位于印度南部还是马来群岛)。这是全书仅有的 18 个注释之一,也是唯一的地名注释,说明译者对这个吉零国十分重视。《宋明评话选》中的故事非常生活化,因此也出现了一些很小的地名,如《小夫人金钱赠年少》篇中的东京汴州开封府界身子里(Kaifeng, the eastern capital)。"里"指街坊,古代五家为邻,五邻为里,可见"身子里"是一个很小的地名,小到被译者直接忽略不译。

---

① 郑鲁南主编. 一本书和一个世界:第二集[M]. 北京:昆仑出版社,2008:2.

对于《宋明评话选》中地名的处理,杨宪益、戴乃迭遵循自己的原则,主要采用音译和意译两种方法进行翻译。

(1) 音译

地名音译的具体做法是:

a. 如果该地名一直沿用至今,和现如今的名称一致,译者一般直接采用音译法,如:

例44.《崔待诏生死冤家》篇中:

绍兴年间,行在有个关西延州延安府人。本身是三镇节度使咸安郡王。

During the Shao Xing period (1131 - 1162) there lived in Hangzhou, the southern capital, a certain Prince of Xian'an, who was a native of Yan'an and the military governor of three garrison areas.

例44中包含三个地名:第一个是行在,也称行在所,是指天子所在地方,当时建都临安,也就是今天的杭州,译者直接译为 Hangzhou;第二个是延安府,今天的陕西省延安市,译者直接译为 Yan'an;第三个是咸安,今称咸安区,隶属于湖北省咸宁市,译者也直接译成 Xian'an。

此外,译者将"浙江绍兴"译为 Shaoxing in Zhejiang Province,将"润州""苏常嘉湖"也直接音译出来。

b. 如果该地名只在古时使用,今天已经改为其他名称,译者大都直接翻译成现在的地名。

例45.《灌园叟晚逢仙女》篇中:

就在大宋仁宗年间,江南平江府东门外长乐村中。

The answer is: during the reign of Emperor Ren Zong (1023 - 1063), in Changle Village, outside the East Gate of Suzhou.

北宋政和三年(1113)江苏苏州升为平江府。译者将"平江府"译为 Suzhou。此外,译者将"宋朝汴京"译为 Kaifeng, the capital of the Northern Song Dynasty;将"东京汴州开封府"译为 Kaifeng;将"粤西"译为 Guangxi,因为古时,广东、广西为百粤地,合称两粤,因广东、广西各处百粤之东西两部,故广西被称为粤西;将"中州"译成 Henan Province,因为中州,又名中土,中原,是黄河中下游河南的古称,意为国之中,华夏之中;将"武林"译成 Hangzhou,武林是旧时杭州的别称,以武林山得名。

c. 还有一种特殊情况,就是该地名只在古时使用,现已改为其他名称,但译者选择保留其古名进行音译。

例如:潭州,是隋朝至明朝时期州治或府治长沙的古称。建康府,原名金陵,是南京的古称。临淄,指今山东省淄博市。长安,是西安的古称。译者仍保留其古名,分别将其音译为 Tanzhou,Jiankang,Linzi 和 Changan。

(2) 意译

对于有些地名,译者采用了意译的方法处理,例如:"枣槊巷"(枣槊的意思是用枣木做杆的长矛),英文中的 lance 是长矛的意思,lancer 是"长矛轻骑兵",这里译者将枣槊巷意译为 Lancers Lane。此外,译者将"小水湾"译为 Little Bay。

4.3.2.5 人名

中国人注重姓氏,以姓氏为自己的根基和归属;中国人也注重名字,因为名字才是自我的存在。[1] 作为一种文化符号,姓氏包含着非常丰富

---

[1] 程裕祯. 中国文化要略[M]. 北京:外语教学与研究出版社,1998:57.

的内涵。在中国的封建社会,姓氏不但标致着一个人的血统,也标致着一个人的门第和地位。自古以来,中国人很讲究命名,而且命名的方式与所处时代的社会生活密切相关。古代中国人不但有"名",而且有"字","字"由"名"演化而来。古人在"名""字"之外还有"号",这是中国文化中的一个独特现象。古人为了表示自己的某种理念和追求,往往要取一个或几个"号"。取"号"的方式皆由文人士大夫的性情、爱好及其居处环境而定。古代中国人注重礼仪,因此称名称字大有讲究,在多数情况下,直呼其名是很不礼貌的。由于受民族、语言、文字、宗教信仰等因素的影响,西方国家的姓名制度与中国有很大差异。《红楼梦》西班牙语版译者赵振江回忆道:"说起人名的翻译,这是我碰到的第一个棘手的问题。最初,有人主张按照法译本的做法,用意译的形式。这样做的好处是许多语义双关的问题容易解决,外国人也好读好记。但这种译法也有缺点,一是使人不知道人物姓名的真正发音,二是使人觉得中国人的名字有些滑稽……经过反复讨论,我们决定采用汉语拼音加注释的方案。这样做也有一个问题,就是外国人不掌握汉语拼音的发音规则,即便附上汉语拼音和国际音标的对照表,他们往往仍按自己的语音规则去读,其结果是与汉语发音相距甚远……"[1]姓名符号是文化的载体,文化也给姓名符号打下深刻的烙印。通过翻译把《宋明评话选》介绍到西方国家的文化当中,最大的困难来自对文化信息的理解和传达。同样的困难也体现在翻译小说中的人名、字、号时对其中蕴含的文化信息的理解和传达上。

"《红楼梦》翻译了好多年,……就是小说人物太多了,我也没有觉得有什么难的。人物名字太多,有的名字我就翻译意思,有的我只翻译读

---

[1] 赵振江. 西文版《红楼梦》问世的前前后后[J]. 红楼梦学刊,1990(3):323-328.

音。"①根据杨宪益关于《红楼梦》人物名字翻译的观点和处理方法,我们不难理解为什么在《宋明评话选》英译本中,有的人名用音译,有的用意译。音译的有《崔待诏生死冤家》中的璩秀秀(Xiuxiu),《金玉奴棒打薄情郎》中的金玉奴(Yunu),《沈小霞相会出师表》中的闻淑女(Shunü),《宋小官团圆破毡笠》中的刘宜春(Yichun),《杜十娘怒沉百宝箱》中的谢月朗(Yuelang)和徐素素(Susu),《卖油郎独占花魁》中的莘瑶琴(Yaoqin),《钱秀才错占凤凰俦》中的高秋芳(Qiufang),《钱多处白丁横带　运退时刺史当艄》中的王赛儿(Wang Saier)等。意译的例子也不少,分别是《卖油郎独占花魁》中的兰花(Orchid),《杜十娘怒沉百宝箱》中的杜十娘(Decima),《丹客半黍九还　富翁千金一笑》中的春云(Spring Cloud)和秋月(Autumn Moon),《金玉奴棒打薄情郎中》中的金癞子(Scabby)等。

(1) 主要人物的姓、名、字、号

受社会、历史、文化因素的影响,姓名不仅是一种单纯的语言符号,也是一种文化符号和社会符号。姓名符号是文化的载体,不同文化有不同的命名系统。中国人的名字非常复杂。初生的婴儿有乳名,也称小名、昵称;稍大之后要取正式名,也叫大名、学名或官名;成年之后又要取字,又叫表字。根据《礼记·檀弓》上的说法,古时人成年后,受到社会的尊重,同辈人直呼其名显得不恭,于是需要为自己取一个字,用来在社会上与别人交往时使用,以示相互尊重。因此,古人在成年以后,名只供长辈和自己称呼,自称其名表示谦逊,而字才是用来供社会上的人称呼的。古人的号如同他们的字,英文中没有对应说法,因此在翻译时,杨宪益、戴乃迭考虑到译文读者的理解和接受,多将故事中人物的字和号尽量回

---

① 杨宪益. 杨宪益对话集:从《离骚》开始,翻译整个中国[M]. 文明国,编. 北京:人民日报出版社,2011:85.

避,略去不译。例如:

例46.《十五贯戏言成巧祸》篇中:

却说故宋朝中,有一个少年举子,<u>姓魏名鹏举</u>,<u>字冲霄</u>,年方一十八岁,娶得一个如花似玉的浑家。

During the Yuan Feng period (1078 - 1085) there lived a young scholar <u>named Wei Pengju</u>. He was eighteen and had been married to a very lovely girl.

古时,人们为了尊重别人,一般不直呼其名,甚至不称其字,而称其别号。翻译时,与人物的姓名和字的处理方法相同,译者将原文中出现的"号"也省去不译。下文中,钱青冒充表兄颜俊去高家求亲,高翁相见甚喜,主动问其表字。因此,有了下面的对话:

例47.《钱秀才错占凤凰俦》篇中:

钱青道:"年幼无表。"尤辰代言:"舍亲<u>表字伯雅。伯仲之伯,雅俗之雅</u>。"高赞道:"尊名尊字,俱称其实。"

"His second name is <u>Boya (Elder Refinement)</u>," put in You. "Aptly chosen! Aptly chosen!" declared Gao warmly.

这里因为高赞特别问起颜俊的表字,所以译者采用音译的方法如实译出,表字译为 second name,伯雅音译为 Boya,关于原文中对伯雅二字的解释,"伯仲之伯,雅俗之雅",译者在括号内对这两个字深层含义进行补充:Boya(Elder Refinement)。根据《说文·人部》:"伯,长也。""仲,中也。""伯"是排行老大,"仲"是老二。古时,如果一家有兄弟数人,在给他们起名字的时候,有意用上"伯、仲、叔、季"等字,以示长幼有序。这种习惯做法,在我国至少已有两千年以上的历史。因此,译者将"伯"字译为elder。根据《白虎通·礼乐》,雅者,古正也。"雅"的意思是文雅,译者将其译为refinement。将"伯"和"雅"分别译为elder和refinement,如实传达了两个字所承载的内涵。

例48.《滕大尹鬼断家私》篇中:

老子见他伶俐,又忒会顽耍,要送他馆中上学。取个<u>学名,哥哥叫善继,他就叫善述</u>。

Since he was clever and lively, his father decided to choose a schoolname for him and let him start his education; and because his elder brother was named <u>Shanji (Virtue Maintained) the prefect called him Shanshu (Virtue Manifested)</u>.

倪太守给小儿子取名字时,因为哥哥叫善继,因此弟弟的名字里也用了一个"善"字,译者采用了音译加括号注释的方法,帮助译文读者理解两兄弟名字之间的联系。

例49.《滕大尹鬼断家私》篇中:

这日正是九月九日,<u>乳名取做重阳儿</u>。

Since this happened to be the ninth day of the ninth month, the boy <u>was given the milk name of Chongyang</u>。

乳名,又称小名,孩子出生后在哺乳时期,父母给孩子起的昵称,与学名不同,并不正式,意思简单,朗朗上口,叫着亲切,听着悦耳。译者将乳名翻译成milk name,并加了注释:Chinese children were often given pet names or "milk names" when very small(中国人在孩子很小的时候常常给他们取昵称或者乳名)。

例 50.《宋小官团圆破毡笠》篇中:

原来苏州风俗,不论大家、小家,都有个<u>外号</u>,彼此相称。<u>玉峰就是宋敦的外号</u>。

It was the custom in Suzhou, regardless of social status, for friends to call each other by their <u>second name; and Song Dun's second name was Yufeng.</u>

中国自古以来就是礼仪之邦,古人尤其重视礼仪,所以名、字的称呼十分讲究。在人际交往中,名一般用作谦称、卑称,或上对下、长对少的称呼。平辈之间,只有在很熟悉的情况下才相互称名,在多数情况下,提到对方或别人直呼其名,被认为是一种不礼貌的行为。平辈之间,相互称字,则认为是有礼貌的表现。除了名和字之外,古人还有名和字以外的称呼,即"号"。

(2) 次要人物的姓名

《宋明评话选》中除了主要人物以外,还有一系列次要人物,译者一般将罗列在一起的次要人物姓名一笔带过。

例 51.《简帖僧巧骗皇甫妻》篇中:

(皇甫殿直)走去转湾巷口,叫将四个人来,是本地方所由,如今叫作"连手",又叫作"巡军"。<u>张千、李万、董超、薛霸</u>四人。

(He)hurried to the corner to fetch <u>four local police sergeants</u>.

例 52.《小水湾天狐诒书》篇中:

后来杨宝生子<u>震</u>,明帝朝为太尉;<u>震子秉</u>,和帝朝为太尉;<u>秉子赐</u>,安帝朝为司徒;<u>赐子彪</u>,灵帝朝为司徒。果然世世三公,德业相继。

And later <u>Yang Bao's descendants</u> did indeed distinguish themselves in each successive generation.

例51和例52中提到的这些人物虽是因为故事情节发展需要,但其存在价值并不大,他们的存在也如流星般一闪即逝,译者在翻译时,根据这些人物的共性,一言概之。例如,将"张千、李万、董超、薛霸四人"译为 four local police sergeants,将"杨宝生子震,明帝朝为太尉;震子秉,和帝朝为太尉;秉子赐,安帝朝为司徒;赐子彪,灵帝朝为司徒"译为 Yang Bao's descendants。此外,译者还将《钱多处白丁横带　运退时刺史当艄》篇中"陈娇、黎玉、张小小、郑翩翩"译为 a great deal of other girls,将《钱秀才错占凤凰俦》篇中的"范蠡、张翰、陆龟蒙"译为 the three men,如此处理之后,既不影响故事情节的顺利发展,也不影响译文读者的理解和接受,避免了大量文化信息可能造成的阅读困难。

(3)绰号、别名

绰号也叫外号、诨号,是在人的本名之外,他人根据其特征为之另取的名号。绰号包含丰富的情感色彩,有亲昵、厌恶或玩笑的意味。

例53.《神偷寄兴一枝梅　侠盗惯行三昧戏》篇中:

一时偷儿中高手,有<u>芦苴苴</u>(骨瘦如青芦枝,探丸白打最胜)、<u>刺毛鹰</u>(见人辄隐伏,形如蛋范,能宿梁壁上)、<u>白搭膊</u>(以素练为腰缠,角上挂大铁钩,以钩向上抛掷,遇挂,便攀缘腰缠上升,欲下亦借钩力,梯其腰缠,翩然而落)。这数个多是吴中高手,见了懒龙手段,尽皆心伏,自以为不及。

In those days there were several clever thieves, but as soon as they say Lazy Dragon's dexterity they knew that they were outclassed.

故事的作者凌濛初借助对这些不知其真名,只闻其绰号的小人物有别于常人的一些伎俩的描写,来衬托懒龙技艺之高超,而译者选择将这部分内容避开不译,不仅为译文读者节省了时间和精力,也不影响故事的发展。

例 54.《卖油郎独占花魁》篇中:

弄出天大的名声出来,不叫他美娘,叫他做<u>花魁娘子</u>。
So she grew famous, and became known as <u>The Flower Queen</u>.

魁的意思是为首的人或事物,花魁,即百花之首,娘子是古时人们对年轻女子的称呼。花魁娘子是西湖子弟用来称呼集美貌和才艺于一身的青楼女子莘瑶琴的。杨宪益、戴乃迭将其译为 The Flower Queen,既能让读者联想到她如花似玉的容貌,又能体现当时她人中龙凤、众人艳羡的身份。

此外,故事中的"倒运汉"(unlucky man)、"张识货"(Canny Zhang)、"张多宝"(Moneybags Zhang)等是人们因为这些人的切身经历或性格特征给他们取的诨名。杨宪益、戴乃迭主要采用意译的方法,如实传达,让译文读者很容易理解其中的含义。

(4) 外国人名

《宋明评话选》中出现的外国人名极少,译者在翻译外国人名时十分重视:

例 55.《转运汉巧遇洞庭红　波斯胡指破鼍龙壳》篇中：

<u>姓个古怪姓，是玛瑙的"玛"字，叫名玛宝哈。</u>
<u>This Persian's surname was Ma, and his personal name Baoha.</u>

除了音译出玛宝哈这个名字之外，译者还专门为这个名字加了注：Ma, the abbreviation for Mohammed, was the surname given to most foreigners from Islamic countries. Baoha might be a transliteration of some name like Abu Hassan or Abu Hamid（Ma 是 Mohammed，中译名为穆罕默德的缩写，穆罕默德是伊斯兰国家十分常见的姓氏，宝哈可能是从 Abu Hassan 或者 Abu Hamid 音译过来的。——笔者译）。《宋明评话选》中涉及的外国人名少之又少，译者采用音译加注的方式，做到了传神达意，让译文读者明白了原文所要表达的意思。

（5）人名翻译失误

杨宪益曾说过："我们的翻译很快，那时是大跃进时期，什么都要快，最快的时候，翻译鲁迅的《中国小说史略》，要求越快越好，结果我们一个礼拜就译完了。无所谓质量，就是要快。"①大概是因为追求速度的原因，《宋明评话选》中出现了少量明显的错误，大都集中在人物姓名的发音上，例如，"杜媺"；"莘善"；"钦大郎"。杨宪益、戴乃迭的译文分别把三个人物的姓或名中的字标错读音，"媺"字应读作 Měi，而不是 Wěi；"莘"字应读作 Shēn，而非 Xīn；"钦"字应读作 Qīn，不是 Qīng。杨宪益不止一次描述他们夫妇二人合作翻译的情形：所有的翻译都是二人合作，杨先生拿着书直接口译，杨夫人飞快地打着字，然后再修改。一般情况下，像杨

---

① 杨宪益. 杨宪益对话集：从《离骚》开始，翻译整个中国[M]. 文明国，编. 北京：人民日报出版社，2011：71.

宪益那样学识渊博的大家不可能犯这样明显的错误,这正体现出他们的翻译受到时间的限制,来不及仔细思考和斟酌。

汉字以其生动形象的造字方法承载着丰富的历史文化信息,体现了中国人特有的审美观念和思维方式。名、字、号作为一种古老的习俗,反映了特定的文化和心理,名字对一个人的重要性不言而喻。文学作品中的人物姓名除了具有指称作用之外,还承载着作者对人物形象刻画、故事情节安排和作品主题渲染的良苦用心。要恰当地翻译好人名,减少译文读者的阅读障碍,并非易事。因此,翻译文学作品中的人名时应谨慎处理,采用灵活的翻译策略和方法,向译文读者传达人物姓名所承载的文化内涵和文学功能。

4.3.2.6 称谓

根据《汉英称谓词典》[①],"称谓"是一个团体、单位或个人的身份名片,是立身社会的标码,更是打开交际之门的钥匙。该词典界定的"称谓"包括两大维度:一是各行各业所涉及的单位、机构名称及其下属部门的名称;二是个人的身份、职业、职称以及相互人际关系等方面的称谓。本研究主要以后者为讨论对象。

本研究中的称谓语是人们由于亲属和别的方面的相互关系,以及由于身份、职业等而得来的名称,如父亲、师傅、支书等。[②] 称谓语既是一种语言现象,也是一种文化现象,它反映了一个民族的社会生活、文化传统和民族心理等特征。汉语早在先秦时期就异常发达,其称谓用语也由来已久,称谓词在汉语词汇史上占据了重要地位。作为一种依附于语言的特殊语言,称谓语浸透了民族的文化,在各民族的日常交往中起着极其重要的作用。中西文化大相径庭,其称谓习俗也千差万别。品读《宋明

---

① 朱健成. 汉英称谓词典[Z]. 广州:世界图书出版公司,2007:前言.
② 中国社会科学院语言研究所词典编辑室. 现代汉语词典(2002增补本)[Z]. 北京:商务印书馆,2002:157.

评话选》的读者会发现,各种人物在不同的场合,对不同的对象,为着不同的目的,使用的称谓语也不尽相同。

(1) 亲属称谓

亲属称谓是指反映人们血缘关系或者婚姻关系的称谓。亲属称谓可分为配偶称谓、血亲称谓和姻亲称谓。中西文化的巨大差异导致作为文化的一个重要方面的亲属称谓千差万别。中国的亲属称谓极其丰富和复杂,因而翻译亲属称谓的难度可想而知。翻译《宋明评话选》中的亲属称谓时,杨宪益、戴乃迭始终考虑译文读者的接受程度,试图寻求合适且对等的译文。

a. 配偶称谓

配偶,又称"夫妻",合法婚姻中的男女双方互为配偶。它是其他亲属关系(血亲、姻亲)赖以发生的基础。配偶关系因婚姻的成立而发生。本文中讨论的女性配偶包括妻和妾,男性配偶主要指丈夫。

例 56.《十五贯戏言成巧祸》篇中:

> 却说魏生接书拆开来看了,并无一句闲言闲语,只说道:"你在京中娶了一个<u>小老婆</u>,我在家中也嫁了一个<u>小老公</u>,早晚同赴京师也!"

> When Wei opened the letter and read it, he found it was very brief. All his wife had written was: "Since you have married <u>a concubine</u> in the capital, I have found <u>a male concubine</u> at home, and we shall be coming to the capital together soon."

我国古代实行一夫一妻多妾制,原文中的"小老婆"是对妾的称谓,译者直接翻译成 concubine(妾、小老婆、姨太太)。与一夫多妻制度不同,实行一妻多夫的婚姻制度的地区相对较少,中国古代也极为罕见。

魏生的妻子在信中戏言称自己找了一个"小老公",译者采用了灵活译法,将其译为 male concubine,便于读者理解其含义。

妻子角色是相对于丈夫来说的。在中国传统社会,夫妻关系是一种主从关系,夫妻关系的准则是男尊女卑、夫为妻纲,社会对妻子角色所确立的规范以"三从四德"为核心。经"父母之命,媒妁之言"而定下的婚姻,无论丈夫是一个什么样的人,妻子都要托付终身。

《宋明评话选》中出现的配偶称谓主要是关于丈夫、妻子、妾的称谓,译者在翻译的时候,考虑到译文读者的接受程度,基本上只采用一种表达方式,即用 husband 来翻译关于丈夫的各种称谓,用 wife 来翻译关于妻子的各种称谓,用 concubine 来翻译关于妾的各种称谓。

b. 血亲称谓

血亲包括自然血亲和拟制血亲。自然血亲是指出于同一祖先具有血缘联系的亲属。拟制血亲是指彼此本无该种血亲应当具有的血缘关系,但法律因其符合一定的条件,确认其与该种血亲具有同等权利和义务的亲属,如继父母与受其抚养教育的继子女、养父母与养子女之间就是拟制血亲。

血亲称谓不仅是家庭成员内部交往中的一种标识,也体现了社会组成及文化渊源。《宋明评话选》收录的是 20 个表现现实生活的短篇故事,人物关系相对简单,血亲称谓也远不如《红楼梦》等长篇小说复杂。

《宋明评话选》中出现的关于血亲的称谓主要有:祖父、外祖母、父亲、母亲、父母亲、兄弟、姐妹、儿子、女儿等。在处理血亲称谓时,译者主要集中使用 grandpa、grandmother、father、mother、parents(father and mother)、brother、son、daughter,加上一些修饰词语以区分长幼次序,如 younger、eldest 等。

c. 姻亲称谓

姻亲是指除配偶外以婚姻关系为中介而产生的亲属,包括血亲的配偶、配偶的血亲、配偶的血亲的配偶,姻亲之间只有在法律特别规定的情况下才具有权利和义务关系。

例57.《十五贯戏言成巧祸》篇中:

刘官人叹了一口气道:"是,<u>泰山</u>在上……"
Liu heaved a sigh and said:"You are right, <u>sir</u>…"

"泰山"是岳父的意思,中国人向来有称岳父为"泰山"的传统。译者将"泰山"译为 sir。根据上下文的语境,译文读者很容易判断出 sir 的含义。

例58.《刘东山夸技顺城门 十八兄奇踪村酒肆》篇中:

那妇人将盘一搠,且不收拾,怒目道:"适间<u>老死魅</u>曾对贵人说些甚谎么?"
When the young woman heard this, she plumped the tray down and stopped clearing the table. "What has <u>that old witch</u> been saying to you?" she demanded angrily.

"魅",指传说中的鬼怪,"老死魅"的意思是老死鬼。原文中媳妇用它来称呼婆婆,这是非常不礼貌的称谓。译者将"老死魅"译为 that old witch,既传神又贴切,彪悍儿媳不拘礼节,对婆婆无所顾忌且嫌弃的态度跃然纸上。

例59.《滕大尹鬼断家私》篇中:

……在咱爹身边,只该<u>半妾半婢</u>,叫声姨姐,后日还有个退步。可笑咱爹不明,就叫众人唤他做"<u>小奶奶</u>",难道要咱们叫他<u>娘</u>不成?……

　　… Since she's half concubine and half slave-girl, we oughtn't to have to address her respectfully; so that later on we can control her. Yet father has such ridiculous ideas; he insists on everybody calling her the mistress, or even madam. Does that mean we have to call her mother?…

"半妾半婢"(half concubine and half slave-girl)、"姨姐"(address her respectfully)、"小奶奶"(mistress, or even madam)和"娘"(mother)都是倪善继与妻子私下里讨论其父倪太守新娶的梅氏时所用的称谓,译者分别采用直译(半妾半婢、小奶奶、娘)和意译(姨姐)的方法完整传递了这些称谓所承载的含义,译者不会有解读障碍。在处理其他姻亲称谓时,译者也尊重目的语的语言习惯,同时考虑译文读者的接受程度进行翻译。

　　与中华民族相比,西方民族的亲戚关系不那么严密,家庭结构也相对松散,其亲属称谓有高度的概括性,十分笼统。在翻译亲属称谓时,译者考虑到西方读者难以了解其中的复杂关系,尽量将译文简化,选取西方读者熟悉的称谓语表达原文含义,用更简洁、直白的译文让译文读者能够流畅阅读。如此虽然丢失了一部分中国的文化色彩,但是照顾了译文读者的感受。

　　(2) 社交称谓

　　社交称谓词是反映人们在社会生活中相互关系的称谓。这一类词更容易受到社会和时代的影响,颇为活跃,经常变动。《宋明评话选》中的社交称谓词涉及官场、市井和家庭等场合,大都带有一定的感情色彩。

　　在处理社交称谓时,译者同时照顾了汉英两种语言的表达习惯,既考虑到原语的文化语境,保留了原语的文化含义,又符合译语读者的接受习惯,将社交称谓与血亲称谓和姻亲称谓明确区分开来。例如:奶奶(your mistress)、妈妈(ma'am, my mistress)、姨娘(you)、娘(my mistress)、小娘子(ma'am, young lady)等,表面上与血亲称谓没有区别,实际上这些都是社交称谓用语,译者结合原语的上下文语境,准确地进行翻译,英语译文将血亲和姻亲称谓区分到位。

中国古代女子没有自己独立的身份,她们的名字可有可无,出嫁之后几乎没有使用名字的权利。因其命名权在父亲手中,从父姓,因而在称谓中也以父姓加"氏",起到了识别血缘的作用。译者将《十五贯戏言成巧祸》篇中刘贵的妻子"王氏"译为 a Miss Wang,很好地传达了这一信息。此外,《简帖僧巧骗皇甫妻》篇中皇甫殿直的妻子杨氏和《滕大尹鬼断家私》篇中倪太守的小妾梅氏,译者没有直接译出,而是用 his wife 和 his concubine 代指,同样说明了这一问题。

(3) 职业称谓

职业称谓是指与被称呼者的职业相关联的称谓语,《宋明评话选》中有许多职业称谓(不含涉及官职的职业称谓)。在翻译职业称谓时,译者也综合考虑原语的语言环境以及目的语的语言习惯,采用灵活的方法进行处理。

例60.《小夫人金钱赠年少》篇中:

员外甚喜,差人随即唤张媒李媒前来。

In raptures, Mr. Zhang sent immediately for the matchmakers Mrs. Zhang and Mrs. Li.

例61.《卖油郎独占花魁》篇中:

访得西湖上烟花王九妈家要讨养女,遂引到九妈店中,看货还钱。

As soon as he heard that a bawd at the West Lake named Mrs. Wang was buying girls, he brought her to the inn to inspect his goods and offer a price.

每一种语言,经过长时间的发展和演变之后,都会形成各自独特的称谓体系和使用规范。① 作为人类文化的一个组成部分,汉语的称谓是与汉民族社会文化关系极为亲密的语言要素。不同的语言体系传递着不同的文化信息,而不同的称谓系统自然也蕴含着不同的文化内涵。② 中国既是文明古国,又是礼仪之邦,其称谓体系已有几千年的历史,对君臣父子和男女老幼尊卑的称谓有明确的规定,相对复杂。西方社会的"人为本,名为用"的价值观使得其称谓比较随意。和中国相比,英语国家的称谓习俗要简单许多,二者有很大差异。

(4) 官制术语

官吏制度是"关于国家机关的建置、职掌、官吏的设置及考选、管理的制度"③。中国封建制度持续了近两千年,在漫长的历史长河中,中国历届封建政府发展了十分完善的官职体系,各类官职名称五花八门,不计其数。中国古代官制术语极具中国文化特色,大部分官职名称在英语语言文化中都找不到对应词。因此,翻译中国古代官职名称的难度可想而知:既要考虑其有别于西方官制的特质,又要反映其真实内涵,还要让译文读者能够理解和接受。

《宋明评话选》20篇故事所体现的重要主题之一就是揭露封建官僚腐败,反对压迫。其中5篇民事、公案题材的故事中涉及诸多官制术语,

---

① 杜学增. 中英(英语国家)文化习俗比较[M]. 北京:外语教学与研究出版社,1999:30.
② 刘静敏. 汉语修辞与汉文化[M]. 北京:中国文史出版社,2003:4.
③ 俞鹿年. 中国官制大辞典[Z]. 哈尔滨:黑龙江人民出版社,1998:4.

其他故事中也出现了许多官职名称,有助于读者了解明清时期的官吏制度。在翻译《宋明评话选》中的官制术语时,译者多把它们译成现在的官名,虽然某些地方显得有些牵强,却实现了向译文读者介绍中国古代的传统文化、让他们了解和感知中国当时的生活状况、增加译文的异域特色、增强可读性的目的。

例62.《十五贯戏言成巧祸》篇中:

钱大尹看罢,即时叫押下一个所属去处,叫将山前行山定来。

City Magistrate Qian ordered the accused to be sent to the detention house, and summoned Police Inspector Shan Ding to put him in charge of the case.

"大尹",是府县的行政长官。"前行",根据唐、宋制度,尚书省各部排列顺序有前行、中行、后行三等。兵部、吏部及左、右司为前行,刑部、户部为中行,工部、礼部为后行。译者将"大尹"译为 City Magistrate(市政长官),将"前行"译为 Police Inspector(警督,派出所所长)。

例63.《金玉奴棒打薄情郎》篇中:

你说事有凑巧,莫稽移船去后,刚刚有个淮西转运使许德厚,也是新上任的,泊舟于采石北岸,正是莫稽先前推妻坠水处。

As chance would have it, soon after Mo Ji's boat cast off, the newly appointed Transport Commissioner of Huaixi, Xu Dehou, moored his boat just where Mo Ji had pushed Yunu into the water.

"转运使",中国唐代以后各王朝主管运输事务的中央或地方官职。译者将"转运使"译为 Transport Commissioner(交通专员)。

例64.《小夫人金钱赠年少》篇中：

李媒云："是<u>王招宣</u>府里出来的小夫人……"
"She used to be <u>Minister Wang</u>'s concubine…"

"招宣"，是招讨使和宣抚使两个官职的合称，正四品官职，属于武官中极高的等级，相当于今天中国的副省级。译者将"招宣"译为 Minister（部长）。

例65.《小水湾天狐诒书》篇中：

王宰道："儿是随驾入蜀，分隶于剑南<u>节度使</u>严武部下，得蒙拔为<u>裨将</u>。"
"I went in the imperial train to Sichuan, where I was assigned work under <u>Governor</u> Yan Wu of Jiannan and later promoted to be <u>a lieutenant</u>."

宋朝时，"节度使"除本州府外，还统领一州或数州府，称为支郡，辖区内的军、政、财权，由节度使独揽，相当于现在的军区书记和司令职位。"裨将"，指副将。译者将"节度使"译为 Governor（州长、总督），将"裨将"译为 lieutenant（中尉、副官）。

李约瑟（Joseph Needham）曾感概道："每一个想把中国古书译成其他语言的人，无不为其大量官衔的译法大伤脑筋。到目前为止，还没有哪个朝代的官名有公认的译法。"① 杨宪益曾说过："我认为翻译的时候不能作过多的解释。译者应尽量忠实于原文的形象，既不要夸张，也不要

---

① Needham, Joseph. *Science and Civilization in China*（Volume 3）[M]. Cambridge: Cambridge University Press, 1959: 40.

夹带任何别的东西……如果翻译中确实找不到等同的东西，那就肯定会牺牲一些原文的意思。"①杨宪益、戴乃迭在翻译官职术语时，多采用现代词汇翻译古代官职名称，为的是成功实现原文文本的跨文化传播，减少其中古老的异国情调，使译文读起来地道生动，减少陌生感，提高传播效果。

4.3.2.7 度量衡

度量衡是指在日常生活中用于计量物体长短、容积、轻重的单位制的统称。度量衡的发展大约始于原始社会末期，是古代文明基石。由于世界各国的地域和国情不同，度量衡制度也不尽相同。《宋明评话选》原文中采用的基本都是中国传统市制单位，译者在翻译时，充分考虑译文读者的阅读习惯和接受程度，大多采用英制单位或国际单位制表示，并进行相应的换算，仅个别地方保留了中国传统用法，让读者有机会了解异域文化。

（1）长度单位

中国传统的长度单位中常见的有里、丈、尺、寸等。以英国和美国为主的少数欧美国家使用英制单位，他们使用的长度单位主要有英里、码、英尺、英寸。杨宪益、戴乃迭在翻译长度单位时，多将中国传统的长度单位转换为英制单位，以减少译文读者的理解困难。

例66.《宋小官团圆破毡笠》篇中：

当下开船，约行<u>五十余里</u>，方歇。
They cast off and travelled <u>more than a dozen miles</u> before stopping for the night.

---

① 亨德森.土耳其挂毯的反面[M]// 王佐良.翻译：思考与试笔.北京：外语教学与研究出版社，1989：84.

例 67.《宋小官团圆破毡笠》篇中：

宋金感谢不已，随着老僧而行。约莫里许，果见茅庵一所。
Filled with gratitude, Song Jin followed the monk for <u>a few hundred yards</u> to a thatched building.

"里"，是中国市制长度单位，多用于计算路程，1 里等于 500 米。mile(英里，又称哩)是英制的长度单位，1 英里等于 1609.344 米，是使用于英国、其前殖民地和英联邦国家非正式标准化的单位制。yard(码)，英制的长度单位，1 码等于 0.9144 米。例 66 中，译者翻译时将"里"换算成"英里"表示，以减少读者理解的困难。例 67 中，因距离较短，只有一里左右，译者将其折合成"码"。

例 68.《刘小官雌雄兄弟》篇中：

时值深秋，大风大雨，下了半月有余，那运河内的水，暴涨有<u>十来丈</u>高下，犹如百沸汤一般，又紧又急。
It was late autumn; there was heavy wind and rain for more than a fortnight, the water in the canal rose to <u>about a hundred feet</u>, seething, turbulent and swift.

例 69.《滕大尹鬼断家私》篇中：

拆了封，展开那<u>一尺阔、三尺长</u>的小轴儿，挂在椅上，母子一齐下拜。
When she broke the seals, she took out a small scroll <u>one foot wide and three feet long</u>. They hung this on a chair, and mother

and son knelt down together before it.

"尺",是中国市制长度单位,亦称"市尺"。一尺等于十寸,今三尺等于一米。丈,中国市制长度单位,一丈等于十尺。foot(英尺),是英国及其前殖民地和英联邦国家使用的长度单位,美国等国家也使用。美国在1959年将一英尺定为30.48厘米。这里译者直接将"尺"和"丈"都用foot表示。

例70.《刘东山夸技顺城门　十八兄奇踪村酒肆》篇中:

内中只有一个未冠的人,年纪可有十五六岁,<u>身长八尺</u>,独不下马。

One of the horseman, a lad of fifteen or sixteen who was <u>over six feet tall</u>, did not dismount.

若按今制换算,当时的八尺有249.6厘米,显然不符合人们的预期。那是因为古时的"一尺"大约相当于今天的0.23米,也就是说"身长八尺"是身高1.84左右的魁梧男子。因此,译者在翻译时,适当做了调整,将"八尺"译成"six feet"。

例71.《刘东山夸技顺城门　十八兄奇踪村酒肆》篇中:

划了一划,只见那石皮乱爆起来,已自抠去了<u>一寸有余深</u>。

Then, as she traced a line with her finger on the boulder, rock splinters flew up and a groove <u>more than one inch</u> deep appeared.

"寸",是中国传统市制长度单位,与"尺""丈"为十进制(10寸＝1尺,10尺＝1丈),1寸等于3.33厘米。英寸(吋)是使用于英国及其前殖民地的长度单位,1英寸等于2.54厘米。在英制里,12英寸为1英尺,36英寸为1码。

(2) 面积单位

面积单位,指测量物体表面大小的单位。在国际单位制中,标准单位面积为平方米。杨宪益、戴乃迭在翻译面积单位时,多将中国市制土地面积单位换算成英制面积单位,少数情况除外。

例72.《刘小官雌雄兄弟》篇中:

(刘德)自己有几间房屋,数十亩田地,门首又开一个小酒店儿。

The old man owned a house and <u>a few acres of land</u>, and at his gate he had a little tavern.

例73.《灌园叟晚逢仙女》篇中:

村上有个老者,姓秋名先,原是庄家出身,有<u>数亩田地</u>,一所草房。

In this village lived an old man named Qiu Xian, coming of a line of farmers, he owned <u>a small plot of land</u> and a thatched cottage.

例74.《滕大尹鬼断家私》篇中:

唤庄户来问时,连这<u>五十八亩田</u>,都是最下不堪的。

When she called one of the farm-hands in to question him, he told her that these <u>fifty-eight mu</u> were the worst soil you could find.

"亩",是中国市制土地面积单位,1亩约等于667平方米。acre(英亩)是英美制面积单位,一般在英国、美国等地区使用,1英亩约等于4047平方米。译者在例72的译文中选择用acre表示土地面积,让读者阅读时毫不费力气就可以接受,在例73的译文中,译者用a small plot of land翻译"数亩田地",简单易懂。例74中,译者采用了异化的方法,直接将"亩"音译成mu。

例75.《钱秀才错占凤凰俦》篇中:

> 这太湖在吴郡西南三十余里之外。你道有多少大?东西二百里,南北一百二十里,周围五百里,<u>广三万六千顷</u>。
>
> Do you ask how large the lake is? It measures nearly seventy miles from east to west and forty miles from north to south, has a circumference of one hundred and sixty miles and <u>an area of sixty thousand acres</u>.

顷,是中国市制土地面积单位,1顷等于100亩。这里译者也将顷转换成acre翻译出来,使译文更易于理解。

(3) **重量单位**

重量单位有着悠久的历史,在古代,各国就有自己的计量单位。中国有特定的计量单位斤,国际的计量单位有千克、吨,美国、英国普遍使用磅等。

例76.《刘东山夸技顺城门 十八兄奇踪村酒肆》篇中:

> 看那少年的弓,<u>约有二十斤重</u>。
> This bow weighed <u>about twenty pounds</u>.

"斤",是中国市制重量单位,1斤等于500克。国际标准单位中没有"斤"。pound(磅)是英美制重量单位,1磅等于453.6克。译者在译文中用 pound 翻译原文中的"斤",并相应地完成换算。

例77.《卖油郎独占花魁》篇中:

九妈见瑶琴生得标致,讲了财礼<u>五十两</u>。

In view of Yaoqing's good looks, Mrs. Wang agreed to pay <u>fifty ounces</u> of silver for her.

"两",中国市制重量单位,现适用于中国大陆。现在10两为1斤,旧制16两为1斤。ounce(盎司)是英制重量计量单位,为一磅的十六分之一,旧称英两,1盎司等于28.35克。1盎司约相当于我国旧度量衡(16两为1斤)的1两。因此,译者将"两"译成 ounce 恰如其分,连换算的过程都省去了。

例78.《转运汉巧遇洞庭红　波斯胡指破鼍龙壳》篇中:

文若虚见人散了,到舱里把一个钱称一称,有<u>八钱七分多重</u>。

When they had gone, Wen went to the cabin and weighed one of the coins. It was <u>nearly nine-tenths of a tael</u>.

"钱",中国市制重量单位。1钱等于10分,10钱为1两。1钱是1两的十分之一重,1钱等于5克。"分",中国市制重量单位。1分等于0.5克。"厘",是中国市制重量单位,中国1市两的千分之一,1厘等于0.05克。

例79.《卖油郎独占花魁》篇中:

秦重尽包而兑,一厘不多,一厘不少,刚刚一十六两之数,上称便是一斤。

And Chong found that he had exactly sixteen taels, not a cent more, not a cent less; in other words, a whole catty!

例80.《转运汉巧遇洞庭红　波斯胡指破鼍龙壳》篇中：

若虚看见了，便思想道："我一两银子买得百斤有余……"
"With one tael of silver I can buy over a hundred catties of these tangerines..." thought Wen.

例79和80中，译者将"两"译为tael，将"斤"译为catty，保留了原语文本中的异域特色，让译文读者对中国传统的市制单位有所认知。

(4) 容量单位

容量，指容积的大小。计算容积或容量用体积单位，容量单位主要有升和毫升。杨宪益、戴乃迭在翻译容量单位时，将中国市制容量单位换算成国际制容量单位。

例81.《神偷寄兴一枝梅　侠盗惯行三昧戏》篇中：

有时放量一吃，酒数斗，饭数升，不够一饱。
Sometimes he would consume several pecks of rice and several gallons of wine at a sitting, yet not feel satisfied.

例82.《神偷寄兴一枝梅　侠盗惯行三昧戏》篇中：

(懒龙)对贫儿道："吾为你几乎送了性命！里面黄金无数，可以斗量……"

"For you I nearly lost my life!" panted Lazy Dragon. "There are piles of gold in there—bushels of it!..."

"斗",中国市制容量单位,10升为1斗,10斗为1石。升,容量单位,公制1升为1000毫升。peck(配克)是容量单位,等于2加仑(gallon)。bushel(蒲式耳)是一个计量单位,好像我国旧时的斗、升等计量容器。1蒲式耳在英国等于8加仑,相当于36.268升。在美国,1蒲式耳相当于35.238升。

例83.《丹客半黍九还　富翁千金一笑》篇中:

客人道:"母银越多,丹头越精。若炼得有半合许丹头,富可敌国矣。"

"The more silver, the more potent the philosophers' stone," was the reply. "With half a casket of it, you will be as wealthy as an emperor."

"合",中国市制的容量单位,等于一升的十分之一,英文即 decilitre。译者将"合"译成 half a casket(盒,箱),似有不妥。

4.3.2.8　时间词

《宋明评话选》中有许多时间词,其文化内涵丰富,计时方法复杂多样,一些与天干地支相关的概念晦涩难懂,给翻译工作造成很大困难。杨宪益非常注重翻译的准确性,其次还注重译、介结合。"译、介结合,是先生的治学态度所致。杨先生对历史研究感兴趣,也写过一些历史考证的文章。杨宪益认为提高翻译水平要多读书、多实践,打好中文基础,多了解历史文化,在翻译过程中务必做好两种文化的诠释。他在介绍作品的同时,总是会做一些文学研究的工作,对作家本身以及创作背景做相应的介绍,以让外国读者更好地走进作品。这对翻译工作者而言,的确是非常珍贵的学术习惯。"①

(1) 年代

《宋明评话选》中所讲述的故事,发生的时间都不是具体的哪年哪月,而是用皇帝的年号表示,如《崔待诏生死冤家》篇中"绍兴年间"[during the Shao Xing Period (1131 - 1162)];《刘小官雌雄兄弟》篇中"本朝宣德年间"[during the Xuan De Period (1426 - 1435) of our dynasty];《金玉奴棒打薄情郎》篇中"话说故宋绍兴年间"[During the Shao Xing Period (1131 - 1162) of the Song Dynasty];《沈小霞相会出师表》篇中"话说国朝嘉靖年间"[during the Jia Jing Period (1522 - 1566)]。或者用皇帝的名号表示,如《小水湾天狐诒书》篇中"话说唐玄宗时"[during the reign of Emperor Xuanzong (712 - 756) of the Tang Dynasty];《滕大尹鬼断家私》篇中"话说国朝永乐年间"[in the reign of Emperor Yong Le (1403 - 1425)]。有的还用朝代直接表示,如《十五贯戏言成巧祸》篇中"却说故宋朝中"[during the Yuan Feng Period (1078 - 1085)]。译者均根据史料,给出具体的年代范围,让读者读起来更容易理解,不至于一头雾水。

例84.《十五贯戏言成巧祸》篇中:

却说<u>南宋</u>时,建都临安,繁华富贵,不减那汴京故国。

During the reign of <u>Emperor Gao Zong (1127 - 1162)</u> the capital was moved south to Hangzhou, where it vied in wealth and splendor with the former capital in the north.

---

① 蓝颜. 他翻译了整个中国:记我国著名翻译家杨宪益先生[J]. 国学,2010(1):30 - 32.

南宋(1127—1279)是北宋靖康之耻后宋室在江南建立的政权,与北宋合称宋朝,共传五世九帝,享国 153 年。这里译者根据考证,直接将故事的发生时间确定在南宋开国皇帝宋高宗赵构在位期间,因此将南宋时直接译成 during the reign of Emperor Gao Zong (1127—1162)。

例 85.《沈小霞相会出师表》篇中:

(沈炼)嘉靖戊戌年中了进士,除授知县之职。他共做了三处知县。那三处?溧阳、茌平、清丰。

In 1538, Shen Lian passed the palace examination and was made a county magistrate. He served three times as a magistrate.

这个例子中,译者用具体年份替代年号,让读者一目了然。

(2) 一日之内的时间词

古人习惯根据太阳的出落、天色的变化,将一昼夜分成若干时段,用描述性的语言进行描述,或赋予其以特定的名称,形成固定的称说形式,这就是一天之内的时间词。

一日之内最主要的时间词应该是十二时辰。时辰,是古代的计时单位,中国古时把一天划分为 12 个时辰,每个时辰相当于现在的两小时。十二时辰是古代汉族劳动人民根据一日间太阳出没的自然规律、天色的变化以及自己日常的生产活动、生活习惯而归纳总结、独创于世的。

例 86.《卖油郎独占花魁》篇中:

次日午牌时分,刘四妈果然来了。
At noon the next day, Mrs. Liu arrived.

午牌时分,指午时,相当于现在的上午 11 时至下午 1 时。译者直接将原文中的时间段译为时间点 at noon(noon 的意思是指正午 12 点钟)。此外,译者采用了同样的方法,翻译了"巳牌时分"(by ten o'clock),"未牌"(at two in the afternoon),"约莫申牌时分"(at about four)。巳牌时分指上午 9 时至 11 时,未牌时分指下午 1 时至 3 时,申牌时分指下午 3 时至下午 5 时。译者将这些表示时间段的时间词,翻译为居于其中间的一个准确的时间点,即上午 10 时、下午 2 时和下午 4 时。原文中的时间词所包含的意义范围较宽,具有一定的模糊性,译者将其转换为具有确定性的时间词,减少了译文读者的理解困难。

五鼓(五更)是我国古代流下来的一种夜晚计时制度。把黄昏到拂晓的一夜长度分为 5 个时段,每个时段相隔两小时,用鼓打更报时,所以也叫作五更、五鼓,或称五夜。一更(鼓)指晚上 7 时至 9 时;二更(鼓)指夜间 9 时至 11 时;三更(鼓)指夜间 11 时至凌晨 1 时,即夜半时分;四更(鼓)指凌晨 1 时至 3 时;五更(鼓)指凌晨 3 时至 5 时,即拂晓时分。

例 87.《卖油郎独占花魁》篇中:

<u>五鼓时</u>,美娘酒醒,已知鸨儿用计,破了身子。
When she woke <u>at dawn the next day</u> she realized that she had been tricked into losing her maidenhead.

此外,译者根据上下文的语境,将"五鼓"翻译成 at dawn,将"四更已(以)后"译为 before dawn,将"约莫四鼓"译为 it was late,将"更深"译为 till late that night,用描述性的语言解读这些时间词的含义,更加形象生动地描绘出事件发生的时间,让译文读者更容易理解。"更余"指一更以后,"更点二声"指二更,"三更时分"指三更,译者分别将其译为 till nearly nine、till ten o'clock 和 at midnight,用更具体的时间词翻译原文中表示时间段的时间词。

例88.《杜十娘怒沉百宝箱》篇中：

挨至<u>五更</u>,忽闻江风大作。
<u>At the fifth watch</u> a high wind sprang up.

例89.《杜十娘怒沉百宝箱》篇中：

<u>时已四鼓</u>,十娘即起身挑灯梳洗……
It was now <u>the fourth watch, and since dawn was approaching</u> Decima got up and lighted the lamp to dress herself...

例88和89中,译者将"五更"译为at the fifth watch,将"四鼓"译为the fourth watch,并增加了补充信息since dawn was approaching,采用了异化的方法,让译文读者了解中国传统文化中时间词的意义。

万物生长离不开太阳,太阳的运行与地球上的一切生命活动息息相关。古老的格言"日出而作,日落而息"证明了人们的生活与太阳活动协调一致。太阳日复一日东升西落,成了古人计时的首选参照物。从"天尚黎明"、天明、天色大明,到日已向晚、日色挫西、红日衔山,一个白天的周期基本结束。再从未及天晚、薄暮,到晚间,至夜分,人们停止了一天的活动,开始休息。原文中用描述性的词语表示时间的变化,译文中译者或借助太阳的活动变化,或借助英文中原有的时间词,如dawn、afternoon、evening、night和midnight等进行文本转换,以期译文读者更好地理解原文的含义。

翻译不仅是文本之间的转换,还是两个文化之间的不断协商的过程。孙艺风指出,"文化翻译追求的是文化信息的传递,翻译在跨语言的同时必须跨文化,跨文化并非意味着舍弃相关的文化因子而不顾。文化翻译是意义的杂合场,杂合是全球化的文化效应。杂合导致文化改造,主要指在跨文化交流的过程中发生的文化变化,从一个文化空间到另一个文化空间,源语文化介绍到目标语文化时会产生文化变化。不同文化在互动时,产生文化交融"①。

4.3.3 精神文化的传播

精神文化,是指"属于精神、思想、观念范畴的文化,代表一定民族的特点,反映其理论思维水平的思维方式、价值取向、伦理观念、心理状态、理想人格、审美情趣等精神成果的总和"②。精神文化是民族文化的深层结构,是它的灵魂和精髓,是该民族生存、延续和发展的支柱。在漫长的历史发展过程中,中华民族的精神文化积蕴了丰富的内涵。传播是人类关系赖以存在和发展的机制,是一切智能的象征和通过空间传达它们与通过时间保存它们的手段。笔者下面主要讨论杨宪益、戴乃迭在传播《宋明评话选》中的宗教文化时所采用的方法。

宗教是人类社会发展进程中的一种特殊的社会文化现象,是人类传统文化的重要组成部分,它影响到人们的思想意识、生活习俗等方面,是社会的集体意识、人的自我意识和人的本质的外在的表现。与西方社会相比,宗教在中国传统社会中的地位与影响有着显著的不同。千百年来,宗教文化作为我国传统文化的重要组成部分,不仅在人们的精神生活中发挥着作用,而且对社会的精神文化生活也产生了影响,丰富了传统历史文化宝库。宗教在漫长的发展历程中,形成了浩繁的书籍、绘画、建筑等宝贵财产。它们跨越历史的时空,传承着深厚的宗教文化传统。

由于受到不同民族文化浸润的文化群体对事物的反应褒贬不一,各自关注的焦点也就不同。在一种文化中存在的现象,在另一种文化中很

---

① 孙艺风. 文化翻译的困惑与挑战[J]. 中国翻译,2016(3):5-14.
② 曾丽雅. 关于建构中华民族当代精神文化的思考[J]. 江西社会科学,2002(10):83-88.

可能不存在等值对应，自然在该语言中就产生了表达的缺失，亦即某种程度上的抗译性。① 我们知道，宗教文化就存在一定的抗译性。在翻译《宋明评话选》中的道教、佛教、伊斯兰教等相关词汇时，杨宪益、戴乃迭大多采用了异化的方法，凸显了中华民族的文化特质，真实再现了中国传统文化的精髓，激发了译文读者对中国传统文化的好奇心。孙艺风认为："源语中不可译的部分，若不加妥善处理，结果便是不可读。的确，在翻译中保留异质有可能造成对阅读的干扰，故此，异化所产生的问题不容回避。"② 我们知道，异化翻译对跨文化交际十分有利，杨宪益、戴乃迭在翻译中注重译文的可读性，使用地道的译入语，有效地避免了交际障碍。

4.3.3.1 佛教

佛教大约在公元 1 世纪前后由印度传入中国，公元 4 世纪后开始广为流传，在我国有两千多年的历史，是我国影响最大的一个宗教。经长期传播发展，佛教既吸收了中国传统文化，又丰富了中国传统文化，形成具有中华民族特色的中国佛教。《宋明评话选》中有多处涉及佛教文化的翻译。

例 90.《崔待诏生死冤家》篇中：

（崔宁）当时叉手向前，对着郡王道："告恩王，这块玉上尖下圆，甚是不好，只好碾一个<u>南海观音</u>。"

Now he forward with clasped hands and said: "Your Highness, this pear shape is no good. All it can be carved into is a <u>Guanyin</u>."

---

① 屠国元,李静. 文化距离与读者接受：翻译学视角[J]. 解放军外国语学院学报,2007(2)：46-50.
② 孙艺风. 翻译与跨文化交际策略[J]. 中国翻译,2012(1)：16-23.

第四章 基于文化的《宋明评话选》英译

南海观音,是观世音菩萨法像造型的一种。观世音菩萨是中国民间流传广泛的人物,她集智慧、慈悲、救苦救难等良好品德于一身,到处都受到人们的爱戴和尊重,她的传说频繁出现在中国的文学作品及民间传说之中。据经典记载,观世音菩萨现各种身,为众生说法。众生应以什么身份得度,观音菩萨就现什么身。水月观音、白衣观音、鱼篮观音、南海观音等,都是观音菩萨的慈悲示现。译者在翻译时,直接将"南海观音"音译为 Guanyin,没有增加一点解释,如 a buddism goddess Guanyin,也没有任何注释。

例91.《刘小官雌雄兄弟》篇中:

> 刘公道:"官人差矣!不忍之心,人皆有之。救人一命,胜造<u>七级浮屠</u>。……"
>
> "Don't say that," replied Old Liu. "All men have feelings of compassion, and to save one life is better than building a <u>pagoda</u> …"

浮屠,是佛教建筑形式,即现在所说的佛塔,又称浮图。这种建筑最初用以供奉佛骨,后来用以供奉佛像,收藏经书。整个词条是指救人一条性命,犹如建筑一座七级宝塔,功德无量。佛教认为,拯救生命是最大的功德,远远超过了施舍财物修寺建塔的功德,用以劝人行善,或向人恳求救命。九级浮屠是指九层佛塔。佛教以造九层佛塔为最大功德。译者直接将例91中的"七级浮屠"译为 a pagoda,将《卖油郎独占花魁》篇中出现的"九级浮屠"译为 a nine-storied pagoda。

例92.《宋小官团圆破毡笠》篇中:

> (刘宜春)即忙制备头梳麻衣,穿着一身重孝,设了灵位祭奠,请九个和尚,<u>做了三昼夜功德</u>。

> She speedily prepared mourning and put it on, then set up a shrine, sacrificed to Song Jin and engaged nine monks to <u>chant masses for three days and three nights</u>.

做功德,指请僧众诵经念佛以超度亡灵。译者在这里采用了归化的方法,将"做功德"翻译成 chant masses(举行弥撒),这是天主教的宗教仪式。

例93.《杜十娘怒沉百宝箱》篇中:

> 妈妈道:"老身年五十一岁了,又<u>奉十斋</u>,怎敢说谎?"
> "I am an old woman of fifty-one," protested the procuress. "<u>I am worshipping Buddha and fasting ten days every month</u>. How could I lie to you?"

佛门当中讲的十斋日,出自地藏经。奉十斋,指每月有十天持斋素食并禁止屠宰。在这十天当中过着严格、清净的修行生活,专心诵经。译者采用了意译的方法,译者将"奉十斋"译为"I am worshipping Buddha and fasting ten days every month"(我信奉佛祖,每个月吃斋十天。)既交代了吃斋的原因,又解释了其具体含义。

中国是一个相对缺乏宗教信仰的国家,中国人注重实用和现世的意义,对于超念的、彼岸的事情存而不论,对宗教缺乏西方人的那种严格和热情。许多中国人并不信仰上帝,他们很少参加宗教仪式。中国人沉溺于世俗的兴趣之中,沉浸在感性的生活之中。虽然佛教在中国文化中占据重要地位,是中国传统文化的一种补充,它也没有"像基督教之于欧洲那样在整体上重塑了中国文化"①。译者在传递在中国文化中占据重要

---

① 费正清.中国:传统与变迁[M].张沛,译.北京:世界知识出版社,2002:126.

地位的佛教的相关信息时,除了将"做功德"翻译成 chant masses 外,以直译为主,保留其原本的含义。

4.3.3.2 道教

道教是中国土生土长的宗教,开始于公元 2 世纪,至今已有 1700 多年历史。道和德是道教的核心和基本教义。在长期的发展过程中,道教对中国文化产生了全面而深刻的影响。

例 94.《小夫人金钱赠年少》篇中:

> 大张员外仍请天庆观道士<u>做醮</u>,追荐<u>小夫人</u>。
> The old man summoned priests from the Tianqing Taoist Monastery <u>to sacrifice to the spirit of his wife, so that she might rest in peace.</u>

做醮,是民间很普遍的一项宗教活动,能完整展现民间信仰风貌。它具有祈求国泰民安、风调雨顺等意义。醮的种类极多,祭祈仪式也十分复杂。在这篇故事中,"做醮"是指道士设坛念经做法事。大张员外不计前嫌,不怪罪小夫人令他曾经财产丧失殆尽,承受棒打之苦,经历牢狱之灾,仍心怀善念,值得赞颂。译者在翻译时,将"做醮"的含义融入文中,并增加了一个信息,以说明"做醮"的目的是 she might rest in peace (让她安息)。

例 95.《刘小官雌雄兄弟》篇中:

> 合镇的人,没一个不欣羡刘公无子而有子,皆是<u>阴德之报</u>。
> All the townsfolk envied Old Liu and declared <u>Heaven was rewarding for his virtue.</u>

阴德，是道家思想，指暗中做有德于人的事，或指在人世间所做的而在阴间可以记功的好事。人们常说"积阴德"，行善而不求人知道的传统美德应该就源于此。有阴德的人，上天必将赐福于他。行善出于至诚，不是为了做善人而行善，没有期望获得福报的念头，默默无闻，坚持不懈地时时处处行善，这才是真的积阴德，定会得到意想不到的福报。译者将"阴德之报"译为"Heaven was rewarding his virtue"（皇天回报其美德），其中 Heaven（皇天）是道教的基本教义。

例96.《灌园叟晚逢仙女》篇中：

> 司花女道："秋先，汝功行圆满，吾已奏闻<u>上帝</u>，有旨封汝为护花使者，专管<u>人</u>间百花。令汝<u>拔宅上升</u>……"

> "Qiu Xian, your time has come!" said the <u>goddess</u>. "I have requested <u>the Heavenly Emperor</u> to appoint you Protector of All the Flowers on Earth, and you are <u>to go to Heaven</u> now with your house…"

<u>上帝</u>，也称玉皇上帝、玉皇大帝，简称"玉皇"或"玉帝"，是道教神祇，为众神之皇。神仙观念是道教的基本观点，得道成仙是道教的思想。神仙既是道的化身，又是得道的楷模。译者将"上帝"译为 the Heavenly Emperor，将得到成仙的灌园叟的封号"护花使者"译为 Protector of All the Flowers on Earth，将意味着其得道成仙的"拔宅上升"译为 go to Heaven。

例97.《丹客半黍九还　富翁千金一笑》篇中：

> 客人屏去左右从人，附耳道："吾有<u>九还丹</u>，可以点铅汞为黄金。只要炼得丹成，黄金与瓦砾同耳，何足贵哉！"

The stranger dismissed his servants. "I have the philosophers' stone which can transmute lead into gold," he whispered. "Gold is like earth to me."

例 98.《丹客半黍九还　富翁千金一笑》篇中：

丹客道："在下此丹，名为九转还丹。每九日火候一还，到九九八十一日开炉，丹物已成。"

"This philosophers' stone of mine is the *lapis novenarius*. Nine days complete one cycle, and when nine times nine days have passed the caludron can be open and the philosophers' stone will be perfected."

九还丹，也称九转丹，是道家术语，指道家烧炼金丹成药，服之可以长生不老，得道成仙。九转还丹是九还丹的一种。例 97 中，译者将"九还丹"翻译成 The philosophers' stone（英文术语，中文对其没有统一的称呼，常见的译法有：点金石、魔法石、哲人石）。例 98 中，译者在译文中使用了拉丁语，将"九转还丹"译为"*lapis novenarius*"，其中，*lapis* 的意思为石头，*novenarius* 的意思是由九个组成的。

例 99.《沈小霞相会出师表》篇中：

（闻氏擂鼓震天的响）唬得中军官失了三魂，把门吏丧了七魄，一齐跑来，将绳缚住……

Shocked and startled, the yamen attendants and the gate-keeper rushed forward and bound her.

三魂七魄的说法源于道家：人的元神可以称之为魂魄，其魂有三，一为天魂，二为地魂，三为命魂；其魄有七，一魄天冲，二魄灵慧，三魄为气，四魄为力，五魄中枢，六魄为精，七魄为英。杨宪益、戴乃迭在翻译"三魂七魄"这一道教术语时，淡化了其中的文化信息，直接意译为 shocked and startled。

在不同文化中，宗教的地位与影响大不相同。基督教奠定了西方文化的精神基础和文化特质。中国传统社会中的宗教与整个社会结构相适应，民众的宗教情绪不如西方那样强烈，中国人接受宗教大都是出于实用的目的。在中国，神与人之间似乎存在着某种契约性的东西，人对神的祈求通常都伴随着某种有恩必报的允诺。① 中国人没有把宗教置于支配万物的位置，他们主要是通过内心的崇拜和反省来表达宗教情感。译者通过译文充分传达了这一信息。

4.3.3.3 伊斯兰教

伊斯兰教于公元7世纪中叶开始由阿拉伯传入中国，经过长期的传播、发展和演变而形成具有民族特色的中国伊斯兰教。伊斯兰教对各穆斯林民族的历史文化、伦理道德、生活方式和习俗产生了深刻影响。伊斯兰文化同中国传统文化交流融合，成为各穆斯林民族文化不可分割的组成部分，并丰富了中华民族的历史文化宝库。《宋明评话选》中有一处涉及伊斯兰教文化的翻译。

例100.《转运汉巧遇洞庭红　波斯胡指破鼍龙壳》篇中：

内中一人道："只是便宜了这回回！……"

"But we let that Mohammedan off too lightly," said one.

---

① 克里斯迪安·乔基姆.中国的宗教精神[M].王平,译.北京：中国华侨出版公司,1999：163-185.

关于"回回",一种说法是:来自西域的商人在中国定居,天气转暖时才回国,一年往返两次,故名"回回";另一种说法是:公元13世纪,成吉思汗率兵西征,西域地区信仰伊斯兰教的群众和一部分伊朗人、阿拉伯人被迫东迁到中国的内地,这些人后来定居中国,与当地居民结婚生子,繁衍生息,逐步形成回族,史书上称为"回回"。在元代时期,人们通常用"回回"称呼波斯人,也就是今天的伊朗人,也用于称呼信仰伊斯兰教的人。明代史籍简称伊斯兰教为回回教、回教等。"回回"蕴含着丰富的宗教文化内涵,并非三言两语解释得清楚。从故事的上下文可以知道,这里的"回回"指波斯商人玛宝哈,所以译者直接将其翻译为 Mohammedan(伊斯兰教徒)。

4.4 小结

典籍英译这一跨文化传播活动具有其特殊性,译者和英语读者具有各自的社会文化属性,他们总是生活在一定的文化语境中,并受到文化语境的制约和指引。[1] 汉英两种语言各具特色,二者在表达方式与习惯上存在很大差异,其承载的文化也相去甚远,风俗各异,它们表示文化历史的方法和用词也不尽相同。《宋明评话选》涉及大量文化负载词的翻译。因为文化负载词最能体现语种中浓厚的民族色彩和鲜明的文化个性。翻译的交流伦理要求译者在准确理解原文的基础上,能忠实传达其文化精髓,促成不同文化之间的交流。同时,由于文化负载词有一定抗译性,在翻译上很难完全传达,译者的任务并非单纯地再现"他者",而要承担起促成两种文化交流的协调工作。因此,译者除了具备相应的学识和素养之外,还必须了解汉英文化的背景知识,掌握文化负载词在两种

---

[1] 吴莎. 跨文化传播学视角下的《孙子兵法》英译研究[D]. 长沙:中南大学,2012.

语言中的深层含义，同时，"作为文化的中介，译者必须要具备文化感知能力"①，才算是具备了适用中外交流所需要的交际能力。要想出色地做好翻译，"译者必须能够搬开语言与文化差异的屏障，让人们清晰地看到源发信息与译语文化的相关之处"②。钱钟书在大量翻译实践的基础上指出，"一国文字和另一国文字之间必然有距离，译者的理解和文风跟原作品的内容和形式之间也不会没有距离，而且译者的体会和自己的表达能力之间还时常有距离。从一种文字出发，积寸累尺地度越那许多距离，安稳到达另一种文字里，这是很艰辛的历程，一路上颠顿风尘，遭遇风险，不免有所遗失或受些损伤"③。钱先生的这段描述指出翻译中必然存在创造性的误读误释，翻译作为"越界"行为的哲学本质，只能是对理想状态的变异和偏离。在翻译学的范畴中，研究者必须认识到："一切翻译都只能是对理想翻译追求的变异和偏离，不过程度不同罢了。"④同时，我们也应认识到：翻译关涉两种语言、两种文化之间的转化，偏离是使译文日趋完善的一个过程。具体到中国典籍翻译，就应该符合中国文化的内涵。如果把中国文化因素一成不变地翻译出来，译文读者不容易理解；如果违背中国文化的历史语境和地理空间，就会影响译文读者的艺术想象。因此，在翻译过程中，为了尽可能保留中华民族特有的风情和色彩，译者应该在"信"的原则下，灵活选用增译、减译、省译、套译、脱译等多种方法，并提供必要的语境信息，对译文进行适当的阐释，使译文读者能接受和认同，乃至欣赏中国文学作品，通过阅读如实了解源远流长的中国历史与文化。

---

① 廖晶，屠国元. 文化翻译·文化感知·文化创造力[J]. 外语与外语教学，2003(7)：36-38.
② 谭载喜. 新编奈达论翻译[M]. 北京：中国对外翻译出版公司，1999：28.
③ 钱钟书. 林纾的翻译[M]. 北京：商务印书馆，1981：19.
④ 辛红娟. 论零度：偏离理论对翻译研究的阐释力[J]. 南京师大学报（社会科学版），2011(6)：118-124.

杨宪益认为,"翻译是沟通不同民族语言的工具。不同地区或者国家的人都是人,人类的思想感情都是可以互通的。在这个意义上来说,什么东西应该都可翻译,不然的话,人类就只可以闭关守国,老死不相往来了"①。杨宪益在翻译实践中也是一直践行着自己的"翻译的比较文化视野"②,热爱翻译事业,醉心文化交流。在他看来,中国读者应该知道外国的文化遗产,尤其是大量的文学经典,外国也应该了解中国的悠久文化。他把中译英作为自己的工作,翻译了古今中外的大量作品,体裁包括小说、诗歌、戏剧、散文、寓言、学术著作等。"这与其工作性质、个人兴趣、学术背景、古典文化功底相关,也与其翻译目的联系紧密……译者设身处地为读者着想,使译作获得第二次生命,可以跨越时空概念,与不同时代和不同文化的读者见面;介绍文化遗产,让中外人民相互了解。"③杨宪益翻译大量不同题材和体裁的作品,目的就是让中外人民相互了解、相互交流和沟通。

---

① 杨宪益. 略谈我从事翻译工作的经历与体会[C]// 金圣华,黄国彬. 因难见巧:名家翻译经验谈. 北京:中国对外翻译出版公司,1998:82-83.
② 任生名. 杨宪益的文学翻译思想散记[J]. 中国翻译,1993(4):33-35.
③ 禹一奇. 东西方思维模式的交融:杨宪益翻译风格研究[D]. 上海:上海外国语大学,2009:47.

第五章

《宋明评话选》英译对中国典籍外译的启示

20世纪"是以英语为交际手段的文化圈空前扩大的世纪,是它与以华文为交际手段的文化圈关系空前密切的世纪,是位于上述两种文化圈结合部的英语世界中国文学研究成果空前辉煌的世纪"①。一股全球范围内的"中国热"潮流正在涌动,世界对中国的关注,除了因中国硬实力激增,更有对中国几千年来文明与智慧的深度挖掘,研究和翻译中国已然成为新一轮国际学术风尚。

杨宪益、戴乃迭夫妇最突出的贡献,就是联袂将中国文学作品译成英文:从《诗经》到中国现当代文学,时间跨度长达2600多年,单独译著为70余种800多万字,散见于各文集中的译文几十万字,此外还有已出版的外国文学译成中文的9种几十万字,杨、戴夫妇总翻译著作字数达1000万字左右,几乎"翻译了整个中国"②。杨宪益是把《史记》推向西方世界的第一人;他翻译的《鲁迅选集》,是外国的高校教学研究通常采用的蓝本;与夫人合作翻译的三卷本《红楼梦》,与英国两位汉学家合译的五卷本(译名《石头记》)一并成为西方世界最认可的《红楼梦》译本……他还翻译了《离骚》《资治通鉴》《长生殿》《牡丹亭》《唐宋诗歌文选》《老残游记》《儒林外史》等经典作品。杨宪益先生为中外文化交流,尤其是中国文化走向世界做出了卓越贡献。他翻译的中国文学作品,从先秦文学到现当代文学,跨度之大、数量之多、质量之高、影响之深,中国翻译界无人企及。他与夫人戴乃迭联袂翻译的英译本《红楼梦》,已成为最受中外

---

① 黄鸣奋.英语世界中国古典文学之传播[M].上海:学林出版社,1997:23.
② 郭晓勇.平静若水淡如烟:缅怀译界泰斗杨宪益先生[N].中国新闻出版报,2009-12-4.

学者和读者认可与推崇的经典译作。杨宪益、戴乃迭合作,把《楚辞》《离骚》《史记选》《青春之歌》《鲁迅选集》等大量中国古今文学名著译成英文,同时把阿里斯多芬、荷马、萧伯纳等欧洲古今文学家的名著译成中文。此外,杨宪益还著有《译余偶拾》《零墨新笺》等学术著作多种。

纵然杨宪益一生翻译逾千万字的中国文学作品;纵然他身后被赞誉为"翻译了整个中国的人";纵然杨宪益在很多场合被问及《红楼梦》英译,都会提到自己对这部原作的态度以及受命翻译的事实;纵然杨宪益明确说过自己所译的作品中,更喜欢鲁迅的作品,也非常喜欢《宋明评话选》和《史记》……可这些丝毫也不影响学术界对其几乎固定的身份界定——《红楼梦》翻译大家。事实上,无论学术界褒赞也罢,贬抑也罢,三卷本一百二十回煌煌全译,已然成为《红楼梦》英译史上的丰碑。杨宪益夫妇在20世纪60年代开始翻译,到1974年译成全书,书名为 A Dream of Red Mansions,由外文出版社出版,全书共分三卷,第一、二卷1978年出版,第三卷1980年出版,译本包括《红楼梦》一百二十回的全部内容。

《红楼梦》是一部具有世界影响力的人情小说作品,是举世公认的中国古典小说巅峰之作和中国传统文化的集大成者。"《红楼梦》的译者以及未来的译者们肩负着一个伟大而艰巨的使命,即通过译文让英语读者也能认识到《红楼梦》是一部'前不见古人,后不见来者'的千古绝唱。"①以《红楼梦》小说体制本身之宏大和语言本身之灿烂驳杂而论,人们对杨宪益、戴乃迭和霍克思的译本无论给予多高的赞誉都不为过,他们所付出的心血和译本所取得的文学艺术成就足以让所有的文学翻译批评家在面对他们的译本时赞叹不已、流连其中。《红楼梦》一书卓越的修辞艺术使其语言艺术难以完全重构,因此,在可以预见的时段内,霍克思和杨宪益译本所具有的文学性与艺术性足以让尚不具备挑战权威的译界人

---

① 刘士聪. 红楼译评:《红楼梦》翻译研究论文集[C]. 天津:南开大学出版社,2004:序:4.

士望而却步。从某种意义上而言,霍克思和杨宪益的英译本《红楼梦》问世后已经成了一种"终结"性全译本。①

研究者发现,"鲁迅著作的英文译本中,杨宪益、戴乃迭翻译的《鲁迅选集》至今仍然是篇幅最大、收录最全面的。……杨译本的最大特点,在内容上,是顾及了——准确地说是突出了——鲁迅的杂文,而不像西方的译者,多以小说为主。迄今为止,英语国家还没有出版过鲁迅杂文选之类的译本,除了从杨译《鲁迅选集》中选出的那本《无声的中国》(*Silent China*,牛津大学出版社 1973 年版)。西方研究者把鲁迅当作一个虚构作品的大师,而忽略了他的文明批评和社会批评,忽略了他作为一个中国新旧交替时期的知识分子对中国文化的承担,忽略了杂文这种文体的复杂性和艺术性。《鲁迅选集》用三卷的篇幅收录鲁迅的杂文是一个创举,是完成了一次文化积累,也可以说,是打了一场攻坚战。因为,对鲁迅杂文的理解一点也不比对其小说的理解容易,需要对中国文化、中国历史尤其是近现代史的更广博的知识。从这方面说,由杨先生这样学养深厚又亲历过那段历史的人来翻译鲁迅杂文是最合适不过的"②。

杨宪益、戴乃迭翻译《红楼梦》英文全译本广为人知,"但很少有人了解,与他们的译介生涯相始终并对他们的翻译与著述影响至大的,是鲁迅的作品;鲁迅也是古今所有中国作家当中,他们翻译作品数量最多的一位。不仅如此,杨宪益先生还大力推动了 20 世纪五六十年代至七八十年代鲁迅作品英译的选题与编纂工作"③。杨宪益翻译鲁迅作品,既是源自少年时代的认同与喜爱,也是深度研究鲁迅其人其作的结果,他对鲁迅的作品非常熟悉,对作品的整体思想和语言特点理解精熟、到位,因

---

① 党争胜.《红楼梦》英译艺术比较研究:基于霍克思和杨宪益译本[M]. 北京:北京大学出版社,2012:244-245.
② 黄乔生. 杨宪益与鲁迅著作英译[M]// 张世林. 想念杨宪益. 北京:新世界出版社,2016:193.
③ 李晶. 鲁迅在英文世界中的传播[N]. 文汇读书周报,2016-10-17.

此，其在翻译中所体现出来的语言、修辞和文化转化也相对准确，对于原语文化的跨文化话语体系构建也因此具有更高的信度。英美学者的译本，虽然文笔生动，但原文的意义在译者的"本地化"中难免会有些许流失和变形。杨宪益、戴乃迭对鲁迅作品的海外推介起到了关键作用，他们翻译的四卷本《鲁迅选集》为他们带来的国际声誉，不比翻译《红楼梦》小。蓝诗玲在谈及重译鲁迅作品的原因时说，"我高度评价杨氏翻译的鲁迅作品。在需要的地方，他们的语言能够做到典雅、悲伤、幽默"①。此外，杨宪益夫妇合作翻译的《中国小说史略》以及其他鲁迅作品，历经再版、重印，迄今仍是海外中文教学与中国文化研究者的必备书。

1959年，杨宪益、戴乃迭开始了《史记》翻译工作，历时两年，共选译其中18篇（1篇本纪、3篇世家和14篇列传），几乎都是文学性和艺术价值较高的篇章，篇篇都足以反映作者司马迁的人格与风格。该选集翻译工作在1961或1962年就已完成，但交稿后很长时间一直没有出书，后来才被告知书稿已经送去付印，但当时的负责部门规定凡署名译者为杨宪益的著述均不得刊行，因此书稿就被无限期搁置下来。1974年，英译《史记选》在中国香港率先出版，1976年由外文出版社在中国内地出版。迄今为止，杨译《史记选》(Selections From Records of the Historian)仍然是中国内地出版的唯一《史记》英文选译本，译文"栩栩如生地表现出了司马迁像西罗多德似的对于历史事实的嗜好和故事的趣味性"②。

作为国内第一个系统将《史记》推向西方的创举，杨宪益、戴乃迭译本无疑成为后来诸多译者和研究者参考的蓝本之一。杨宪益自幼对中国古典文学、文化十分痴迷，有非常高的造诣，在解读经典方面自然贴合

---

① 王树槐.译者介入、译者调节与译者克制：鲁迅小说莱尔、蓝诗玲、杨宪益三个英译本的文体学比较[J].外语研究，2013(2)：64-71.
② 詹纳.戴乃迭[M]//杨宪益.我有两个祖国：戴乃迭和她的世界.桂林：广西师范大学出版社，2003：156.

而准确。在杨宪益看来,中国之《史记》堪比"西方历史学之父"西罗多德(Herodotus)的《历史》。历史的厚重,人物个性的彰显,文学手法的精熟运用,这些对于解读《史记》的西方学者而言,或许是一个又一个的语言迷宫。但对幼时即能诵读《史记》篇章的杨宪益,以及可以在不多借助辞典和请教他人的情况下阅读古文,如《史记》《左传》《论语》《孟子》等著述的戴乃迭而言,他们可以轻松裕如地兼顾对原文的准确解读和对译语读者的审美关怀。

埃德温·根茨勒(Edwin Gentzler)在《当代翻译理论》(*Contemporary Translation Theories*)中指出,"翻译改变了原作,给予了原作生命,让它的生命更鲜活"①。许多外国人通过杨宪益、戴乃迭的《红楼梦》《离骚》《鲁迅选集》《沉重的翅膀》等译著,得以走近和触摸到厚重悠远的古代中国、顽强抗争的近代中国和走向复兴的当代中国。杨宪益因罹患淋巴癌多年,于2009年11月,在北京煤炭总医院溘然离世。在当下中外交流日益频繁、中国文化一步步走出去的境况下,杨宪益先生的逝世再次引发了人们对于翻译作为对外交流桥梁的关注和思考。"一道文化桥梁断了",人们发出"杨宪益身后,谁来翻译中国"(《中国青年报》)、"谁来接力杨宪益先生手中的棒"(中国新闻网)的追问,有学者认为,季羡林、杨宪益等翻译大家的离开,标致着旧时代培养的最后一代知识分子的终结,如何继承他们的翻译智慧,成为翻译学界和文化学界的当务之急。

5.1 《宋明评话选》英译对目的语读者的关照

翻译是不同思想文化之间的沟通。译者首先要熟稔译入语国家文化和读者期待,同时也要十分了解原语文本承载的深层底蕴及其审美特

---

① Gentzler, Edwin. *Contemporary Translation Theories* [M](Rev. 2nd ed.). Shanghai: Shanghai Foreign Language Education Press, 2004:162-163.

质。在中外文化交流仍相对不均衡的当下,我们需对中国文学英译进程中的成败得失有明确的认识和深度的体认。杨宪益、戴乃迭的翻译实践非常注重准确性,而且注重译、介结合。他们在介绍作品的同时,总是会做一些文学研究的工作,对作家本身以及创作背景做相应的介绍,以让外国读者更好地走进作品。

翻译活动不是在真空中进行的,而是在特定历史文化语境中发生的有选择的政治文化行为,它总会受到所处历史时代、文化传统、意识形态,以及原语文化和译入语文化力量对比等因素的影响。弗米尔(Hans J. Vermeer)把翻译看成"产生新文本的手段"①,翻译的地位获得了前所未有的提高,译作的价值也得到重新评价,不再被看作原作的附庸。沃尔特·本雅明(Walter Benjamin)指出,原作与译作之间是"一种生命联系","译作标致着原作生命的延续",是原文的"来世"(after-life)②,使译作的独立价值得到肯定。作为翻译活动的产品——译作,其在译入语社会中的生产和流通都离不开接受环境的影响。

杨宪益、戴乃迭的译本体现出对原作者的尊重,对应原文程度较高,译文中保留了包括贬己尊人在内的中国传统文化,③与社会地位相关的人名也迁移到译本当中,④原文中大量的隐晦表达,也都得到忠实再现。音译保存了原文的文化含义,能够很好地起到传播中国文化的作用,真正意义上实现原语与译语之间的文化移植,译文准确性较高,传递性较好。对于某些存在文化差异的词汇,杨宪益力求保留儒家思想内涵,将

---

① Snell-Hornby, Mary. *The Turns of Translation Studies: New Paradigms or Shifting Viewpoints*[M]. Amsterdam and Philadelphia: John Benjamins Publishing Company, 2006: 49.
② Benjamin, Walter. The Task of the Translator[M]// Rainer Schulte, and John Biguenet(eds.). *Theories of Translation: An Anthology of Essays from Dryden to Derrida*. Chicago: University of Chicago Press, 1992: 73.
③ 陈毅平.《红楼梦》称呼语翻译对比研究[J]. 红楼梦学刊, 2012(1): 284-309.
④ 邹光椿.《红楼梦》人名英译问题[J]. 福建师范大学学报(哲学社会科学版), 1991(4): 135-138, 143.

中国文化思想传递给译文读者。① 杨宪益、戴乃迭夫妇文学造诣较高,在信息传递上力求完美。如果译者太强调译文可读性,便会丧失中国文化中的一些重要特征,在翻译带有地域特色的文化时,重构的方式是不可取的,过多的归化会剥夺译文读者接近和了解原文文化的机会。② 若使用意译和附加注释的方式,过多的附加信息易致译文臃肿,信息量超负荷,影响读者阅读效果,而杨、戴译本对原文的尊重较好地规避了这一问题。

吉迪恩·图里提出文学翻译不是译者我行我素的自由活动,而是一种受到规范制约的活动。所谓翻译规范就是指在特定的时间、特定的社会文化环境下,译者所做出的规律性的、习惯性的选择。因而,"译作在读者文化中的地位是译作文本的重要组成部分,因为翻译的目的是满足某种需要,填补某个空白,而翻译的结果是译者在某一文化中起到的首要作用,是为该文化利益而服务"③。"过去几十年以来,文本的可接受性已经逐渐成为翻译研究领域的关键词之一,学术界开始越来越关心文本在目的语文化中的适应情况。"④著名汉学家葛浩文指出:"我认为一个做翻译的,责任可大了,要对得起作者,对得起文本,对得起读者……我觉得最重要的是要对得起读者,而不是作者。"⑤译者虽有主体性,但不能"疏远"读者。相反,他要"亲近"读者,"讨好"读者,到读者文化群体中

---

① 赵璧."玉"文化在《红楼梦》中的体现及其英译[J].红楼梦学刊,2012(1):267-283.
② 方开瑞.《红楼梦》的梦幻话语与移译:评杨宪益夫妇的英译本[J].中国翻译,2012(5):62-66.
③ Toury, Gideon. *Descriptive Translation Studies and Beyond* [M]. Shanghai: Shanghai Foreign Language Education Press, 2001:12.
④ 李美.西方文化背景下中国古典文学翻译研究[M].上海:世界图书出版公司,2015:182.
⑤ 季进.我译故我在:葛浩文访谈录[J].当代作家评论,2009(6):45-56.

去，倾听他们的"建议"①。

20世纪60年代，汉斯·罗伯特·姚斯②（Hans Robert Jauss）和沃尔夫冈·伊瑟尔（Wolfgang Iser）率先从事文学的接受研究，共同创立了接受美学，打破了传统批评理论的作者—文本关系的研究模式，建立了文本—读者关系的研究范式，将读者纳入了文学研究的范畴，将研究中心由文本转向读者。他们认为，美学研究应集中在读者对作品的接受、反应、阅读过程和读者的审美经验，以及接受效果在文学的社会功能中的作用等方面。该理论将读者、作者和文本一起纳入文学研究范畴，突出强调读者的中心地位。姚斯指出："在这个作者、作品和大众的三角关系之中，大众并不是被动的部分，并不仅仅作为一种反应，相反，它自身就是历史的一个能动构成。"③在伊瑟尔看来，文学文本是在读者阅读过程中才现实地转换化为文学作品的。文本的潜在意义也是由读者的参与才得以实现的。他更注重阅读和阅读活动中读者和作品的关系问题，以及作品与读者在阅读活动中的相互作用。姚斯和伊瑟尔都关注文本与读者之间的相互交流。美国学者霍拉勃④（Robert C. Holub）全面、系统地介绍了西方接受美学理论，对接受美学理论产生的历史条件做了细致的考察。通过其对接受美学的产生条件、基本理论、发展过程、自身价值以及所发生的影响的全面介绍和分析，人们可以从中看到接受美学理论发展的来龙去脉和整体面貌。

接受美学最基本的特征就是从读者出发。在文本解释中，读者才是

---

① 屠国元，李静. 文化距离与读者接受：翻译学视角[J]. 解放军外国语学院学报，2007(2)：46-50.

② Jauss, Hans Robert. *Toward an Aesthetic of Reception*[M]. Minneapolis：University of Minnesota Press，1978.

③ 姚斯，霍拉勃. 接受美学与接受理论[M]. 周宁，金元浦，译. 沈阳：辽宁人民出版社，1987：24.

④ Holub, Robert C. *Reception Theory: A Critical Introduction*[M]. London and New York：Routledge，1984.

最重要的因素,没有读者就没有文本,文本只有在读者的积极参与下才有意义。接受美学认为,文本的"内在价值"并非独立的客观存在,而是"有待接受主体开掘和创造的文本解读过程,且因接受主体的时代和文化的不同而不同,但无论哪种解读都是有意义的"①。在姚斯的理论中占主导地位的思想是"期待视野",他认为读者在阅读理解之前对作品的显现方式具有定向性期待,即一部作品对读者的文学阅读经验构成的思维的定向或现在结构,这种期待有一个相对确定的理解过程。伊瑟尔更重视作品的阅读和解释,更加强调读者对作品的反应和对意义的重新建构。伊瑟尔认为文学作品具有某种不确定的隐含意义,这些不确定的隐含意义使阅读过程会遇到许多空白,可以不断唤起读者基于既有视域的阅读期待获得新的视域,填补空白,更新视域。伊瑟尔随即提出"文本的召唤结构"。

彼得·纽马克(Peter Newmark)曾说过,"在翻译严肃文学作品(如经典小说、名家散文和诗歌)的时候,译者应该强调忠实于原文作者,努力再现原作的精确内涵,而较少考虑读者的反应。而煽动大众情绪的政治演说、宣传品、商业广告甚至通俗文学,都属于呼唤类文本,重在考虑受众的接受性"②。以此观照杨宪益、戴乃迭的《宋明评话选》翻译,则另当别论。杨宪益、戴乃迭在翻译《宋明评话选》时,就将满足目的语读者的期待作为主要目标,采用直译为主的策略,但为了更好地传播中国文化典籍,他们也做出适当的变通,采用灵活的处理方法,以顺应国际话语环境,帮助译文读者更好地理解这部作品。在翻译时,译者将与主题叙事关联不大的诗词歌赋或删除、或缩减;在地名、人物姓名的翻译方面,他们既有保留,又有取舍,采用音译与意译相结合的方法,尽量让译文读

---

① Lefevere, André. *Translation, Rewriting and the Manipulation of Literary Fame* [M]. Shanghai: Shanghai Foreign Language Education Press, 2000:1.

② Newmark, Peter. *A Textbook of Translation* [M]. New York: Prentice Hall, 1988:56.

者更容易接受多方面的信息;在翻译度量衡时,他们多采用英制度量衡,并将数字做了相应转换,努力减少给译文读者带来的不便。

5.2 《宋明评话选》英译体现的译者翻译思想

纵观古今中外翻译史,在相当长的时间内,译者地位都十分卑微,翻译研究主要以文本分析为主,忽视对翻译主体的研究。然而,随着翻译研究的深入,特别是20世纪70年代翻译研究发生文化转向以来,"人们越来越清醒地认识到,在翻译这个以人的思考和创作为中心的艺术活动中,最不应该忽视的恰恰就是对这个活动的主体——译者的研究和重视"①。翻译家的研究得以成为翻译研究的时代课题,吸引了越来越多研究者的关注。

杨宪益与夫人戴乃迭共同翻译了上百种中国文化典籍和文学作品,译文准确、生动、典雅。从先秦文学到中国现当代文学,跨度之大,数量之多,质量之高,影响之深远,不仅在中外翻译界创造了一个奇迹,被称作翻译工作者的典范,更在中外文化交流史上树起一座丰碑。② 黄友义曾对记者说,"他的译著是所有研究中国文化的西方学者眼中的经典"③。

近年来,随着我国文化软实力的提升,中国传统文化典籍译著及典籍译者在世界范围内备受关注,对杨宪益的研究开始从单一的译作分析、译本比较转向多元化探索。薛鸿时译杨宪益英文自传;邹霆、李辉、雷音各自著杨宪益传记;任生民、陈晓勇、付智茜、杨小刚和禹一奇等人也从不同角度解读杨宪益翻译思想。然而,由于杨宪益长期潜心于翻译

---

① 张柏然,许钧. 面向21世纪的译学研究[C]. 北京:商务印书馆,2002:397-398.
② 郭晓勇. 平静若水淡如烟:深切缅怀翻译界泰斗杨宪益先生[J]. 中国翻译,2010(2):46-48.
③ 璩静. "是真名士自风流":追忆一代翻译大家杨宪益[N/OL]. 中广网,2009-11-29.

实践,较少系统谈论他的译事思索,使得学术界对其翻译思想的系统、全面梳理较之于对其译本的分析研究相对落后。

杨宪益的翻译思想向来是研究中的困难所在。主要是由于杨宪益鲜少谈及自己的翻译经验,唯一能够帮助翻译学人探得他翻译瑰宝的是其在翻译之余写就的《零墨新笺》和《零墨续笺》(后被编入《译余偶拾》)。很长一段时间,研究者对杨宪益翻译思想的梳理与总结,多从一些座谈会,访谈或他人为其所著的文章中窥见,属于随感式,也未能够形成系统。近年来,随着学界对译者主体研究的深入,开始有学者对杨宪益进行系统翻译思想研究。笔者统计显示,关于杨宪益翻译思想研究的论文约有10篇。

任生名《杨宪益的文学翻译思想散记》一文,对杨宪益在有关座谈会上发表的见解,及其在译作前言后记中有关翻译的零星话语加以梳理,力图提炼出杨宪益翻译思想的大致脉络。此中涵盖"翻译的比较文化视野""视忠实为第一要义""如何处理某一文化中特有形象的问题""翻译中译者与历史距离的可消除性"等。[①]文章对这些看法的解读、分析和归纳,不仅对从事文学翻译的人具有普遍的指导意义,而且对杨宪益翻译思想的研究也有纲领性作用。李洁在《杨宪益的翻译思想研究》中,从杨宪益的翻译认识、翻译取向和翻译理想三个方面,探讨杨宪益典籍英译思想的形成。文章分析指出:"对于杨宪益来说,翻译并不是一种单纯的语言转换活动,而是一种以文化移植为目的的跨文化活动。基于此番对翻译的认识,他形成了以传播中国文化为导向的翻译文化取向。而对于翻译理想而言,杨宪益则主张'译介并行,和谐适中'。"[②]此类研究论文还

---

① 任生名.杨宪益的文学翻译思想散记[J].中国翻译,1993(4):33-35.
② 李洁.杨宪益的翻译思想研究[J].理论界,2012(9):112-113.

有《霍克思与杨宪益的翻译思想刍议》[①]和《杨宪益翻译思想与方法研究》[②]等。

王晨在其学位论文《翻译家杨宪益研究》[③]中,以杨宪益研究概况为基础,从人生经历、翻译贡献、译界地位、翻译生涯、翻译成果(包括英译汉、汉译英)、翻译思想及翻译事业的成就和局限等方面,对杨宪益进行了较为全面的研究。论者介绍了杨宪益的人生经历和翻译生涯,将其翻译生涯分为业余译者(约1936—约1943)、职业译者(约1943—约1952)、译作高产(约1952—约1972)和功成名就(约1972—约1986)四个阶段,并对杨宪益各个阶段的翻译活动进行详细介绍。基于对杨宪益翻译历程的描述,论者较为系统地对杨宪益翻译思想进行归纳和提炼。该文还探讨了杨宪益对英国文学、古希腊罗马文学和中国文学的译介及其翻译实践的成就和局限。此篇论文突破了杨宪益研究囿于单一译品的局限,将研究视角拓展到杨宪益作为杰出翻译家的各个方面,既全面又有重点;不仅突出杨宪益的伟大翻译成就及其对中国文化对外传播所做的重大贡献,实践者所具有的脚踏实地、百折不挠翻译精神,更凸显了一个淡泊名利、坚持自我、无怨无悔的译者形象。而论述中凸显的翻译家精神,恰恰都是后来的翻译工作者、爱好者和研究者需要认真学习和努力借鉴的。

5.2.1 杨宪益、戴乃迭的翻译求"真"

对文献考据的喜爱,对民间大众质朴文化的追求,对中华文明、中国文化的钟情,贯穿于杨宪益、戴乃迭的翻译人生。杨宪益强烈的民族自尊心和自豪感,以及忧国忧民的意识,使他在翻译实践中始终坚持"真"

---

① 党争胜. 霍克思与杨宪益的翻译思想刍议[J]. 外语教学,2013(6):99-103.
② 谢士波. 杨宪益翻译思想与方法研究[D]. 上海:华东师范大学,2012.
③ 王晨. 翻译家杨宪益研究[D]. 上海:上海外国语大学,2008.

字为先。这里的"真"既指忠实原语语言符号意义,又指忠实原语文化精神,是爱智之"真"在翻译践行中的具化。杨宪益曾说:"我重视原文,比较强调'信'。古人说了三个字:信、达、雅。当然,光'信'不'达'也是不可能,那是不要人懂。所谓'信',就是不能(和原文)走得太远。如外国人觉得 rose(玫瑰)很了不起(能够代表爱情等美好事物),而中国人觉得牡丹是最好的,把玫瑰翻译成牡丹,这就只做到了'达',忽略了信。"① 而杨宪益在肯定阿瑟·韦利(Arthur Waley)英译《诗经》的艺术价值的同时,也中肯地指出,韦利"把中国周朝的农民塑造成田园诗中描述的欧洲中世纪农民的形象",译作"弄得过分像英国诗歌"②。由是观之,杨宪益的翻译追求之一便是"因信而真"。

从《宋明评话选》的翻译,可以看出杨宪益对于"真"的理解就是要"以忠实的翻译'信'于中国文化的核心、中国文明的精神。这不仅仅是一个翻译中国文化遗产的问题,还涉及忠实传达中国文化的价值、灵魂,传达中国人的人生,他们的乐与悲,爱与恨,怜与怨,喜与怒"③。正是为了"真""信",杨宪益在翻译中总是竭尽全力把原文的意思忠实地传达给另一种读者,使他们能尽可能多地理解原作内容。他认为,过分强调创造性是不对的,因为这样一来,就不是在翻译,而是在改写,因此必须非常忠于原文。④

翻译求"真"还包括叩问本源的学术追求。恪守职责的译者应当同时是研究者或学者,杨宪益就是这样一位典型的学者型翻译家,不仅以翻译家的身份驰名中外,还兼有外国文学研究家和比较文学学者等多重

---

① 周谨,王虎.翻译大师:走近杨宪益先生[J].对外大传播,2004(9):18-20.
② 亨德森.土耳其挂毯的反面[M]//王佐良.翻译:思考与试笔.北京:外语教学与研究出版社,1989:85.
③ 任生名.杨宪益的文学翻译思想散记[J].中国翻译,1993(4):33-35.
④ 亨德森.土耳其挂毯的反面[M]//王佐良.翻译:思考与试笔.北京:外语教学与研究出版社,1989:84-89.

身份。供职国立编译馆的岁月中,除承担大量的翻译工作之外,他把主要精力投入历史研究中。他大部分时间都埋头于编译馆丰富的藏书中,做了大量的笔记,写了 200 多篇历史考据论文,广泛涉猎历史、宗教、文学、民族、地理、音乐、戏剧、民俗等不同的学术领域,出入千年历史,横跨欧亚大陆,在时间和空间的领域自由穿梭,所著《译余偶拾》堪称中外比较文化专著。他曾说自己差一点"成为一位历史学家,成为与中国古代史有关的各种课题的权威"[①]。勤于研究的严谨治学态度贯穿杨宪益一生的翻译实践,他在译作序中,经常介绍有关原作的考据研究成果,对作家本身以及创作背景做相应的介绍,以帮助外国读者更好地走进作品,也在很大的程度上推动了所译作品在接受国读者群中的传播。

喜欢考据的习惯使杨宪益一直把翻译看作一项学术性工作,对待翻译的态度非常严谨,带有一种考古的意味,一丝不苟、严谨求是的学者风范充分体现出他对翻译之"真"的追求。他通过自己的考证,认定浪漫主义诗篇《离骚》是一部伪作,它真正的作者是比屈原晚几个世纪的汉代淮南王刘安,因此始终认为自己采用"'模仿—英雄偶句体'形式翻译这首诗是恰当的"[②]。杨宪益对译作质量要求非常高,在与戴乃迭翻译《宋明评话选》中的诗词歌赋时,他们反复商量,多次修改。杨宪益对古典文化的钟情,对比较研究的重视,使他把翻译和研究看作互相补充的两种方式,以惊人的毅力和饱满的热情坚持翻译求"真"。

5.2.2　杨宪益、戴乃迭的"信""达"观

20 世纪,中国虽然诞生了很多翻译大家,但在翻译理论和翻译研究上,建树不大。很多像杨宪益这样的翻译大家,只是埋头于翻译作品本身,并没有把他们对于文学翻译的很多理想和经验,用理论总结出来。

[①] 杨宪益.漏船载酒忆当年[M].薛鸿时,译.北京:北京十月文艺出版社,2001:132.
[②] 杨宪益.漏船载酒忆当年[M].薛鸿时,译.北京:北京十月文艺出版社,2001:76.

诚如金圣华、黄国彬所说:"他(杨宪益)自谦'怕谈理论',只有'一点体会',其实以一位译过数千万言的大师来说,他的体会,正是后学者摸索求进时的引路明灯!"①傅雷、杨宪益、叶君健、萧乾、杨绛等翻译大家,一生以翻译为业,埋首译事,鲜少系统谈论自己的翻译经验,这是中国翻译界的一大损失。在中国,翻译一直未被当作一门独立的学科,或依附于比较文学,或寄生在语言学内。翻译家虽在读者中享有一些声誉,其实他们翻译工作的成就感还是相对较弱。因为缺少对翻译家角色的理论认知,很多译者只能独自在黑暗中摸索,很久才会形成一些自己的经验。而这些经验随着译者的老去或离世,也很快消散掉了。改革开放以来的近40年中,中国翻译研究经过了完全依赖西方翻译理论解释中国翻译实践和用外译汉翻译规范评述汉译外实践的两个误区,进入21世纪以来,越来越多的翻译学人意识到开展中西比较译学的重要性,正视中西翻译思想旨趣的分野,也能够更加理性地看待汉译英实践中的一些问题。

贝尔(Roger T. Bell)在《翻译与翻译过程:理论与实践》(*Translation and Translating: Theory and Practice*)中说过,"译文自翻译过程而生,了解该过程方有望(若我们自担此任)帮助自己或他人改善翻译技巧"②。在中国文化走出去的当下,要营造典籍对外传播的良好环境,我们需要不断地从前人身上汲取营养。近年来,学界对翻译外国名著,尤其是将外国文学名著翻译为中文的翻译家,如严复、林纾、鲁迅、周作人、傅雷等的翻译实践和翻译思想,已经展开相当全面、深入的研究,取得非常可观的成果,有多部翻译学专论出版。但是,"对于像杨宪益这样主要从事

---

① 金圣华,黄国彬.主编序言[C]// 因难见巧:名家翻译经验谈.北京:中国对外翻译出版公司,1998:Ⅷ-Ⅸ.

② Bell, Roger T. *Translation and Translating: Theory and Practice* [M]. New York: Longman Inc., 1993: 22.

'中译外'工作的翻译家,似乎还没有非常系统的研究"①。20世纪90年代以来,随着典籍英译研究的深入和中国文化软实力的提升,杨宪益开始受到明显关注。

虽然已是"翻译了整个中国"的巨擘,杨宪益仍然谦虚地说自己实际上"没有什么值得一提的新经验",主张回到中国古代的翻译实践寻找翻译智慧,认为"我们中国人不但自己有过几千年的传统文化,而且有过汉唐以来两千年左右的翻译外来文化的好传统"。这一主张对于20世纪90年代国内翻译学界出现的"唯西是从"理论不自信做法可谓是一种有力的反拨。杨宪益归纳说,"过去从鸠摩罗什到玄奘的翻译经验,总结起来,也不过只有两个字,就是'信'与'达'"。在杨宪益看来,"信"与"达"两者同样重要,缺一不可。杨宪益的翻译"信""达"观虽然师法严复,但并非食古不化、完全照抄照仿,他对严复的"信达雅"三字诀有自己的见地——"雅"只是"达"的一部分,"达"而能"雅",才是真正的"达"。

杨宪益非常重视"信",坚持"'信'是第一位,没有'信'就谈不上翻译"②。杨宪益所言"信",包含三个方面的内容:信于原文形象,信于译文读者,信于原文格律、节奏。杨宪益1955年夏译毕《牧歌》时,在"前记"里说自己的译文"力求忠实于原文,行数完全跟原文一样"③。杨宪益坚持翻译要忠实再现原文和原文作者意图,坚持翻译要服务翻译目的,强调文化比较视野和文化交流,关怀读者接受的规范,追求严谨细致、精益求精的精神诉求。杨宪益也总能出于对译文读者的考虑,成功地将其转化成能够为读者辨识的汉语"语言变异"。杨宪益在文本翻译中的"忠实",无不出于对"信"于原文形象、"信"于译文读者和"信"于原文节奏的

---

① 汪成法.从杨宪益说到翻译家研究[N].文汇报,2008-12-26.
② 郭晓勇.平静若水淡如烟:深切缅怀翻译界泰斗杨宪益先生[J].中国翻译,2010(2):46-48.
③ 维吉尔.牧歌[M].杨宪益,译.上海:上海人民出版社,2011;前记(6).

考量。

杨宪益强调的"信"是对译文终端的关注，与传统意义上"对等"或"忠实"原文的做法不能等同视之。在具体翻译实践中，杨宪益的"信"是"不以形式而损害内容"①。关于这一点，杨宪益在《略谈我从事翻译工作的经历与体会》一文中有过明确的表述，阐发对于西方诗歌译成中文的观点。基于对中西方语言特点的分析和数十年中西方诗歌鉴赏与写作的经历，杨宪益深信，"追求诗歌格律上的'信'，必然造成内容上的不够'信'"。杨宪益对荷马史诗《奥德修纪》有深入的研究，认为荷马史诗的诗体是一种六音节的格律诗，每行约有11个轻重音，不用尾韵，但节奏感很强，显然是为朗诵的目的而创造出来的，类似我国的民间弹弦说唱艺术。为了在中国读者中传递出这种等同的效果，他对自己最终采取散文体译诗做了如下说明："在开始翻译之前也考虑是译成诗体好呢，还是译成散文好，最后还是决定译成散文，这是因为原文的音乐性和节奏在译文中反正是无法表达出来的，用散文翻译也许还可以更好使人欣赏古代艺人讲故事的本领。"②

杨宪益说："古人说了三个字：信、达、雅。当然，光'信'不'达'也是不可能，那是不要人懂。"③也就是说，光"信"不"达"，令人无法读懂，也就谈不上"信"。由"信"至"达"，需要翻译者具备高超的双语驾驭能力和双文化体验能力。思果在杨宪益译《卖花女》"总评"中说："我不知道有谁比杨宪益先生更有资格翻译，虽然我佩服的大译家不止一人。……我确实认为能写英文是把英文译成中文的重要条件。这种人才知道原作者的用意，然后用他知道的中文把它表达出来，而不受原文字句的拘束。

---

① 杨清平.家园的寻觅：隐喻视角下的杨宪益外汉翻译研究[D].开封：河南大学，2012.
② 荷马.奥德修纪[M].杨宪益，译.北京：中国工人出版社，2008：27.
③ 杨宪益.我与英译本《红楼梦》[M]//郑鲁南.一本书和一个世界：第二集.北京：昆仑出版社，2008：2.

他可以不顾原文的字句，另外写。这是不会写英文的人办不到的。"① 为了实现对诗歌或类似文本的意义忠实，杨宪益多采用表面上看来没有那么忠实的改写做法，是基于对原文充分理解的"另外写"，以"竭尽全力把原文的意思忠实地传达给另一读者"。杨宪益之"信"更多是对译文终端——译语读者的深刻关照，让译语读者尽可能获得与原文读者类同的美学体验和感受，这其中其实已经有了对译文之"达"的考量。杨宪益的"信"与"达"是不可割裂的整体翻译观。为使译文"达"于译文读者，遇到歌词，杨宪益常会习惯性改写成七言。实际上，这一偏好从他17岁时就已开始，并且表现出非凡的功力，杨宪益古诗词功底深厚，受吴宓"旧瓶装新酒"主张的影响，中学时期尝试以中国古诗体的形式翻译外国诗歌，现在保存下来并收入《银翘集》的《译希腊女诗人莎孚残句》和莎士比亚《暴风雨》中的歌词，是典型的"通达"译文。

5.2.3 杨宪益、戴乃迭的文化翻译观

杨宪益最为人乐道的成就是《红楼梦》英文全译本，目前，翻译学界举凡谈论杨宪益先生的翻译，大多会集中在《红楼梦》英译这一事件上，尤其会将他的译本与霍克思、闵福德译本比较一番。翻译学界目前的评价总体认为：杨宪益中西学问功力深厚，在原文忠实程度上要强得多；而霍克思充分考虑西方读者的接受，在文学语言展现上有更多的发挥，因此更受西方读者的欢迎。② 在对一些容易引起理解歧义的地方，为了迎合英语读者的阅读习惯，霍氏译本多采用意译法，而杨、戴译本则更多地采用直译法。

表面上看来确实似乎是这样。但文学文本的翻译，尤其是经典文

---

① 萧伯纳.《卖花女》选评[M].杨宪益,译.北京:中国对外翻译出版公司,2004:总评(1).
② 蒋洪新.雕虫岁月与漏船载酒:漫谈翻译家杨宪益[J].文景,2010(4):15-17.

本,比如《宋明评话选》的英译,因其蕴含丰富的文化因子,更主要的是一种文化间的互转与较量:是把一种文化所特有的生活风俗、价值观和宗教信仰等,用比较直接的方式翻译出来,引起另一种文化的惊异,并因此影响另一种文化;还是转化为另一种文化方便接受的语言与表达样式,使其成为那种文化的一部分?杨宪益考虑的是,如何把自己民族的文化完整地呈现给英语世界,并因此来影响英语世界的文化样式。在这个问题上,杨宪益等老一代翻译家是有清醒认知的。所以杨宪益在翻译《奥德修纪》和《牧歌》时多采用意译,译文有很强的中国味,另一种文化的陌生感被减至最弱,而在翻译《红楼梦》时,采用的多为直译手法。在这一点上,杨宪益先生显示了极高的文化智慧。① 在翻译《宋明评话选》时,杨宪益、戴乃迭的翻译实践体现出与他们合作翻译的其他典籍文献迥然不同的特色。我们在文本细读中发现,《宋明评话选》中除文本内容的主体直译做法之外,出现了大量省译、意译等多种处理方式。他们根据时代要求和自身目的,动态选择灵活的翻译方法和策略,给译文读者呈现出一部完整的译作。

弱势文化如何面对强势文化,如何使我们传统文化的精华为西方理解和接受,在跨文化的交流活动中,如何做到平等自信,在翻译中采取何种文化立场,一直都是杨宪益关注的问题。因此,有研究者认为,杨宪益、戴乃迭的翻译思想是超前的,更倾向于文化翻译,将翻译看作一种以文化移植为目的的跨文化运动,杨宪益早在60多年前就用他的实际行动,把他的事业定义在文化输出而非语言转换的更高层面上。"除翻译这根主线外,杨宪益还是个视野开阔的文化学者,这首先体现在他在选择翻译书目方面表现出的战略眼光,只要把他所翻译的那些作品串联起来便具有了文学史甚而文化史的价值。"②

---

① 叶匡政.杨宪益先生和翻译的智慧[N].青年时报,2009-11-28.
② 叶廷芳.斯人已去,风范长存[C]// 张世林.想念杨宪益.北京:新世界出版社,2016:81.

杨宪益、戴乃迭"求信求真"的翻译求索、翻译"信""达"观和超前的文化翻译观，是随其阅历和知识面的不断拓展，以及翻译实践经验的不断累积逐渐形成的。杨宪益在中国传统文化的熏陶下、西方现代思想的洗礼中，经过长期翻译实践，逐渐形成稳定、成熟的翻译诗学思想。从先秦文学到中国现当代文学，杨宪益不仅在中外翻译界创造了一个奇迹，被称作"译坛北斗"，更是跨文化传播领域功勋卓著的人，在中外文化交流史上树立起一座难以逾越的丰碑。专栏作家韩浩月说，杨宪益的翻译思想是既轻灵又厚重的，他的轻灵的一面体现在对中国古典名著的举重若轻。在他看来，似乎没有什么是不可翻译的，前提是要自己看得懂，在此基础上再想方设法怎么让陌生的读者也看得懂。他的厚重的一面在于，他在翻译过程中不仅注重消弭文化差异带来的理解偏差，还注重让历史原因、社会元素和心理感受参与到翻译过程中去，因而他的译作在很大程度上具备了语言表达和情感表达的双重分量。

5.3 讲好中国典籍故事的翻译智慧

《关于进一步加强和改进中华文化走出去工作的指导意见》中强调指出，要加强和改进中华文化走出去工作，要坚定理论自信和文化自信，增强中华文化亲和力、感染力、吸引力、竞争力，向世界阐释推介更多具有中国特色、体现中国精神、蕴藏中国智慧的优秀文化，提高国家文化软实力。中华文化走出去，在更广阔的话语系统中构建中国对外话语体系，成为急迫的时代命题。然而，明末以来的典籍外译与接受历史，以及近年来中国文化走出去所遇到的障碍，再次凸显了翻译过程中"谁来译"的问题。

《中国文明与社会指南》(*Chinese Civilization and Society: A Sourcebook*)的编者、美国华盛顿大学尹佩霞(Patricia Buckley Ebrey)教

授说过,"聆听中国人自己不得不倾吐的心声是了解中国的最佳途径"①。而对于中国译者承担典籍翻译的问题,大多数西方汉学家持否定态度。许多国人甚至业界人士也认为,真正能够胜任翻译中国文学作品的译者,应该是国外的汉学家。原因是,他们掌握了语言的深度内涵与读者心态,只有他们才能以原生态的本族语,更好地理解和处理翻译中的各种难题。英国汉学家葛瑞汉(A. C. Graham)在其享有盛誉的《晚唐诗选》中说,"……在翻译上我们几乎不能放手给中国人,因为按照一般规律,翻译都是从外语译成母语,而不是从母语译成外语的,这一规律很少例外"②。美国当代著名汉学家、《中国文学选集》编译者宇文所安也表达了类似观点:说"中国正在花钱把中文典籍翻译成英语。但这项工作绝不可能奏效。没有人会读这些英文译本。中国可以更明智地使用其资源。不管我的中文有多棒,我都绝不可能把英文作品翻译成满意的中文。译者始终都应该把外语翻译成自己的母语,绝不该把母语翻译成外语。"③他们之所以言之凿凿,大多因为秉持"翻译一般只能译入母语而不是译成外语"的信条,认为不少中国译者的翻译造成了难以忍受的"中国英语",相较之下,西方译者的行文则流畅、自然、可读性高。姑且撇开此一论点的武断之处不论,检视典籍外译批评领域诸如话语建构和文本形象建构等关键性问题,也可以发现此类论断脱离原文谈论译文的片面性和不恰当性。

就翻译的本质特点而言,认为翻译的正常状态应当是从外语译入母语,这一说法不无道理,然而,在"中国故事·世界话语"的时代背景下,在如何提高中国国际话语权、增强中国国际传播能力、塑造中国国家形

---

① Ebrey, Patricia Buckley (ed.). *Chinese Civilization and Society: A Sourcebook* [M]. New York: The Free Press, 1981: ⅹⅳ.
② 潘文国. 译入与译出:谈中国译者从事汉籍英译的意义[J]. 中国翻译, 2004(2): 40-43.
③ 辛红娟. 中国典籍"谁来译"[N]. 光明日报, 2017-02-11.

象的历史担当中,服膺如上说法就等于把大量有关中国的信息交给了把汉语作为母语之外的人,把言说中国的机会和责任放手给本不应当承担起这一话语主体角色的"他者"。朱振武教授曾多次在翻译学学术会议上呼吁,"在当前翻译实践以外译中为主、翻译研究以国外学者理论为主的现状下,每位译员都应守土有责,必须形成自己的翻译自觉,让优秀的文学作品昂首阔步先走出去,从翻译到创作再到批评,都应多几分文化上的自信和自觉,都应有起码的文化担当和家国情怀"。

诚然,由于中国学者进入典籍英译领域时间相对较晚,据现有汉学书目统计,中国典籍译本绝大多数是由西方汉学家或独立或在中国合作者帮助下承担完成的,但统计数字只能说明过去的客观存在,并不足以作为中国学者不能担任典籍翻译主体的理论证据。传教士以降的西方译者为中国典籍的异域传扬做出了不可磨灭的贡献,但他们对于"中国哲学没有影响欧美哲学"这个问题也负有不可推卸的责任。他们在翻译中大量使用西方学界耳熟能详的术语,让人误以为中国典籍只不过是西方思想家研究工作的中国化表述。出于自身历史境遇的需要,西方国家对中国典籍文本的翻译,是其文化、意识形态和制度等软实力资源在中国古代典籍文本中的附着,是对中国文化典籍的本土化应用。由于受到"本族文化中心主义"的影响,以往的西方译者翻译中国文化典籍时大多采取迎合译语读者的归化翻译策略,翻译过程中曲解、误译中国文化之处比比皆是。

此外,承载古代经典文本的汉语语言是一种极具弹性的语言,具有语义的浑圆性、语法的意合性和修辞的空灵性这三大特点。语言表述上的这些特点体现了汉民族独特的思维方式、价值取向和文化传统,构成了文本结构在各个语义层面的似隐还显,看似缺乏逻辑,实则体现了一种独特的整体投射,充满着理解张力,具有极高的抗译性特质,使得绝大多数的外国学习者难以在较短时间内无限接近中华文化内核。典籍英译是以契合历史语境的新形式在译语文化中展示中国文化核心价值,扩大中国文化影响力,主要目的是向西方世界介绍真正的中国传统文化,促进中西文化交流和发展,让西方了解真正的中国。译者努力使中国典籍易于被西方读者接受,并不意味着应当一味屈从或归顺西方的阅读习惯、阅读期待和译文目的。须知,越是经典的东西越应当付出一定的努力去获取。

无论是汉唐盛世的佛经翻译与接受还是明清之际的科技思想翻译与传播,都显示出一个不争的文化传播规律:如欲达到原语经典在目标语中的最佳传播效果,最好的译介主体应当是双语人士的合作,如汉唐的"翻译场"和明清时代的利玛窦与徐光启、李之藻等。19世纪末以来,与外文中译的繁盛景观形成鲜明对比,中文外译一直显得较为薄弱。在讲述中国故事、构建中国话语体系的时代当下,我们应当客观、公正地看待中国典籍翻译实践和接受之间的窘况与差距,超越译者、译本对比樊篱,从杨宪益等中国典籍翻译大家身上汲取翻译的智慧,获取前行的力量和指导。杨宪益、戴乃迭译《红楼梦》自问世以来的近40年中,褒赞与贬抑之声始终同时存在,但不得不承认,杨宪益与夫人戴乃迭的合作翻译,秉承经典翻译与传播的良好翻译模式,其在传播效果上虽然未尽如人意,却应当成为丰厚的民族翻译资源,供时人深入探讨,汲取经验与教训,养成讲述中国故事、构建中国话语体系的时代能力。

我们应该站在文化战略的高度来看待翻译,必须让翻译在文化制高点上占有一席之地,高屋建瓴地一览全球文化之景观,才能谈得上对本土文化输出及对外域文化输入的全局考量。同时,中国翻译事业的定位还必须具有充分的前瞻性和主动性,我们不能被动地等待国外汉学家成长并肩负起翻译中国文化典籍的重任。中国翻译界不仅要主动承担中国传统文化对外译介与传播的历史大任,也要大力加强对本土文学作品译出研究的力度,以改变外译汉及相关研究长期以来占主导地位的局面,如此才谈得上增强文化自信,提高中国文化软实力。我们必须加强对"译出"实践的投入和对"译出"翻译家的研究,将中国的本土经验和理论与西方翻译理论相结合,汲取精华,让中国的翻译研究与实践在传承和发展的良性循环中获得升华。李美博士建议,21世纪的中国人要想使自己的价值观跨越语言的、文化的、地域的限制而出口他乡,应该抱着"《圣经》翻译工作者传递上帝福音的虔诚,来热心投身于中国古典文学的对外翻译事业……我们都应该面对类似传递上帝的话语这样的神圣职责而充满信心"[①]。

---

① 李美. 西方文化背景下中国古典文学翻译研究[M]. 上海:世界图书出版公司,2015:185.

第六章

结 论

杨宪益、戴乃迭一生翻译逾千万字的中国文学作品,他们身后被赞誉为"翻译了整个中国的人"。杨宪益明确说过自己所译的作品中,更喜欢鲁迅的作品,也非常喜欢《宋明评话选》和《史记》。杨宪益、戴乃迭凭借其精通汉英双语的优势,将《宋明评话选》翻译成英文,让全世界懂英语的人有机会欣赏中国话本小说。为帮助读者更好地理解原文中的文化负载词所承载的丰富文化信息,杨、戴英译《宋明评话选》时主要采用六种方式处理中西方文化差异:一是直译,保持中国文化中的风俗习惯、传统节日等原文内容、结构注入目的语;二是直译加注,汉语中某些文化词语在英语中找不到对等词,形成了词义上的空缺,翻译时采用加注的方法来弥补空缺,便于读者理解;三是意译,根据原文的大意来翻译,不做逐字逐句的翻译,体现出不同语言民族的诸多方面的差异;四是套译,以目的语固有方式处理两种文化部分重合的情况,或者套用英文固有句式,变异部分词语,既保留汉语特色又符合英语表达习惯;五是省译,删去不符合目标语思维习惯、语言习惯和表达方式的词,以避免译文累赘;六是脱译,即"跳脱不译"之意,指译者有意识地选择不译。无论采用何种方式,都需要译者对汉语有着高超的理解能力与驾驭能力,才能有效实现跨语际文化理解与对话。杨宪益英译本在读者与原著之间搭建了一座桥梁,吸引读者贴近原文,不少学者因此对其给予高度赞誉。"杨宪益的翻译成就令人难以望其项背,翻译工作对他而言不仅仅是一份职业,也是他爱国之情的表达。"①

---

① 李燕.文化心理学观照下的鲁迅小说英译研究:主要关注杨宪益译本[D].上海:上海外国语大学,2013.

杨宪益、戴乃迭的译本体现出对原作者的尊重,对应原文程度较高,译文中保留了包括贬己尊人在内的中国传统文化,与社会地位相关的人名也迁移到了译本当中,原文中大量的隐晦表达也都得到忠实再现。音译保存了原文的文化含义,能够很好地起到传播中国文化的作用,真正意义上实现原语与译语之间的文化移植,译文准确性较高,传递性较好。当作者、译者和译文读者分别来自不同文化背景时,杨宪益、戴乃迭夫妇在特定历史时期和文化语境下根据时代要求和自身目的,动态选择灵活的翻译方法和策略,给译文读者展现出一部完整的译作,帮助译文读者用最少的时间、最小的努力,获取原文作者意欲传达的信息,且译文以诗译诗,朗朗成诵,充分考虑到译文读者的审美接受问题,成功实现各种文化信息在时间和空间中流动,消除他们由于文化屏障造成的传播差异。对于某些存在文化差异的词汇,杨宪益力求保留儒家思想内涵,将中国文化思想传递给译文读者。杨宪益、戴乃迭夫妇文学造诣较高,在信息传递上力求完美。如果译者太强调译文可读性,便会丧失中国文化中的一些重要特征,在翻译带有地域特色的文化时,重构的方式是不可取的,过多的归化会剥夺译文读者接近和了解原文文化的机会。若使用意译和附加注释的方式,过多的附加信息易致译文臃肿,信息量超负荷,影响读者阅读效果,而杨、戴译本对原文的尊重较好地规避了这一问题。

杨宪益、戴乃迭研究虽然呈逐年上升态势,在某些特定年份甚至出现过"井喷"现象,但在研究内容、研究层次和研究视角等方面仍存在着不少问题,有着巨大的研究空间,研究者只有结合现有研究成果,打破研究局限,拓展研究疆域,才能更好地为讲述中国故事和构建中国话语体系提供可资借鉴的典型个案启示。

我们应该站在文化战略的高度来看待翻译,让翻译在文化制高点上占有一席之地,高屋建瓴地一览全球文化之景观,对本土文化输出及对外域文化输入的全局考量。同时,对中国翻译事业的定位还必须具有充分的前瞻性和主动性,不能被动地等待国外汉学家成长并肩负起翻译中国文化典籍的重任。中国翻译界不仅要主动承担中国传统文化对外译介与传播的历史大任,也要大力加强对本土文学作品译出研究的力度,以改变外译汉及相关研究长期以来占主导地位的局面,增强文化自信,提高中国文化软实力。我们必须加强对"译出"实践的投入和对"译出"翻译家的研究,将中国的本土经验和理论与西方翻译理论相结合,汲取精华,让中国的翻译研究与实践在传承和发展的良性循环中获得升华。

归根结底,将中国文学尤其是负载着哲学与艺术的中国古典文学"出口境外"的重要一环,仍是翻译。中国作家叶兆言曾如此描述文学翻译家与世界文学二者之间的关系:"对于大多数读者来说,没有了翻译家,世界文学将是一段十足的空白。没有翻译家,即使我们像伟大的歌德那样,信心百倍地宣布世界文学的时代已经到来,语言障碍的高山挡在面前,我们还是看不到山那边的无限风光。"[1]杨宪益、戴乃迭把毕生的精力都献给了翻译事业,他们用自己的人生智慧,在中西文化堑壑之间架起了一座绚丽的虹桥。他们二人的卓越奉献,推动了中国文化走向世界,帮助西方读者减少因中西方巨大的历史文化差异造成的理解障碍,帮助他们了解中国文明。某种程度上说,杨宪益、戴乃迭对中国古典文学和传统文化的深入研究,是他们翻译事业成功的一个重要基础。无论是艰涩深奥的古典名著,还是时效紧急的时政要闻,他们都能驾轻就熟,完成得干净利落。他们的译作既忠实于中文的原作,又切合外国人阅读习惯,伉俪二人配合默契,相得益彰,简直就像上帝派来的翻译使者一样,给外国读者带来莫大的阅读享受。

---

[1] 叶兆言. 怀念傅雷先生[J]. 中国翻译,2008(4):23-26.

6.1 本研究的发现

自19世纪末以来,与外文中译的繁盛景观形成鲜明对比,中文外译一直显得较为薄弱,我国政府各个部门已经深切地意识到,文化交流的逆差直接关系到国家在国际上的地位。对于从事文学翻译或者文学研究的人来说,中国文学的走出去远远不是解决自己温饱的问题,而是一种使命,也是责任。杨宪益用自己在中西文化方面的博学,打通语言障碍,为将中国古典名著尽可能原汁原味地介绍到国外,做出了不可磨灭的贡献。本研究全面梳理了杨宪益、戴乃迭《宋明评话选》英译本的翻译实践活动,以彰显他们作为主体存在的感召意义,号召新一代学人投身中国文学和中国文化的英译活动,推动民族传统文化的传播。在系统、全面梳理杨宪益、戴乃迭英译《宋明评话选》的历程、翻译特色、中国文化内容的传播基础上,总结其翻译传播理念、翻译思想精要和讲述中国典籍故事的翻译智慧,以彰显其在中国翻译史上的地位和作用。本研究发现,在《宋明评话选》英译本中,杨宪益、戴乃迭两位译者充分体现了对目的语读者的关照,将满足目的语读者的期待作为主要目标,采用直译为主的策略,但为了更好地传播中国文化内容,他们也做出适当的变通,采用灵活的处理方法,以顺应国际话语环境,帮助译文读者更好地理解这部作品。杨宪益、戴乃迭尽可能把原文的意思忠实地传达给目的语读者,使其能尽可能多地理解原作内容。他们认为,过分强调创造性是不对的,因为这样一来,就不是在翻译,而是在改写,因此必须非常忠于原文。对于蕴含丰富的文化因子的经典文本,杨宪益、戴乃迭认为,应该把自己民族的文化完整地呈现给英语世界,并因此来影响英语世界的文化样式。本研究深化对合作翻译模式、诗人译诗、翻译与文化、翻译与意识形态等问题的研究,有助于归纳、提升汉语这一特质语言向英语转化的规律,使中文外译理论加入世界翻译理论的对话行列。在当前大变局的背景下,全面梳理杨宪益等中国文学、文化翻译巨匠的得失成败,进行理论归纳和追索,有助于重新定义翻译,是中国翻译理论研究的未来走向和突破口。

6.2 本研究的不足与局限

本研究主要聚焦杨宪益、戴乃迭的翻译思想剖析与归纳,重点讨论了他们夫妇二人的汉英翻译实践经验及翻译传播理念。实际上,他们是既把中国经典名著向国外介绍,又把西方名著翻译成中文,实现了双向交流的翻译家。单纯讨论他们在汉译英领域的经验和智慧,无法客观、全面地评价这对斐然译坛的中西合璧翻译家的毕生贡献。本研究对于《宋明评话选》的关注,主要集中在其为实现中国典籍的跨文化传播所采用的策略和方法,在分类方面采用了物质文化、制度文化和精神文化三分法。在具体讨论时,限于文章的篇幅,加上笔者占有的资料有限,对《宋明评话选》中所包含的文化内容讨论难免有挂一漏万之嫌,未来的研究将更加全面地探讨包含文化信息在内的各个方面。此外,本研究没有对《宋明评话选》英译本的传播效果和接受程度进行深入研究,这将是笔者未来的努力方向。本研究选取的例子较多,且例子分析多仅停留在表面,未能结合理论进行深入分析,许多例子仅指出译者如何译,却未能深入分析为何这样译,也未评价这样翻译的效果如何。

6.3 杨宪益、戴乃迭研究可拓展空间

相对于当前国内典籍外译研究升温,社会各界争相加大对中国文化海外传播的重视程度和"讲好中国故事"的时代吁请,以及国内外译汉翻

译家体系构建愈趋完善的现状来说,对于杨宪益、戴乃迭两位译著等身的汉译英翻译家的研究在广度和深度上都远远滞后。除对其译作的研究存在问题外,对其翻译思想的研究力度也亟待增强,而对其进行译者主体研究的更是少之又少。针对我国杨宪益、戴乃迭研究存在的问题和不足,我们尝试提出如下三点建议,以期能为国内杨宪益、戴乃迭研究以及汉语作品外译研究提供一些指导性意见。

第一,从译作研究内容分析来看,杨宪益、戴乃迭的译作大部分是汉译英,而且他们主要从事的是典籍翻译,像《楚辞》《离骚》《聊斋志异》《红楼梦》等典籍本身就携带浓厚的中国印记、民族印记,涉及中国传统哲学思想、文学思想、理学思想等。从语言层面对字词句翻译等的研究固然需要,但相对于含宏万汇的文化典籍,这些探讨难免显得过于单薄、轻巧,失之厚重。目前,对杨宪益、戴乃迭译作进行的文化研究力度相对较薄弱;而从哲学、历史学、人类学层面切入研究的更是少之又少。从文化输出角度考虑,对于汉译外作品还应该从传播学层面对其进行接受和影响研究,然而目前关于杨宪益、戴乃迭译作研究几乎尚未触及这一维度。总之,译作研究不应停留在表面,要深入译作内部;不应只停留在文本层面,还应该对文本外的因素多加考虑;不应只停留在翻译微观过程探讨,还应该关注宏阔的接受和传播情况。

第二,从研究内容侧重来看,对杨宪益、戴乃迭译作的研究如上文所述大多集中在《红楼梦》和鲁迅作品,而其他译作研究关注度相对较低。此外,研究内容大多集中于译作研究,对其翻译思想的研究力度仍显不足。而这一情况对杨宪益、戴乃迭研究的整体构成和进一步发展极为不利,我们知道,翻译家研究要有完整的体系,不仅应包括对其译作的研究,还要有对其生平、翻译生涯、个人风格及原文本选择和翻译过程的各种考量,此外,译者的翻译目的、翻译风格、翻译准则等方面,都要予以重视。以此观之,国内杨宪益、戴乃迭研究仍处在一个相对不完善的层面上,这就要求学术界对此要有深刻认识,要求研究者认识到研究的不足,在以后的研究中能有所弘扬或规避,从而推进杨宪益、戴乃迭研究向纵深发展。

第三,从认识层面来看,对杨宪益、戴乃迭研究之所以存在诸多问题和不足,主要是因为国内相关学者或研究者对于中国文化海外传播效果的认识时有偏差。中国典籍是中国传统文化的一部分,是在历史变迁中保留下来的文化精粹。中国文化作为人类文化多元系统中的一部分,积极参与到世界文化交流是再自然不过的事情。翻译作为中国文化"旅行"到世界各地的一个重要途径,对于中国文化的弘扬和文化身份的保存有着非常重要的作用。纵观中西文化交流史,这种交流基本上是单向的,中国在西方文化的译入、吸收和利用方面做得很成功,充分体现了中华民族海纳百川的容量以及好学向上的品格,但在自己的文化输出方面不尽如人意。鉴于此,翻译界要加大对杨宪益、戴乃迭典籍英译的研究力度,不能仅仅只对部分译作进行浅层次的解读和分析,要多角度、多层面、全方位对杨宪益夫妇承译的尽可能多的译品进行深度剖析和研究,还应跳出文本的局限,对译作在西方国家的传播和影响开展社会学、人类学研究,从而真正相对客观、全面地提炼出杨宪益、戴乃迭一生的翻译智慧,为未来中国学者承担中国文学、文化外译提供引路灯塔。

自1980年至今,国内杨宪益、戴乃迭研究日渐丰盈,为构建完整的杨宪益、戴乃迭研究体系奠定了坚实的基础。我们认为,杨宪益、戴乃迭研究虽然呈逐年上升态势,在某些特定年份甚至出现过"井喷"现象,但在研究内容、研究层次和研究视角等方面仍存在着不少问题,有着巨大的研究空间。研究者只有结合现有研究成果,打破研究局限,拓展研究疆域,才能更好地为讲述中国故事和构建中国话语体系提供可资借鉴的典型个案启示。诚如蒋洪新所言,"在我们这个时代也许很难再创造出另一个杨宪益,但他的榜样力量会留给我们很多启发与教育意义,我们如果在人才培养、知识分子的责任以及对外文化的翻译与传播等领域多下苦功,这也许是对他最好的纪念"①。

6.4 未来研究方向

文学与文化的跨语言、跨国界传播是一项牵涉面广、制约因素复杂的活动,由于笔者占有的资料有限,某些学术领域背景相对匮乏,本研究存在有待进一步拓展的研究空间:

(1) 本研究主要集中在杨宪益、戴乃迭在汉译英领域的智慧和贡献。在大量的汉译英工作之余,杨宪益、戴乃迭还翻译出版了不少外译中的外国文学名著,未来可以将研究拓展到他们在英译汉领域的成就;

(2) 继续以《宋明评话选》为个案,深入研究译入语文化对以翻译为媒介的外国文学的接受问题,以及该翻译文学对译入语文学与文化的影响问题,包括一个民族在接受外国文学时接受什么、怎样接受、接受的效果,以及接受过程中的各种因素和现象等;

(3) 借助翻译功能学派、翻译文艺学派、翻译哲学学派等相关学理,解读《宋明评话选》;以目的论、译者主体性、哲学阐释学、互文性、文化心理学等为主要切入视角,进行杨宪益、戴乃迭《宋明评话选》英译研究;

(4) 从其他中国译者的翻译行为中总结经验和智慧,为未来培养守土有责的本土译者提供更多参考和借鉴。

---

① 蒋洪新. 雕虫岁月与漏船载酒:漫谈翻译家杨宪益[J]. 文景,2010(4):15-17.

参考文献

BASSNETT S. The Meek or the Mighty: Reappraising the Role of the Translator [M]// ÁLVAREZ R, VIDA C. (eds.). Translation, Power, Subversion [M]. Clevedon: Multilingual Matters Ltd., 1996.

BASSNETT S. "When a Translation Is not a Translation?" [C]// BASSNETT S, LEFEVERE A. Constructing Cultures: Essays on Literary Translation. Clevedon: Multilingual Matters Ltd., 1998.

BASSNETT S. Post-Colonial Translation Theory and Practice [M]. London: Routledge, 1999.

BASSNETT S, LEFEVERE A. Translation, History and Culture [M]. London and New York: Continuum International Publishing Group Ltd., 1996.

Bell R T. Translation and Translating: Theory and Practice [M]. New York: Longman Inc., 1993.

BENJAMIN W. The Task of the Translator [M]//SCHULTE R, BIGUENET J. (eds.). Theories of Translation: An Anthology of Essays from Dryden to Derrida. Chicago: University of Chicago Press, 1992.

BIRCH C. Stories from a Ming Collection (Translations of Chinese Short Stories Published in the Seventeenth Century)[M]. London: Bodley Head, 1958.

EBREY, P B (ed.). Chinese Civilization and Society: A Sourcebook [M]. New York: The Free Press, 1981.

FENG M L, LING M C. Selected Chinese Stories of the Song and Ming Dynasties[M]. Trans. YANG X, YANG G. Beijing: Foreign Languages Press, 2007.

FENG M L, LING M C. The Courtesan's Jewel Box: Chinese Stories of the Xth—XVIIth Centuries [M]. Trans. YANG X Y, YANG G. Beijing: Foreign Languages Press, 1981.

FENG M L, LING M C. The Courtesan's Jewel Box: Chinese Stories of the Xth-XVIIth Centuries [M]. Trans. YANG X Y, YANG G. Beijing: Foreign Languages Press, 1957.

FENG M L. Stories Old and New: A Ming Dynasty Collection[M]. Trans. YANG S H, YANG Y Q. Seattle and London: University of Washington Press, 2000.

FENG M L. Stories to Awaken the World: A Ming Dynasty Collection [M]. Trans. YANG S H, YANG Y Q. Seattle and London: University of Washington Press, 2000.

FENG M L. Stories to Awaken the World[M]. Trans. YANG S H, YANG Y Q. Changsha: Yuelu Publishing House, 2009.

FENG M L. The Colloquial Short Story in China: A Study of the San-yen Collections [M]. Trans. BISHOP J L. Cambridge, Mass.: Harvard University Press, 1956.

FENG M L. The Oil Vendor and the Courtesan: Tales from the Ming

Dynasty[M]. Trans. WANG T, CHEN C. New York: Welcome Rain Publishers, 2007.

GENTZLER E. Contemporary Translation Theories (Rev. 2nd ed.) [M]. Shanghai: Shanghai Foreign Language Education Press, 2004.

HANAN P. The Chinese Short Story [M]. Cambridge: Harvard University Press, 1973.

HERMANS T. The Manipulation of Literature: Studies in Literary Translation [M]. London and Sydney: Croom Helm, 1985.

HOLMES J S. Translated! Papers on Literary Translation and Translation Studies [M]. Amsterdam: Rodopi, 1988.

HOLUB R C. Reception Theory: A Critical Introduction[M]. London and New York: Routledge, 1984.

HOWELL E B. The Restitution of the Bride and Other Stories from the Chinese [M]. London: T. Werner Laurie Ltd., 1926.

HSIA C T. The Classic Chinese Novel: A Critical Introduction [M]. New York: Columbia University Press, 1968.

JAUSS H R. Toward an Aesthetic of Reception [M]. Minneapolis: University of Minnesota Press, 1978.

JOSEPH N. Science and Civilization in China (Volume 3) [M]. Cambridge: Cambridge University Press, 1959.

LASSWELL H D. The Structure and Function of Communication in Society[M]. New York: Harper & Bros, 1948.

LEFEVERE A. Translation, Rewriting and the Manipulation of Literary Fame [M]. Shanghai: Shanghai Foreign Language Education Press, 2000.

MCLAREN A E. (trans.). The Chinese Femme Fatale: Stories from Ming Period[M]. Sydney: Wild Peony Pty Ltd., 1994.

NEWMARK P. A Textbook of Translation[M]. New York: Prentice Hall, 1988.

NIDA E A. Language, Culture and Translating [M]. Shanghai: Shanghai Foreign Language Education Press, 2001.

ROBINSON D. Western Translation Theory: From Herodorus to Njetzche[M]. Manchester: St. Jerome Publishing, 1997.

SCHULTE R, BIGUENET J. (eds.). Theories of Translation: An Anthology of Essays from Dryden to Derrida[M]. Chicago and London: University of Chicago Press, 1992.

SNELL-HORNBY M. The Turns of Translation Studies: New Paradigms or Shifting Viewpoints [M]. Amsterdam and Philadelphia: John Benjamins Publishing Company, 2006.

TOURY G. In Search of a Theory of Translation[M]. Tel Aviv: The Porter Institute of Poetic and Semiotics, 1980a.

TOURY G. A Rationale for Descriptive Translation Studies [C]// The Art and Science of Translation. Dispositio 7, 1980b, Special Issue, 22 - 39.

TOURY G. Descriptive Translation Studies and Beyond[M]. Shanghai: Shanghai Foreign Language Education Press, 2001.

VVENUTI L. The Translator's Invisibility[M] 2nd ed. London and New York: Routledge, 2008.

WANG N. On Cultural Translation: A Postcolonial Perspective [C]// WANG N, SUN Y F (eds.). Translation, Globalisation and Localisation: A Chinese Perspective. Clevedon: Multilingual

Matters Ltd., 2008.

YANG W L-Y, LI P, MAO N K. Classical Chinese Fiction: A Guide to Its Study and Appreciation: Essays and Bibliographies [M]. London: K. Hall & Co., 1978.

抱瓮老人. 今古奇观[M]. 长沙:岳麓书社,2009.

鲍晓英. 中国文化"走出去"之译介模式探索:中国外文局副局长兼总编辑黄友义访谈录[J]. 中国翻译,2013(5):62-65.

曹庭栋. 养生随笔[M]. 西安:世界图书出版公司,2010.

陈婷婷.《今古奇观》:中国文学走向世界最早的典范与启示[J]. 安徽大学学报(哲学社会科学版),2013(4):44-51.

陈艳鸾. 关联理论视角下看《金玉奴棒打薄情郎》中诗词翻译:以篇中一首小诗为例[J]. 海外英语,2013(11):143-144.

陈毅平.《红楼梦》称呼语翻译对比研究[J]. 红楼梦学刊,2012(1):284-309.

程国赋. 三言二拍传播研究[M]. 北京:中国社会科学出版社,2006.

程裕祯. 中国文化要略[M]. 北京:外语教学与研究出版社,1998.

达文. 陨落的中国翻译大家杨宪益[N]. 独立报,2009-11-25.

戴乃迭. 我觉得我有两个祖国[M]//杨宪益. 我有两个祖国:戴乃迭和她的世界. 桂林:广西师范大学出版社,2003.

党争胜.《红楼梦》英译艺术比较研究:基于霍克思和杨宪益译本[M]. 北京:北京大学出版社,2012.

党争胜. 霍克思与杨宪益的翻译思想刍议[J]. 外语教学,2013(6):99-103.

董阳. 中国当代文学走入世界[N]. 人民日报,2012-10-13(3).

杜学增. 中英(英语国家)文化习俗比较[M]. 北京:外语教学与研究出版社,1999.

方开瑞.《红楼梦》的梦幻话语与移译:评杨宪益夫妇的英译本[J].中国翻译,2012(5):62-66.

费正清.中国:传统与变迁[M].张沛,译.北京:世界知识出版社,2002.

冯英华.被遮蔽的美丽存在:中国古代文学中女性外貌描写的特征及其审美意蕴探[J].和田师范专科学校学报,2015(1):70-74.

伏满戈."二拍"人物研究[D].西安:陕西师范大学,2006.

高玉海."三言二拍"俄文翻译的历程[J].明清小说研究,2013(4):245-253.

谷鸣.杨宪益夫妇的译事[J].书屋,2010(4):44-49.

谷倩兮.明清小说戏剧在意大利的翻译和研究[J].语言文学研究,2014(21):14-16.

郭建中.文化与翻译[M].北京:中国对外翻译出版公司,1999.

郭晓勇.平静若水淡如烟:缅怀译界泰斗杨宪益先生[N].中国新闻出版报,2009-12-04.

郭晓勇.平静若水淡如烟:深切缅怀翻译界泰斗杨宪益先生[J].中国翻译,2010(2):46-48.

韩田鹿.三言二拍看明朝[M].北京:中华书局,2011.

韩忠华.评《红楼梦》杨氏英译本[J].红楼梦学刊,1986(3):99-106.

荷马.奥德修纪[M].杨宪益,译.北京:中国工人出版社,2008.

侯楷炜.冯梦龙传说故事集[M].苏州:古吴轩出版社,2012.

黄苗子.奇文不可读:《杨宪益传》小序[M]//邹霆.永远的求索:杨宪益传[M].上海:华东师范大学出版社,2001.

黄敏,孙海静.文学著作中的女红艺术[N].中国社会科学报,2016-11-14.

黄鸣奋.英语世界中国古典文学之传播[M].上海:学林出版社,1997.

黄乔生.杨宪益与鲁迅著作英译[M]//张世林.想念杨宪益.北京:新世

界出版社,2016.

黄卫总. 明清小说研究在美国[J]. 明清小说研究,1995(2):217-224.

纪红. 新版《银翘集》说明[M]// 杨宪益. 银翘集:杨宪益诗集. 福州:福建教育出版社,2007.

季进. 我译故我在:葛浩文访谈录[J]. 当代作家评论,2009(6):45-56.

江慧敏. 中国小说在英国的翻译传播与影响[J]. 北京第二外国语学院学报,2014(6):30-38.

蒋洪新. 雕虫岁月与漏船载酒:漫谈翻译家杨宪益[J]. 文景,2010(4):15-17.

蒋骁华,姜苏. 以读者为中心:"杨译"风格的另一面:以杨译《宋明平话选》为例[J]. 外国语言文学,2007(3):188-197.

金圣华,黄国彬. 因难见巧:名家翻译经验谈[C]. 北京:中国对外翻译出版公司,1998.

金圣华,黄国彬. 主编序言[C]//金圣华,黄国彬. 因难见巧:名家翻译经验谈. 北京:中国对外翻译出版公司,1998.

乔基姆. 中国的宗教精神[M]. 王平,译. 北京:中国华侨出版公司,1999.

亨德森. 土耳其挂毯的反面[M]// 王佐良. 翻译:思考与试笔. 北京:外语教学与研究出版社,1989.

赖慈芸. 书评:Patrick Hanan, trans. Falling in Love: Stories from Ming China[J]. 汉学研究. 2007(1):503-508.

蓝颜. 他翻译了整个中国:记我国著名翻译家杨宪益先生[J]. 国学,2010(1):30-32.

雷音. 杨宪益传[M]. 香港:明报出版社,2007.

李蓓,卢荣荣. 中国文化走出去急需迈过翻译坎[N]. 人民日报(海外版),2009-08-14(4).

李辉. 杨宪益与戴乃迭：一同走过[M]. 郑州：大象出版社，2001.

李洁. 杨宪益的翻译思想研究[J]. 理论界，2012(9)：112-113.

李晶. 鲁迅在英文世界中的传播[N]. 文汇读书周报，2016-10-17.

李美. 西方文化背景下中国古典文学翻译研究[M]. 上海：世界图书出版公司，2015.

李小龙. 中国古典小说回目研究[M]. 北京：北京大学出版社，2012.

李新庭. 明清传教士与冯梦龙"三言"在西方的传播[J]. 福建师范大学学报(哲学社会科学版)，2010(6)：64-76.

李新庭，庄群英. 华裔汉学家张心沧与"三言"的翻译[J]. 淮北师范大学学报(哲学社会科学版)，2011a(1)：154-156.

李新庭，庄群英. 华裔汉学家王际真与"三言"的翻译[J]. 大连海事大学学报(社会科学版)，2011b(1)：112-115.

李燕. 文化心理学观照下的鲁迅小说英译研究：主要关注杨宪益译本[D]. 上海：上海外国语大学，2013.

李颖. 芬兰的中国文化翻译研究[D]. 北京：北京外国语大学，2013.

廖晶. 翻译研究的综合路径：从文化翻译研究到社会话语分析：《译者主体性的社会话语分析》述评[J]. 中国翻译，2016(5)：60-64.

廖晶，屠国元. 文化翻译·文化感知·文化创造力[J]. 外语与外语教学，2003(7)：36-38.

廖七一. 当代英国翻译理论[M]. 武汉：湖北教育出版社，2001.

廖七一. 现代诗歌翻译的"独行之士"：论苏曼殊译诗中的"晦"与价值取向[J]. 中国比较文学，2007(1)：68-79.

凌濛初. 初刻拍案惊奇[M]. 长沙：岳麓书社，2010.

凌濛初. 二刻拍案惊奇[M]. 长沙：岳麓书社，2010.

刘鹤岩. "三言"在日本[J]. 渤海大学学报(哲学社会科学版)，2004(2)：1-3，13.

刘静敏. 汉语修辞与汉文化[M]. 北京:中国文史出版社,2003.

刘士聪. 红楼译评:《红楼梦》翻译研究论文集[C]. 天津:南开大学出版社,2004.

刘炜评."火气"与"挚情":评杨宪益先生诗[EB/OL]. http://blog.sina.com.cn/s/blog_5e6472240100gm5e.html.

路旦俊."三言"篇目英译的考订[J]. 图书馆,2005(2):103-106.

路旦俊."三言"英译的比较研究[J]. 求索,2005(4):163-166.

吕俊. 翻译学:传播学的一个特殊领域[J]. 外国语,1997(2):39-44.

吕世生.《红楼梦》跨出中国文化边界之后:以林语堂英译本为例[J]. 外语与外语教学,2017(4):90-96,149.

罗小东."三言""二拍"叙事艺术研究[M]. 北京:中国社会科学出版社,2010.

马兴国."三言两拍"在日本的流传及影响[J]. 日本研究,1989(4):60-65.

马祖毅,任荣珍. 汉籍外译史(修订本)[M]. 武汉:湖北教育出版社,2003.

茅盾. 为发展文学翻译事业和提高翻译质量而奋斗:1954年8月19日在全国文学翻译工作会议上的报告[C]// 罗新璋. 翻译论集. 北京:商务印书馆,2009.

孟华. 比较文学形象学[M]. 北京:北京大学出版社,2001.

孟晓光. 理智看待中国文学走向世界[N]. 人民日报(海外版),2010-09-23(7).

米舒. 冯梦龙之俗[J]. 文学教育,2010(4):10.

闵宽东. 在韩国的中国古典小说翻译情况研究[J]. 明清小说研究,2009(4):42-65.

潘文国. 译入与译出:谈中国译者从事汉籍英译的意义[J]. 中国翻译,

2004(2):40-43.

潘震.情感传译的隐转喻识解[J].外语教学与研究,2013(5):754-765.

彭爱民.论典故文化的再现:《红楼梦》典故英译评析[J].红楼梦学刊,2013(3):272-284.

齐裕焜.冯梦龙研究的突破与进展:兼谈福建学者的学术贡献[C]//屈玲妮,主编.冯梦龙研究:第1辑.苏州:苏州大学出版社,2015.

钱林森.中国古典戏剧、小说在法国[J].南通大学学报(社会科学版),2008(2):48-55.

钱穆.钱穆先生全集:论语新解[M].北京:九州出版社,2011.

钱钟书.林纾的翻译[M].北京:商务印书馆,1981.

乔修峰.美国学者谈冯梦龙"三言"翻译[N].中国社会科学报,2009-9-10.

屈玲妮.冯梦龙研究(第1辑)[C].苏州:苏州大学出版社,2015.

璩静."是真名士自风流":追忆一代翻译大家杨宪益[N/OL].中广网,2009-11-29.

饶志欢.关联理论视角下《宋明评话选》中俗语的翻译研究:以杨宪益译本为例[D].赣州:赣南师范学院,2014.

任生名.杨宪益的文学翻译思想散记[J].中国翻译,1993(4):33-35.

莎日娜.乌兰巴托版蒙古译文《今古奇观》研究[D].北京:中国社会科学院,2010.

单波,王金礼.跨文化传播的文化伦理[J].新闻与传播研究,2005(1):36-42.

单德兴.翻译与脉络[M].台北:书林出版有限公司,2009.

施建业.中国文学在世界的传播与影响[M].济南:黄河出版社,1993.

宋柏年.中国古典文学在国外[M].北京:北京语言学院出版社,1994.

苏爱民. 试论"三言"作品的语言特色[J]. 名作欣赏，2006(8):14-16.

孙楷第.沧州集[M]. 北京：中华书局，2009.

孙逊，宋丽娟.《凤凰杂志》与中国古典小说的翻译[J]. 江西社会科学，2009(5):116-120.

孙艺风. 翻译与跨文化交际策略[J]. 中国翻译，2012(1):16-23.

孙艺风.文化翻译的困惑与挑战[J].中国翻译,2016(3):5-14.

孙英春.跨文化传播学导论[M].北京:北京大学出版社,2008.

谭耀炬. 三言二拍语言研究[M].成都：四川出版社，2005.

谭载喜. 新编奈达论翻译[M]. 北京：中国对外翻译出版公司，1999.

屠国元. 翻译中的文化移植：妥协与补偿[J]. 中国翻译，1996(2):9-12.

屠国元，李静. 文化距离与读者接受：翻译学视角[J]. 解放军外国语学院学报，2007(2):46-50.

屠国元，许雷. 立足于民族文化的彰显:转喻视角下辜鸿铭英译《论语》策略研究[J]. 中南大学学报（社会科学版），2012(6):211-215.

汪成法. 从杨宪益说到翻译家研究[N]. 文汇报，2008-12-26.

汪俊文. 日本江户读本小说对中国白话小说的"翻案"：以《雨月物语·蛇之淫》与《警世通言·白娘子永镇雷峰塔》为例[J]. 上海师范大学学报（哲学社会科学版），2009(1):87-92.

汪榕培. 古典名著汉译外是我国文学翻译领域的短线[J]. 外语与外语教学，1995(1):9-10.

王秉钦. 文化翻译学:文化翻译理论与实践[M]. 天津：南开大学出版社，2007.

王晨. 翻译家杨宪益研究[D]. 上海：上海外国语大学，2008.

王尔敏. 中国文献西译书目[M]. 台北：台湾商务印书馆，1975.

王古鲁. 关于新刊拍案惊奇[N]. 文汇报，1957-11-01.

王宏印. 中国文化典籍英译[M]. 北京：外语教学与研究出版社，2009.

王建开. 中国现当代文学作品英译的出版传播及研究方法刍议[J]. 外语教学理论与实践，2012(3)：15-22.

王丽娜. 中国古典小说戏曲名著在国外[M]. 上海：学林出版社，1988.

王凌. 畸人·情种·七品官[M]. 福州：海峡文艺出版社，1992.

王启忠.《红楼梦》的人物语言在形象塑造上的贡献[J]. 北京师院学报（社会科学版），1987(3)：12-19.

王尚文. 后唐宋体诗话[M]. 北京：中国社会出版社，2011.

王树槐. 译者介入、译者调节与译者克制：鲁迅小说莱尔、蓝诗玲、杨宪益三个英译本的文体学比较[J]. 外语研究，2013(2)：64-71.

王学泰. 聂绀弩诗与旧体诗的命运[J]. 读书，2010(6)：122-130.

王岳川. 发现东方与中国文化输出[J]. 解放军艺术学院学报，2002(3)：5-12.

王佐良. 翻译：思考与试笔[M]. 北京：外语教学与研究出版社，1989.

维吉尔.牧歌[M].杨宪益,译.上海：上海人民出版社，2011.

卫茂平.《今古奇观》在德国[J]. 寻根，2008(3)：44-49.

温孟孚."三言"话本与拟话本研究[M]. 北京：中国社会科学出版社，2005.

吴海发. 二十世纪中国诗词史稿[M]. 北京：中国文史出版社，2004.

吴佳.《杜十娘怒沉百宝箱》中小说对话翻译的功能对等分析[D]. 赣州：赣南师范学院，2013.

吴莎. 跨文化传播学视角下的《孙子兵法》英译研究[D]. 长沙：中南大学，2012.

夏康达. 二十世纪国外中国文学研究[M]. 天津：天津人民出版社，2000.

萧伯纳.《卖花女》选评[M]. 杨宪益,译.北京：中国对外翻译出版公司，

2004.

谢士波. 杨宪益翻译思想与方法研究[D]. 上海：华东师范大学，2012.

谢天振. 翻译研究"文化转向"之后：翻译研究文化转向的比较文学意义[J]. 中国比较文学，2006(3)：1-14.

谢天振. 中国文学走出去：问题与实质[J]. 中国比较文学，2014(1)：1-10.

辛红娟. 论零度：偏离理论对翻译研究的阐释力[J]. 南京师大学报（社会科学版），2011(6)：118-124.

辛红娟，宋子燕. 从目的论看《红楼梦》中俗语的文化意象英译[J]. 湘潭大学学报（哲学社会科学版），2012(6)：146-150，154.

辛红娟. 中国典籍"谁来译"[N]. 光明日报，2017-02-11.

邢福义. 文化语言学[M]. 武汉：湖北教育出版社，1990.

徐定宝. 凌濛初研究[D]. 南京：南京师范大学，1998.

徐逸鹏. 中国古典文学名著也该让老外读读：访"三言二拍"英译者王惠民[N]. 新民晚报，2007-1-21.

许钧. 文学翻译的理论与实践：翻译对话录[M]. 南京：译林出版社，2001.

许恬宁. "学术"与"娱乐"之间：*The Oil Vendor and the Courtesan* 译评[J]. 编译论丛（台湾），2009(2)：193-204.

许志鸿. 杨曙辉和杨韵琴《警世通言》英译本的文化探究[D]. 福州：福建师范大学，2011.

盐谷温. 关于明代的"三言"[J]. 日本汉学杂志《斯文》，1924年第八编第6号.

颜明. 既有内美，又重修能："三言"首部英文全译本介评[J]. 中国翻译，2013(2)：75-79.

晏静. 从叙事学看小说《转运汉巧遇洞庭红》的翻译[J]. 时代文学，

2012(24):135-136.

杨清平.家园的寻觅:隐喻视角下的杨宪益外汉翻译研究[D].开封:河南大学,2012.

杨荣广.改写理论视角下杨氏夫妇《宋明评话选》翻译研究[D].武汉:华中师范大学,2011.

杨荣广.我国典籍的对外翻译出版与传播:以《宋明平话选》为例[J].出版广角,2015(20):114-116.

杨宪益.此情可待成追忆:记戴乃迭生前二三事[J].对外大传播,2003(1):27-29.

杨宪益.略谈我从事翻译工作的经历与体会.

杨宪益.我有两个祖国:戴乃迭和她的世界[M].桂林:广西师范大学出版社,2003.

杨宪益.我与英译本《红楼梦》[M]//郑鲁南.一本书和一个世界:第二集.北京:昆仑出版社,2008.

杨宪益.漏船载酒忆当年[M].薛鸿时,译.北京:北京十月文艺出版社,2001.

杨宪益.杨宪益对话集:从《离骚》开始,翻译整个中国[M].文明国,编.北京:人民日报出版社,2011.

杨宪益.杨宪益自传[M].薛鸿时,译.北京:人民日报出版社,2010.

杨昭全.中国古代小说在朝鲜之传播及影响[J].社会科学战线,2001(5):94-104.

姚斯,霍拉勃.接受美学与接受理论[M].周宁,金元浦,译.沈阳:辽宁人民出版社,1987.

叶匡政.杨宪益先生和翻译的智慧[N].青年时报,2009-11-28.

叶廷芳.斯人已去,风范长存[M]//张世林.想念杨宪益.北京:新世界出版社,2016.

叶兆言. 怀念傅雷先生[J]. 中国翻译，2008(4)：23-26.

俞鹿年. 中国官制大辞典[Z]. 哈尔滨：黑龙江人民出版社，1998.

虞建华. 文学作品标题的翻译：特征与误区[J]. 外国语，2008(1)：68-74.

雨果. 悲惨世界[M]. 李玉民，译. 石家庄：河北教育出版社，1998.

禹一奇. 东西方思维模式的交融：杨宪益翻译风格研究[D]. 上海：上海外国语大学，2009.

袁君. 《宋明平话选》英译的文化缺省与补偿研究：以杨宪益、戴乃迭夫妇英译的《宋明平话选》为研究对象[D]. 临汾：山西师范大学，2013.

袁行霈. 中国文学史：第4卷[M]. 2版. 北京：高等教育出版社，2005.

曾丽雅. 关于建构中华民族当代精神文化的思考[J]. 江西社会科学，2002(10)：83-88.

詹春花. 《今古奇观》德译版本情况[J]. 古籍整理研究学刊，2012(4)：30-32.

詹福瑞. 中国古代文学研究与21世纪中国文化[N]. 光明日报，2001-04-04(2).

詹纳. 戴乃迭[M]//杨宪益. 我有两个祖国：戴乃迭和她的世界. 桂林：广西师范大学出版社，2003.

张柏然，许钧. 面向21世纪的译学研究[C]. 北京：商务印书馆，2002.

张兵. 三言两拍鉴赏辞典[Z]. 上海：上海辞书出版社，2016.

张桂贞. 《今古奇观》的德译文本及其传播[J]. 南开学报，1999(3)：24-29.

张隆溪. 走出文化的封闭圈[M]. 北京：生活·读书·新知三联书店，2004.

张晓. 明清文学中女性越位的思考[J]. 作家杂志，2011(8)：136-137.

张艳芳. 论《宋明评话选》中文化负载词的翻译策略和方法[D]. 聊城：聊

城大学,2014.

张轶.我国传统服饰文化的美学思想[N].光明日报,2014-10-12.

张永平.日本对"中国白话小说"的接受:以《三言二拍》为例[N].青年记者传媒史话,2008-8-20.

赵璧."玉"文化在《红楼梦》中的体现及其英译[J].红楼梦学刊,2012(1):267-283.

赵小兵.文学翻译:意义重构[M].北京:人民出版社,2011.

赵振春,赵俭."刘东山夸技顺城门"两个英译本比较研究[J].信阳农业高等专科学校学报,2009(3):78-81.

赵振江.西文版《红楼梦》问世的前前后后[J].红楼梦学刊,1990(3):323-328.

郑鲁南.一本书和一个世界:第二集[M].北京:昆仑出版社,2008.

中国社会科学院语言研究所词典编辑室编.现代汉语词典(2002增补本)[Z].北京:商务印书馆,2002.

钟嵘.诗品[M].曹旭,集注.上海:上海古籍出版社,2011.

周建琳,李克祥.中外学者汇聚苏州,共论冯梦龙文学成就与思想[N/OL].(2012-10-21)[2014-12-01].http://www.chinanews.com/cul/2012/10-21/4263596.shtml.

周谨,王虎.翻译大师:走近杨宪益先生[J].对外大传播,2004(9):18-20.

朱健成.汉英称谓词典[Z].广州:世界图书出版公司,2007.

庄群英,李新庭.杨译《宋明平话选》俗谚语翻译探究[J].牡丹江大学学报,2010(9):117-120.

庄群英,李新庭.杨译《宋明评话选》中诗词的翻译:以篇首破题词的翻译为例[J].宜春学院学报,2010(7):147-149,175.

庄群英,李新庭.英国汉学家西里尔·白之与《明代短篇小说选》[J].长春理工大学学报(社会科学版),2011(7):77-79.

庄群英.杨译《宋明评话选》中文化内容的翻译:以《卖油郎独占花魁》的翻译为例[J].河北北方学院学报(社会科学版),2011(1):24-27.

庄群英.英国汉学家哈罗德·阿克顿与《醒世恒言》的翻译[J].佳木斯大学社会科学学报,2012(6):76-78.

邹光椿.《红楼梦》人名英译问题[J].福建师范大学学报(哲学社会科学版),1991(4):135-138,143.

邹明华.新巷冯梦龙与民间价值建构[M].北京:学苑出版社,2013.

邹霆.永远的求索:杨宪益传[M].上海:华东师范大学出版社,2001.

致　谢

在经历过无数个辗转反侧难以入眠的夜晚之后,终于来到了这一天。漫漫求学路上的点点滴滴犹在眼前,又如过眼云烟。当年,刚通过博士入学考试的我,怀揣着梦想和希望,信心满满,但绝没有想到这一路走来竟如此艰辛!曾经,我也有过遭遇瓶颈和低谷时的沮丧与失落,甚至萌生退意,然而老师、朋友和家人一直在我身边给予无私的关心、帮助、支持和鼓励,每每让我重拾信心,振奋精神,迎难而上。

首先,我要感谢恩师屠国元教授和师母廖晶教授。屠老师谦逊平和,温文尔雅,宽厚仁爱,他为学为人之道对我影响深远。感谢恩师引领我走进学术研究的殿堂。恩师事无巨细、悉心指导,让我受益匪浅;恩师思维敏锐、治学严谨,让我深受启发;恩师的理解和帮助,安慰和鼓励,让我倍感温暖;恩师的学术造诣和人品情操是我学习的榜样、奋进的目标。师母廖晶教授温和宽容,心思细腻,时时关心我的论文进展,对我的学习、工作和生活给予了极大的关怀,让我时刻铭记在心。导师和师母恩重如山,我唯有加倍努力,勤奋治学,才能不负师恩,不辜负恩师和师母的一番良苦用心。

同时,我要把我无尽的感激献给宁波大学辛红娟教授。她忘我工作、积极乐观、热爱生活、细致周全呵护朋友、全心全意照顾家人……她满足了我对一位完美知识女性的全部期待。辛老师待我情同姐妹,尽管她博学多才、知古通今，却从未嫌弃过我的愚钝笨拙。没有她的一路无私帮助和悉心扶持，很难想象我能走到今天。这样的一份情谊，难以言表，我会用余生去珍惜。

感谢中南大学的诸位老师在我求学路上指点迷津。路旦俊教授毫无保留地把经年收集的全部"三言"资料分享给我，让我有了开展研究的最初动力。路老师一直非常关心我的成长和进步，给予了我最无私的帮助，使我终生难忘。感谢范武邱教授对我论文提出的宝贵意见，我与范老师相识二十余年，一直在范老师的帮助和引导下努力前行，他谦逊严谨的治学态度和低调谦和的为人处事风格一直是我学习的榜样。李清平教授在学习和科研方法上，耐心解答我的问题，给了我很多指导和极大帮助，让我受益匪浅。

感谢扬州大学周领顺教授帮助我修改期刊论文，为我答疑解惑。感谢广东外语外贸大学韩景泉教授在我遇到困难时及时施以援手。感谢"三言"译者——美国贝茨大学的杨曙辉教授及时回复我的邮件，解答我的困惑。

感谢我的同门学友胡东平、朱献珑、吴莎、丁蕙、李静、章国军、袁圆、孙际惠、许雷、李志奇、李文竞、胡良骥、陈颖芳、汪璧辉、马新强、仲文明，以及同校好友鄢宏福、郭薇、谭兰香，在我求学过程中给予我的关心和帮助。尤其感谢吴莎多年的关心和陪伴，一路走来，给了我胜似家人的温暖；感谢可爱的师妹李文竞为我所做的一切；感谢东平师兄无私分享各种有用的信息；感谢志奇师兄的问候和鼓励；感谢袁圆为我答疑解惑；感谢国军师兄与我分享资料；感谢文明和宏福两位师弟替我分担工作；感谢郭薇贴心的关爱和支持。我还要感谢远在山东青岛的好友董丽给予我的精神支持，感谢我的同事兼好友薛小英教授一直以来对我的关心和帮助。

我要由衷地感谢我的家人。母亲只身来到湖南，帮我看护年幼的儿子，让我安心备考，无法照顾远在东北家乡完全不会做家务的父亲。父亲一直是我的骄傲和坚强后盾，他默默忍受了母亲两年不在身边的日子。在父亲身患重病需要照顾和陪伴的时候，作为一个远嫁他乡、忙于学业的女儿，我却连常回家看看都做不到，心中愧疚莫名。感谢父母一直默默地奉献，他们是我永远的安全港湾，在他们的宽容和呵护下，我才有机会和勇气在求学道路上不懈追求。感谢我的兄嫂和弟弟、弟媳默默承担着照顾父母的责任，让我时刻牵挂父母的心有所慰藉。

  我非常感谢我的先生周畅，谢谢他永远不变的支持和关爱！从同窗，到相知、相恋、携手走进婚姻，他一直是我最坚强的后盾。为了我能安心写论文、顺利毕业，他尽管工作繁忙、出差任务重，还是主动承担起辅导儿子功课、接送儿子上课外班的任务。感谢我可爱的儿子周罡乐，自他懂事起就知道妈妈要学习、要写论文，从不抱怨我对他陪伴得少，他天真可爱的笑脸是我永远的动力。

  感谢一路走来所有关心我、陪伴我的人，正是因为有了大家的厚爱和扶持，我才能走到今天。未来还有很长的路要走，我不会辜负我爱的和爱我的人的期待，我将不忘初心、砥砺前行。

图书在版编目(CIP)数据

杨宪益、戴乃迭《宋明评话选》英译研究 / 王华玲著. —南京:南京大学出版社,2022.8
 ISBN 978-7-305-25294-5

Ⅰ.①杨… Ⅱ.①王… Ⅲ.①话本小说—英语—翻译—研究—中国—宋代②话本小说—英语—翻译—研究—中国—明代 Ⅳ.①I242.3②H315.9

中国版本图书馆 CIP 数据核字(2022)第 012823 号

出版发行	南京大学出版社
社　　址	南京市汉口路 22 号　　邮　编 210093
出 版 人	金鑫荣
书　　名	杨宪益、戴乃迭《宋明评话选》英译研究
著　　者	王华玲
责任编辑	黄　睿
照　　排	南京紫藤制版印务中心
印　　刷	苏州市古得堡数码印刷有限公司
开　　本	718 mm×960 mm　1/16　印张 16.75　字数 218 千
版　　次	2022 年 8 月第 1 版　2022 年 8 月第 1 次印刷
ISBN 978-7-305-25294-5	
定　　价	85.00 元

网　　址:http://www.njupco.com
官方微博:http://weibo.com/njupco
官方微信:njupress
销售咨询热线:(025)83594756

* 版权所有,侵权必究
* 凡购买南大版图书,如有印装质量问题,请与所购图书销售部门联系调换